イヴが死んだ夜

西村京太郎

角川文庫
15145

目次

第一章　バラの刺青《いれずみ》

1

　浅草千束町のラヴ・ホテルを出て歩き出すと、男は、女の腰のあたりに、というより意識して胸のあたりに腕を廻《まわ》して、彼女の乳房を、コートの上から押さえるようにした。

　男は、そうやって、ベッドでの余韻を楽しんでいる。女は、「うふッ」と含み笑いをし、男に身体をもたせかけた。そのまま、もつれるように歩いて行く。

　数時間前まで、全く見ず知らずの二人だった。国際劇場近くのバーで、ふと眼があって、どちらから誘ったということもなく、食事をし、ラヴ・ホテルに入った。

　都会の恋は刹那《せつな》的といったらいいのか、それとも、現代のセックスが安直すぎるというべきなのか。男も女も、まだ、相手の名前さえ知らないし、知りたいとも思っていないのである。

「浅草寺《せんそうじ》の境内を抜けて行こうや」

　と、男は、いってから、夜空を見上げて、

「畜生。降ってきやがった」

と、舌打ちした。

朝からどんより曇っていたのが、とうとう降り出してしまった。

氷雨である。

二人とも、足早になった。

浅草寺の境内には、有名な伝法院の他に、小さなとげ抜き地蔵などがあって、下町らしい信仰をあつめている。

そのとげ抜き地蔵の前を抜けて、六区の興行街へ入り、国際通りへ出れば、地下鉄田原町駅が近い。

「タクシーでも拾ってやろうか？」

と、男は、女にきいた。

女は返事をしない。男は、聞こえなかったのかと思って、もう一度、

「車を拾おうか？　え？」

と、女を見た。

女は、雨の中で、立ち止まってしまい、蒼《あお》い顔で、ぽかんと口をあけている。

「おい。どうしちまったんだよう？」

男は、眉《まゆ》を寄せて、女の顔をのぞき込んだ。

「あ、あれ」

と女は、どもった。

「何だって?」

「あの池のとこ」

とげ抜き地蔵の横に、小さな池がある。女は、その池を、ふるえる手で指さしていた。

「池――?」

男は、わけがわからずに、池を見た。最初に眼に入ったのは、汚れた水面に降り注ぐ雨足と、雨が作りあげる無数の小さな水の輪だった。

「なんだ。何にもないじゃねえか」

男は、笑って、女を突っつこうとしたが、その笑いが、途中で凍りついてしまった。視線を動かしたとき、池に浮んでいる人間らしいものが、眼に飛び込んできたからである。

男は、池の縁に寄り、じっと、水面を凝視した。

まぎれもなく人間だった。

白い裸の背中が水面すれすれに見えかくれしている。豊かな髪が、藻のように広がっている。

裸の女だ。人形でないことは、直感的にわかった。

男は、何となく周囲を見廻した。すでに午後十一時を廻り、その上、氷雨の降りしきる境内に、彼等の他に人の気配はなかった。

「どうする？」

男は、女を見た。警察に知らせれば、刑事にいろいろと質問されるだろう。それが面倒臭いと思う反面、彼は、死体の発見者として新聞に書かれてみたい気もしていた。

「どうしたらいい？」

と、女は、おうむ返しにきき返してきた。

「警察に知らせなきゃいけないんじゃないかな」

「警察にきかれて何か困ることがあるの？」

「そんなものあるもんか。君は？」

「あたしだって、困ることなんかありゃしないわ。何も悪いことなんかしてないもの」

「じゃあ、警察に知らせようや」

二人は、雨の中を、近くの公衆電話に向って駆け出した。一月十二日のことだった。

2

十津川《とつがわ》は、夢の中で電話の音を聞いた。が、眼をさましても、まだ、電話は鳴っていた。

眠く、頭が重い。二日酔いのせいだとはわかっている。例によって、妙子と口論して、そのあと、飲んだのだ。

十津川は、枕元の明りをつけ、手を伸ばして受話器を取った。

「警部ですか？」

と、電話の向うで、亀井刑事の声がした。

東京に出て来て、もう三十年になるのに、このベテラン刑事の東北訛《なま》りはなかなか直らない。

「カメさんか」

「事件です。来て頂けませんか」

「僕が行かなきゃ駄目かね？」

「浅草寺の境内で、殺人《ころし》事件です」

「わかった。すぐ行く」

「外は雨が降っていて寒いですから」

「ありがとう。せいぜい厚着をしていくよ」

十津川は、笑って、受話器を置くと、起き上った。

ダイニング・キッチンは、冷え切っていた。

ガストーブに火をつけてから、十津川は、テーブルの上に、妙子の置手紙があるのに気がついた。


〈寝ていらっしゃるので帰ります。

お風邪を召さないようにして下さい。

感情を抑えた言葉が、かえって、妙子の感情の起伏の激しさを示しているように、十津川には思われた。

妙子は、一度、十津川を裏切った女だった。刑事部長の紹介で知り合い、婚約した。三年前のことである。

十津川が、警部補の時で、その直後、彼は、全国の警察から選ばれて、ＩＣＰＯ（国際刑事警察機構＝インターポール）に派遣された。約二年半、パリで働いたあと帰国し、浅草署に戻った。帰国後の結婚を考えていたのだが、その時、妙子から、彼が日本にいない間におかしたあやまちを告白されたのだった。

それから、十津川の苦しみが始まった。彼の理性は、妙子のたった一度のあやまちを許すべきだという。だが、彼の感情は、こだわってしまうのだ。

しかし、一番いけないのは、こだわりながらも、十津川が、妙子に未練を持ち続けていることかも知れない。なぜなら、それは、妙子にとって、より残酷なことに違いなかったからである。

十津川は、冷たい水で顔を洗った。事件は、今の彼にとって、一つの救いであった。一時的にであれ、妙子との悩みを忘れることが出来るからだった。もちろん、それは、大事な問題を、先に延ばすだけのことでしかないとはわかっていたが。

十津川は、傘を持たずに外へ出た。

氷雨が顔に当って、冷たいというより痛かった。十津川は、コートの襟を立て、大股《おおまた》に、浅草寺に向って歩いて行った。

日中は、参拝客で賑《にぎ》わう仲見世通りも、今は、あらかたの店が戸を閉め、雨だけが降りしきっている。

妙子と、将来を語り合いながら、この仲見世を歩き、戦前から有名なハトヤやセントルイスで、コーヒーを飲んだり、食事をしたりしたことを思い出し、それを振り払うように、十津川は、歩きながら、雨に濡《ぬ》れた顔を、両手でこすった。

仲見世から、観音裏に出ると、池の傍に、亀井刑事たちが、十津川を待っていた。

死体は、すでに池から引きあげられ、毛布がかぶせてあった。

「まだ、若い娘《こ》ですよ」

亀井刑事が、悲しそうな眼をしていい、毛布をゆっくり取りあげた。カメさんこと亀井刑事は、叩《たた》きあげの刑事で、すでに四十八歳だが、人情家で涙もろい。大学出で、エリートコースを歩いてきた十津川は、教えられることが多かった。年齢も、十津川の方が、ひと廻り近く若い。

カメさんのいう通り若い女だった。
二十二、三歳というところだろうか。全体に、細身《スレンダー》な身体つきなのが、かえって痛ましさを強めていた。むき出しの裸身を、雨が叩く。カメさんが、傘をさしかけた。

十津川は、死体の傍に屈《かが》み込んだ。のどには、白い綿のロープが食い込んでいる。よく見ると、ロープの両端には、持ち易い木の柄がついていた。縄飛び用のロープらしい。

絞殺された死顔は、醜いものだ。眼が引きつっていたり、鼻汁が流れ出ていたりする。苦しさのあまり、舌を嚙《か》んでいた被害者もいた。

今度の被害者も、眉が寄り、口元がゆがんでいる。しかし、それにも拘《かかわ》らず、美しさを感じさせた。生前は、さぞ男に騒がれたろう。肌もきれいで、ヤクを射った痕《あと》はない。

恥毛は長く豊かだった。春草が長く豊かなのは、中国では高貴の印だと、誰かに聞いたことがあったのを、十津川は、ふと思い出した。あれは、カメさんが教えてくれたのだったろうか。それとも、雑学博士のバーのママだったか。

右の太股《ふともも》には、バラの花の刺青《いれずみ》がしてあった。それは、上品で、美しい顔にふさわしくなかった。それに、刺青そのものも稚拙だったから、ひょっとすると、いたずらに絵具で描いたのかも知れないと思い、十津川は、指でこすってみたが、いくら強くこすっても消えなかった。本物の刺青なのだ。

（この刺青は、若い被害者にとって、いったいどんな意味を持っていたのだろう？）

十津川は、そんなことを考えながら、立ち上り、

「死体の発見者は？」

と、周囲を見廻《みわた》した。

3

「雨が降ってるので、パトカーの中に待たしてありますが、連れて来ますか？」

若い井上刑事が、やけに張り切った顔で答えた。

警察学校を出てから、二年間派出所勤務をしたあと、推薦を受けて浅草署に赴任してきたのが一週間前だから、二十四歳のこの坊やにとって、今日が初めての実戦なのだ。張り切っているのが当然かも知れない。

「君が、もう、話は聞いたんだろう？」

と、十津川は、微笑しながら、井上にきいた。

「事情聴取はすませました」

井上が、直立不動で答える。それを見て、カメさんが、クスッと笑った。

「それなら、僕が改めて訊《き》くこともないよ」

十津川がいうと、井上は、いかにも嬉《うれ》しそうな表情になった。上司に信頼されたことが嬉しかったのだ。

「君の事情聴取で、何かわかったかね？」

「被害者とは、何の関係もないアヴェックです。偶然、ここを通りかかって、死体を発見したといっていますが、嘘はないようです」

「それなら、あとで報告書を出してくれ」

と、十津川は、井上にいってから、もう一度、死体に眼を向けた。

ひとしきり、鑑識の写真撮影のフラッシュが、雨の中に光ったあと、死体は毛布に包まれ、解剖のために、車で運ばれて行った。

十津川は、いぜんとして降り続く雨の中を、浅草署に向って、亀井刑事と肩を並べて歩きだした。

亀井が、傘をさしかけてくれる。

「ああいうホトケさんを見ると、他人事《ひとごと》とは思えなくなりますよ」

と、亀井が、ぼそッといった。

「カメさんのところは、いくつになったんだい？」

「上の娘が、来年成人式です」

「それじゃあ、心配だね」

「こんな時代ですから、若い娘が自殺したり殺されたりのニュースを見るたびに、ひやりとしていますよ」

その言葉に、実感があった。

「ところで、警部は、なぜ結婚なさらないんですか？」

「別に、結婚しないと決めているわけじゃない」

「前にお会いした方、岩井妙子さんでしたか。素直で、いい娘さんみたいですが」

「ああ、いい人だ」

十津川が日本を留守にしている間のたった一度のあやまちを、正直に告白するというのは、確かに、素直なのだろう。それは、よくわかるのだが。

「被害者のことだがね」

と、十津川は、話題を、事件に持っていった。妙子のことを話すのは辛《つら》いし、プライベートな問題だ。

「どんな種類の女だと思うね？」

「そうですね。顔だけ見ると、いいところの娘さんのように見えます。大会社のＯＬか、それとも、結婚を前にして、家の中で過ごしている娘さんみたいにです。しかし――」

「太股の刺青がおかしいというんだろう？」

「そうです。今は、めちゃめちゃな時代ですが、それでも、普通の娘さんが、あんな刺青をする筈《はず》はないと思います。特に、太股なんかに」

「なぜ、あんな刺青をしたのかな？」

「わかりませんな。わたしなんかは、古い人間で、両親から貰《もら》った大事な身体を傷つけるなんて、考えられないことですが」

「刺青があった場所だがね。幅二〇センチくらいで、他より白くなっていたのに気がついたかね？」

「それなら、わたしも気がつきました。多分、包帯を巻いていたんだと思います」

「つまり、あの刺青を恥じて隠していたという事かな？」

「そう思いたいですね。若い娘が、太股の刺青を自慢にしていたなんて、考えたくありませんからね」

亀井は、雨空を見上げて、小さな溜息《ためいき》をついた。

4

夜半を過ぎると、氷雨は、本格的な雪になった。

今年になって、最初の雪らしい雪だった。

夜が明けると小降りになり、午前九時頃になって止んだが、積雪は、二〇センチに近かった。

浅草署の中に、捜査本部が設けられた。部屋の入口には、筆自慢の捜査一課長が書いた「浅草寺境内殺人事件捜査本部」の貼紙が貼られ、専用の電話機が二台置かれた。それが、捜査本部の全てだった。

最初にやらなければならないのは、被害者の身元の割り出しである。

キャップの十津川は、身元がわかれば、その事件は、八割方解決したと同じだろうと考えていた。行きずりの犯行なら、殺してから、わざわざ、真っ裸にして池に投げ捨てる必要はない筈だ。裸にしたのは、身元を隠すために違いないし、逆にいえば、身元がわかれば、自然に、犯人が浮びあがってくるだろうと、十津川は考えたからである。

亀井たちは、被害者の写真を持って、雪の中に飛び出して行った。死顔を上から撮ったものだから、生前の感じと違うという心配があったが、ぜいたくはいっていられなかった。

被害者が、浅草周辺の住人なら、聞き込みで、身元が割れるかも知れないし、バラの刺青の線から、何かつかめる可能性もある。

だが、その日の夕方になっても、身元の割り出しは、上手《うま》くいかなかった。

浅草周辺には、数人の彫師がいるのだが、その誰に訊いても、被害者を知らないといったし、バラの刺青にも記憶はないと主張した。

六十歳を過ぎた彫師は、写真に撮ったバラの刺青を見て、

「こりゃあ、素人の彫ったものだよ」

と、いった。もし、そうなら、刺青から身元を割り出すのは、難しくなってくる。

夜になって、三浦警察医から、電話で、解剖の結果を報告してきた。

「死亡推定時刻は、昨日の午後七時から八時までの間だね」

と、三浦医師が、電話の向うでいった。

「それで、被害者が殺される前に、男と関係しているかどうかということですが。つまり、彼女が――」

「つまり、女の身体から、男の精液《ザーメン》が見つかったかどうかということだろう。彼女の膣《ちつ》から、精液が出たよ。血液型はB型だ」

三浦は、医者らしく、即物的ないい方をした。いつもの十津川なら、何の抵抗もなく聞ける言葉が、今日は、心に引っかかった。

妙子が、他の男とあやまちを犯したということは、具体的にいえば、彼女の身体に、その男の精液が入ったということなのだ。彼女の肉体が美しいだけに、十津川は、堪えがたい思いにとらわれてしまう。

「十津川君」

と、三浦医師が呼んだ。

「何ですか？」

「もう一つある。彼女、前に、子供を堕《お》ろした経験があるね」

5

被害者の顔写真は、二百枚作られ、浅草周辺の派出所、ホテル、旅館、キャバレー、トルコ、地下鉄、東武線各駅などに配られた。

夕刊各紙にも事件が報道された。

被害者の太股《ふともも》にあった刺青《いれずみ》のせいだろう。どの新聞も、この事件を、猟奇的に扱っていた。

〈全裸の刺青美女、浅草寺境内で殺される〉

といった見出しが多かった。

十津川は、刺青美女という表現に苦笑したし、浅草寺境内で殺害といういい方は正確ではないと思った。多分、別の場所で殺され、浅草寺境内まで運ばれたと考えられるからである。

だが、大袈裟《おおげさ》な扱い方については、それだけ、読者の眼を引きつけ、情報が集まる可能性も考えられた。

十津川の期待は、ある意味で実現した。

普通の殺人事件の倍以上の情報が、捜査本部にもたらされたからである。

本部に設けられた電話は、鳴りづめだった。そのため、あわてて、専用電話が一台増設された。

いたずら電話も多かった。

自分の住んでいるアパートに、被害者が住んでいて、太股の刺青を見たこともあるという、若い男の電話もあった。

何となく、ガセネタくさかったが、それでも、万一事実だった場合を考えて、亀井刑事たちは、溶け始めた雪道の中を出かけて行った。

結果は、そのアパートさえ実在しなかった。完全ないたずらなのだ。

浅草という土地柄のせいか、自分こそ犯人だという男が、二人も自首してきた。

十津川たちは、緊張したが、取調べに入ってみると、たちまち、化けの皮がはがれてきた。いっていることが、支離滅裂だったからである。

一人は、ドヤ街の住人で、三食つきの刑務所に入りたくて、狂言を打ったのだし、もう一人は、少しばかり頭がおかしいようだった。

頭のおかしい二十七歳の男は、家族を呼んで引き取って貰い、六十歳のドヤ街の住人には、刑務所入りを志望するほど不景気風が冷たいのかと、刑事たちは同情し、カンパを集めて持たせて帰らせた。

だが、事件の解明の方は、いっこうに進展しなかった。

二〇センチ近く積った雪も、二日もすると、表通りは、ほとんど消えてしまい、日陰や、裏通りに、うす汚れたかたまりとなって残っているだけとなった。

十津川は、事件が発生してから、捜査本部に泊り込んで、家に帰っていない。事件の難しさを考えて、というよりも、現在のあいまいな気持のまま、妙子と顔を合せるのが辛かったからである。

事件に没頭できたら一時的に、妙子のことを忘れられるかも知れないとも思ったのだが、それにしては、いささか不適当な事件だった。

被害者が、妙子と同じ年頃の若い女だったからだ。

いや、それどころか、今度の事件にたずさわることで、今まで以上に、妙子とのことを考えざるを得なくなってきた。

例えば、被害者が、前に、子供を堕ろしたことがあるようだという三浦医師の指摘は、嫌でも十津川に、妙子のことを思い出させずにおかなかったからである。

警察内部では、エリートコースを歩き、また、切れる男といわれてきた十津川だが、男女間の問題については、くわしく知らなかったといっていい。だから、妙子から、他の男との過ちを告白された時も、当惑と、やり場のない怒りを感じたが、ひょっとすると、彼女がその時に妊娠し、医者の世話になったのではあるまいかということまでは考えなかった。

しかし、今は、考えているし、それは、十津川に、新しい当惑と、怒りを感じさせていた。多分、この気持は、今度の事件が終るまで続くだろう。いや、事件が終っても、続くに違いない。

三日、四日と過ぎたが、いぜんとして、被害者の身元は割れなかった。

バラの刺青という特徴のあることから、比較的簡単に、身元が割れるだろうと楽観していた十津川たちは、次第に、焦りを感じてきた。

捜査は、最初の一週間が勝負である。その間に、解決の手掛りがつかめていないと、迷宮入りの可能性が強くなってくる。

六日目の夜おそく、捜査本部に、男の声で電話が掛ってきた。

6

三日目頃まで、電話機が鳴り続けるほどあった民間からの情報も、四日、五日と過ぎるにつれて、がたんと減ってきていた。

それだけに、受話器を取った十津川は、相手の言葉に期待を持った。

「新聞に出ていた女のことなんだが――」

と、中年の男の声が、ためらいがちにいった。

「何かご存じですか？」

十津川は、きき返しながら、この通報には、期待してよさそうだと直感した。最初から威勢のいい調子の通報は、逆に、ガセネタの方が多かったからである。

「女の身元は、まだわからないのかね？」

「残念ながら、わかっていません。あなたは、被害者の名前をご存じですか？」

「いや。名前は知らん。ただ、イヴという名で呼ばれていた女に、よく似ている」

「何ですって？」

「アダムとイヴのイヴだよ」

男は、いらだたしげに、語調を強めた。

「わかりました。それで、彼女の職業と、住所も教えて頂けますか？」

と、十津川がきいた。が、相手は、その質問には答えようとはせず、

「彼女の電話は、401—×××だ。それ以外のことは、私は知らん」

「あなたにお会いして、詳しいことをお訊《き》きしたいんだが、会って頂けませんか？」

「それはお断りする。とにかく、私が知っているのは、それだけだ」

男は、いいたいことだけいうと、荒っぽく、電話を切ってしまった。まるで、自分に腹を立てているような切り方だった。

「イヴか」

と、十津川は呟《つぶや》いてから、男のいった電話番号にかけてみた。

相手を呼び出すベルの音が、断続的に十津川の耳に聞こえてきた。でたらめのナンバーではなく、実在した電話番号だったのだ。

だが、誰も出て来ない。

十津川は、辛抱強く待った。三分、四分、五分、六分——いぜんとして誰も出ない。

十津川が、諦《あきら》めて、電話局に持主の名前を訊いた方が早道かなと考えたとき、ふいに、

「もし、もし」

という男の声が、十津川の耳に飛び込んできた。

十津川は、受話器を握り直した。

「401—×××ですね？」

「そうだけど、あんたは？」

「こちらは、浅草警察署の十津川警部です」

「警察？」

男の声が、一瞬、甲高くなった。

「そうです。そちらは？」

「わたしは、このマンションの管理人です。廊下を片付けていたら、この部屋の電話が鳴り続けているんで、鍵《かぎ》をあけて入ってみたんですよ」

「どこのマンションです？」

「知らずに掛けてるんですか？　本当に、警察ですか？」

「どこのマンションか教えて下さい。われわれは、殺人事件を捜査中です」

十津川のその言葉が効いたらしい。管理人は、早口で、

「こちらは、正和原宿コーポの九〇六号室です」

と、答えた。

「原宿？」

「ええ。国電原宿駅をおりてから、歩いて五、六分のところにあるマンションです」

「すぐ行きますから、その部屋のものを動かさないで下さい」

十津川は、電話を切ると、「カメさん」と、亀井刑事を呼んだ。

「出かけるよ。原宿のマンションだ」

二人は、車を、原宿に飛ばした。

東京の街は、まだ、正月気分から完全に抜け切ってはいなかった。商店の入口には、まだ門松が飾ってあったし、晴れ着姿の若い娘が歩いていたりする。

「イヴと呼ばれていた女ですか――」

と、亀井は、車の中で、とがった顎《あご》をなぜた。

「すると、犯人は、アダムということになりますか？」

「かも知れないが、このイヴには、何人ものアダムがいたのかも知れないよ」

原宿まで、一時間十五分かかった。もし、被害者がここのマンションの住人だったとしたら、何故、遠い浅草寺の境内で、死体となっていたのだろうか？

原宿駅から表参道を、明治通りに向って下って行く途中に、正和原宿コーポがあった。

正和不動産は各地に、「正和」の名前をかぶせたマンションを建てていたから、このマンションも、その一つだろう。

赤レンガ作りの洒落《しやれ》た入口を入ると、右側に管理人室があって、山口という中年の管理人が、緊張した顔で待ち受けていた。

十津川と亀井は、最上階にある九〇六号室に案内された。

2LDKのゆったりした角部屋で、窓を開けると、明治神宮の深い森を一望のもとに見渡すことが出来た。

居間も、寝室も、ライト・ブルーの色彩で統一されていて、どの部屋にも、若い女の匂いが感じられた。

「この部屋の住人のことですが」

と、十津川は、管理人の山口に眼をやった。山口は、眼をぱちぱちさせながら、

「鈴木さんのことですか？」

「鈴木という名前ですか？」

「ええ。鈴木京子さんですよ。彼女がどうかしたんですか？」

「この女性ですか？」

十津川は、被害者の写真を、山口に見せた。山口は、かざすようにして見ていたが、

「よく似ているけど、鈴木さんは、もっと美人ですよ。この写真の女は、まるで――」

「死んでいるように見えますか？」

「ええ」

肯《うなず》いてから、山口の顔が蒼《あお》くなった。

「死んだんですか？」

「そうです」

死ぬと人相も変る。この部屋の主が、果たして、被害者かどうかは、指紋を照合することで、はっきりさせるしかない。

「鈴木さんは、この部屋を買ったんですか？」

「いえ。ここは賃貸マンションで、家主は、明治通りにある正和不動産の原宿営業所になっています」

「カメさん」

と、十津川が声をかけると、亀井刑事が、心得て、すぐ飛び出して行った。

7

十津川は、ひとりで、部屋の中を調べていったが、すぐ、おかしいなと思った。

豪華なベッド。三面鏡も、衣裳《いしよう》ダンスも、ひと眼で高価なものとわかる。衣裳ダンスの中に吊《つる》されている数着のドレスも、一着十万円前後はするだろう。だが、どこを探しても、身元を証明するようなものが見当らないのだ。

手紙の類も、写真も、一枚として見つからない。貯金通帳や印鑑もである。

そんなことがあり得るだろうか？

十津川は、居間のソファに腰を下すと、考える眼になって、煙草に火をつけた。

普通の若い娘なら、友人や恋人からの手紙がある筈《はず》だし、アルバム一、二冊の写真があって不思議はない。

それが一枚もないのは、彼女自身が処分したのか、それとも、第三者が持ち去ったのか。

「鈴木さんは、どんな女性《ひと》でした？」

と、十津川は、部屋の入口に立っている山口にきいた。

「どんなって、めったに顔を合せたことがないもんですからねえ」

「男が訪ねて来たことは？」

「二度ぐらい見たことがありますけどねえ。非常階段を利用すれば、管理人室の前を通らずにすむから、他にも何回もあったかも知れません」

「二回見たのは、どんな男です？　同じ男ですか？」

「どちらも、夜おそく、男に送られて帰って来るのを、ちらりと見ただけでしてね。外国の高級車でしたよ。男の方は、後姿だったから、よくわかりませんねえ。中年の身なりの男だとは、わかりましたが」

「彼女と話をしたことはないんですか？」

「廊下ですれ違って、あいさつしたぐらいですよ。口数の少ない人でしたからね」

「隣りの部屋には、どんな人が住んでいるんですか？」

「中山英次という歌手です。ご存じですか？」

「名前だけはね。最近、売り出してきた歌手じゃなかったかな」

「そうなんですよ。わたしも応援してるんですがね。今は、新曲のキャンペーンに北海道へ出かけていて留守ですよ」

山口は、自分がいかに中山英次と親しいかを示そうとするように、二十八歳の演歌の唄《うた》い手について、いろいろと喋《しゃべ》ってくれた。

だが、今度の事件の参考になりそうなことは聞けなかった。

管理人が階下《した》へおりて行って、しばらくしてから、亀井刑事が戻って来た。

「鈴木京子が、正和不動産と交した契約書を見せて貰《もら》って来ました。彼女は、去年の六月に契約してこの部屋を借りています。部屋代は一ヵ月十八万円、それに管理費が月一万三千円です」

「いい値段だな」

「私だったら、月給の大半が部屋代だけですっ飛んで、親子四人が路頭に迷っちまいます」

と、亀井は肩をすくめた。

「契約書に書かれている住所ですが、杉並区久我山《くがやま》六丁目五二八となっていました。これは明らかにでたらめですね。私の親戚《しんせき》が久我山にいるんですが、あそこは五丁目までしかありません。それに、鈴木の印鑑も安物で偽名くさいですな」

「同感だね。鈴木という姓はありふれているし、京子は東京の京をとったんだろうね。契約の時は、彼女一人で行ったのかね？」

「一人で来たそうです。応対した社員に被害者の写真を見せたところ、よく似ているが、もっと美人だったといいましたよ」

「ここの管理人も同じことをいったよ。生前は、きっと、びっくりするような美人だったろうね」

「われわれも、生きている彼女にお眼にかかりたかったですな」

亀井は、彼にしては珍しく冗談めいたいい方をして、ニヤッと笑った。

九〇六号室から採取された指紋と、被害者のものとが照合された。結果は、十津川の予期した通り一致した。

この結果、今までどこの誰ともわからなかった被害者に、やっと一つの名前を与えられることになった。

それは、偽名の匂いの強い鈴木京子の方ではなく、イヴという綽名《あだな》の方だった。

太股《ふともも》にバラの刺青《いれずみ》をしたイヴである。

氷雨の中、全裸で池に浮んでいたイヴ。

去年の六月、家賃十八万円のマンションを借りたイヴ。

原宿で豪華に暮らしていたイヴ。

浅草の汚れた池で死んでいたイヴ。

これらのイヴが、どうすれば、上手《うま》く重なり合うのだろうか。

それに、イヴには、まだ他に、別の顔があるのだろうか。

捜査本部の黒板に誰かが、大きな字で、「イヴ！」と書いた。

しばらくして、また誰かが、書き加えた。

「アダムを探せ！」

8

十津川は、亀井刑事を連れて、もう一度、原宿の正和コーポに足を運んだ。

彼女自身か何者かが、手紙や写真などを処分してしまっていたが、衣裳ダンスには、豪華なドレスが数着残っている。

いずれも真新しく、新しい流行を取り入れたドレスだった。恐らく、このマンションに移ってから買ったものだろう。

ドレスを、ベッドの上に並べて、一着ずつ調べてみた。どれにも、Mitsuko のマークが入っている。デザイナーの名前らしい。

「僕は、この方面の知識が皆無なんだが、カメさんは、ミツコというデザイナーを知っているかね？」

十津川がきくと、亀井は、頭をかいて、

「私は、警部以上に服装音痴ですよ。吊し以外のものを買ったことがないんですから」

「弱ったたな」

と、十津川は、呟《つぶや》いてから、妙子の顔を思い浮べた。

彼女なら知っているだろうと思ったが、すぐ電話できくには、やはり抵抗があった。

（これは、仕事なのだ）

と、十津川は、自分にいい聞かせた。そんな風に、いちいち、自分自身に断らなければならないことに、自分で腹を立てながら、十津川は、寝室にあった電話に手を伸ばした。

妙子のダイヤルを廻《まわ》す。まるで、十津川がかけるのを待っていたかのように、すぐ、彼女が出た。

「僕だ」

と、十津川は、わざとぶっきらぼうにいった。

「仕事のことで、君に教えて貰いたいことがある」

「どんなこと？」

「ミツコというデザイナーを知らないか？」

「コジマ・ミツコなら知っています。日本人で、初めてパリに自分の店を出した人です」

「彼女の店は、何処にあるのかな？」

「赤坂のKビルの一階だったと思いますけど」

「ありがとう」

「十津川さん」

「なに？」

「会って下さい。会ってお話がしたいんです。このままでは、あたし――」

「残念だが、今、殺人事件を追っていて、時間がないんだ」

十津川は、硬い声でいい、電話を切ると、亀井に向って、

「出かけるぞ」

と、いった。

9

地下鉄赤坂見附駅の前に、真新しい十二階建のビルがあり、その一階に、大きなスペースを占めて、コジマ・ミツコの店があった。

小島光子は、四十五、六歳で、背が高く、理知的な顔立ちの女だった。指には、指輪もはめていなかったし、マニキュアもしていなかった。

十津川は、イヴの部屋から持って来たドレスを、小島光子の前に置いた。

「これは、このお店で作ったものですか？」

「ええ」

と、光子が、肯《うなず》いた。十津川は、ポケットから出したイヴの写真を、光子に見せた。

「買って行ったのは、彼女ですか？」

「ええ。確かにこの方ですけど、田中さんが、どうかなさったんですの？」

「ここでは、田中という名前になっていたんですか？」

「ええ。田中京子さん。違うんですの？」

多分、これも偽名だろうと、十津川は思った。

「彼女は、いつ頃から、ここに見えるようになったんですか？」

「去年の夏頃でしたかしら。最初にお見えになったのは」

「いつも、ひとりで来ていたんですか？」

「ええ。あの方、どうかしたんですか？」

「死にました。殺されたんです」

「じゃあ、新聞に出ていたのが――？」

「そうです。死体は、浅草寺境内の池に浮んでいましてね」

「新聞の写真を見て、似た方だなと思っていたんですけど――」

「一番最後に会われたのは、いつですか？」

「去年の十二月ですわ。二十日頃でしたかしら。私のデザインした毛皮のハーフ・コートをお買いになっていかれたんですけど」

「毛皮のコートですか」

マンションにあったドレスの中に、毛皮のコートはなかった。とすると、殺された時に着ていて、犯人が奪い去ったということだろうか。

「さぞ、高いんでしょうね？」

「いいえ。八十万円ですから、お安いと思いますわ」

と、光子は、微笑した。十津川の隣りで、亀井刑事が、小さな溜息《ためいき》をついた。

「彼女と、話をされたことは？」

「ございますわ。お客様とお喋《しゃべ》りをするのも、私の仕事の一部と考えておりますから」

「彼女とは、どんな話をされたんですか？」

「それが、田中京子さんは、あまり、ご自分のことをお話しにならない方だったもんですから、たわいのない世間話ばかりになってしまいましたけど」

「彼女の家族のことも、どんな仕事をしているかもですか？」

「ええ。そういう話になると、決まって、表情を硬くして、黙ってしまわれるんです。それで、私の方も、自然、きくのが、はばかられて」

「八十万円の毛皮のハーフ・コートも、現金で支払いをしたんですか？」

「ええ」

「彼女の口から、イヴという言葉が出たことはありませんか？」

「イヴって、アダムとイヴの？」

「そうです」

「さあ」

と、光子は、首をひねっている。十津川は、胸の中で、いらだちを感じていた。これでは、イヴについて、八十万円の毛皮のハーフ・コートを買ったことがわかっただけではないか。

　十津川は、何とはなしに、店内を見廻した。

「花をデザインしたものが多いですね」

「私が花が好きなものですから」

「しかし、彼女が持っていた六着のドレスには、花柄は一つもありませんでしたね」

「私、一度、あの方におすすめしたことがあるんです。あなたは、バラの花がお似合いだから、バラをデザインしたドレスをお召しになってはと」

「それで、彼女は、何と答えました？」

「急に怒ったような眼をなさって、バラは嫌いとおっしゃいましたわ。それ以来、私も、おすすめするのを止めてしまったんですけど」

彼女が、バラが嫌いだといったのは、太股《ふともも》の刺青《いれずみ》と関係があるのかも知れない。あの刺青を恥じていたから、嫌いといったのか。そうだとすると、何故、刺青なんかしたのだろうか。

「彼女のことで、何か記憶に残っていることはありませんか？　どんな小さなことでもいいんですがね」

十津川が、辛抱強くきくと、光子は、額に手を当てて、しばらく考えていたが、

「一度だけ、一緒にお食事をしたことがありましたわ」

「それは、いつ頃のことですか？」

「去年の十月頃だったかしら。夕方、お見えになったんで、夕食にお誘いしたんですよ。このビルの中に、和食のおいしい店があるんです」

「その時にも、彼女は何も話さずですか？」

「ええ。ほとんど、私がひとりでお喋りをしていたみたいでしたわね。ただ、その時、妙なことがあったんです」

「どんなことです?」

「ちょっと季節外れだったんですけど、アユの塩焼きが出たんです。そうしたら、田中京子さんは、急に泣き出しましてねえ」

「ほう」

「私も、びっくりして、どうしたんです?　とおききしました」

「返事は?」

「あんまり塩辛かったものだからとおっしゃっただけでしたわ」

「その時のアユは、そんなに塩辛かったんですか?」

「いいえ。塩辛いどころか、薄味で、頼りないくらいでしたわ」

と、光子は、笑った。

だが、十津川は、笑わなかった。光子の話を、どう受け取ってよいかわからなかったからである。

「そのアユは、特別のアユだったんですか」

「別に。どこでとれたアユかも知らずに食べましたけど」

「じゃあ、その時、何を話していたか思い出して下さい」

「でも、話をしたのは、主に私の方でしたけど」

「構いませんよ。食卓にアユが出た時、あなたは、何を話されていたんですか」

「さあ、何を話してたかしら?　多分、服のことじゃなかったかと思うんですけど。共通の話題といえば、それしかありませんでしたもの」

「違いますね」

「え？」

「服の話で、急に泣き出すとは思えないからです。それに、アユを見て泣くというのも、ばくぜんとしすぎている。他の話もなすったと思うんですがね」

「じゃあ、お料理の話でしたかしら。そうだわ。私、アユの話をしたんですよ。アユの塩焼きが出たとき」

「アユのどんな話です？」

「私ね、二年ほど前の夏に、長良《なが ら》川の鵜《う》飼《か》いを見物したことがございますの。警部さんは、ご覧になったことがおありでして？」

「いや。残念ながら、テレビで見たくらいのものです」

「なかなか風流なものですわよ。鵜匠のスタイルも、私のようなデザイナーには、興味がありますしね。舟に乗って見物したんですけど、とれたアユを、その場で料理して食べさせてくれるんですよ。アユの塩焼きを頂きながら、そのことを話したんだと思いますわ」

イヴは、アユを見て泣いたというより、その話を聞いて、泣いたのではないだろうか。

十津川と亀井は、礼をいって、小島光子の店を出た。外は、すでに夕闇が立ちこめ、赤坂周辺は、華やかなネオンで彩られていた。

二人は、赤坂見附から地下鉄に乗った。この時刻では、車より地下鉄の方が、早く浅草に帰れる。

吊革《つりかわ》につかまった恰好《かっこう》で、十津川は、

「カメさんの意見を聞きたいね」

と、亀井に声をかけた。地下鉄は音がうるさい。が、十津川の声が自然に大きくなるのは、そのためばかりではなかった。やっと、イヴの身元が割れそうになってきたと思うからだった。

「イヴの故郷が、長良川の辺りだということだと、助かりますな」

と、亀井も、眼を輝かせていった。

浅草署に戻ると、井上刑事が、

「警部に、岩井妙子さんという女の方から電話がありました」

と、十津川にいった。十津川が、黙っていると、井上は、電話器を、彼の前に持って来て、

「大事なことで、どうしても連絡して欲しいとおっしゃっていました」

「わかってるよ」

「向うの電話番号は、聞いておきましたが」

「いいから、その電話で、岐阜県警を呼び出してくれ」

と、十津川は、いった。

岐阜県警と連絡がとれるまでの間、十津川は、落ち着きなく、部屋の中を歩き廻《まわ》ったり、立ち止まって、窓の外を凝視したりした。

(妙子に、すぐ連絡した方がいいだろうか?)

大事なことというのは、何だろうか。いつまでも、あいまいな態度を取っている十津川に愛想をつかして、姿を消すとでもいうのだろうか。それなら、連絡した方がと、思ったとき、

「岐阜県警が出ました」

と、井上が、受話器を差し出した。

十津川は、小さく首を振ってから、受話器を取った。

相手にイヴのことを照会した。彼女の外見や、バラの刺青のことなどを、一応、電話で伝え、顔写真は、電送する。

「これで、イヴの正体がわかると、有難いですな」

亀井が、期待と不安の入り混じった顔で、十津川を見た。

十津川は、岐阜県の地図を借りて来て、机の上に広げた。

(かなり広いな)

と、思った。人口も、東京に比べれば少ないとはいえ、岐阜県全体では、二百万近いの

ことだろう。
だ。その中から、住所も氏名もわからない一人の女がいたかどうか、調べるのは、大変なことだろう。

長良川周辺に限定しても、岐阜市や大垣《おおがき》市など、いくつかの市が関係している。岐阜市だけでも、人口は、四十万を越えている。

案の定、岐阜県警からは、二日、三日とたっても、該当者が見つかったという知らせはなかった。

十津川の方も、ただ、手をこまねいて、岐阜からの報告を待っていたわけではない。イヴの身元割り出しのための努力は、東京で続けていた。

現場附近の聞き込みも、引き続いて行われた。

犯人が、イヴを殺して奪ったと思われる毛皮のハーフ・コートは、赤狐の毛皮で、犯人が質屋に持って行った場合を考え、小島光子に協力して貰《もら》い写真を作って、都内の質屋に配布した。

正和原宿コーポでの聞き込みも続行された。同じ九階の住人はもちろん、一階下の八階の住人にも当ってみたが、イヴについて何かを知っているという証言は得られなかった。

隣りの住人の証言には期待しているのだが、歌手の中山英次は、まだ、北海道の巡業から帰って来なかった。

この間、十津川は、何度か、妙子に電話をかけようとして、ためらった末、止めてしまった。

彼女が、大事なことといえば、二人のこれからのことに決まっている。とすれば、電話をかければ、決断をしなければならなくなるだろう。だが、十津川は、まだ、妙子とのことで、決心がつかずにいるのだ。

妙子とのことがあるまで、十津川は、自分を決断力のある人間だと思っていた。女のことで悩んだり、迷っている同僚があると、軽蔑《けいべつ》したことさえある。ところが、自分のこととなると、いっこうに決断がつかないのだ。

岐阜県警に照会してから四日目に、県警の野崎警部から、一つの朗報がもたらされた。

「岐阜市内に、首尾木《しゅびき》という旧家があります」

と、野崎がいった。

「シュビキ——ですか」

「首に、尾っぽの尾、それに木です。江戸時代から続いている旧家ですが、ここの長女の明子が、三年前、突然、家を出ています」

「その娘ですか？」

「例の写真を見て、よく似ているという人が何人か出てきています」

「それで、その首尾木家の人たちは、どういっているんですか？」

「両親は、否定していますね。太股《ふともも》に、バラの刺青《いれずみ》をしているような女が、自分たちの娘である筈《はず》がないというのですよ。そう信じているのか、それとも、違うと信じたがっているのか、私にはわかりませんが、今のところ、家族は否定しているので、ご照会の仏さんが、首尾木明子だという確証はつかめていません」

「野崎さんの感触はいかがですか？」

「何ともいえませんね。首尾木明子について、高校時代の友人に訊《き》いてみると、どうしても、太股に刺青をするような女には思えなくなります」

「彼女と、鵜飼いと何か関係がありますか？」

「山本というのが、鵜匠の一人にいるのですが、この山本家は、首尾木家と親戚《しんせき》関係です」

（間違いなさそうだ）

と、十津川は、直感した。

電話を切ると、岐阜市に、首尾木家を訪ねる許可を貰うために、十津川は、立ち上った。

第二章　旧家の門

1

十津川たちの乗る「ひかり3号」が発車するまでには、まだ二十分近くあった。

亀井刑事は、売店で新聞を買っている。十津川は、ホームの公衆電話に十円玉を投げ込んで、妙子のダイヤルを廻した。

まだ、午前七時四十分を廻ったばかりだから、妙子は、家にいる筈だった。彼女は、リトルマガジンを出している小さな出版社に勤めている。

（今頃は、朝食をとっている時分だな）

と、考えながら妙子が電話口に出るのを待った。彼女が出たら、これから、仕事で岐阜に行くこと、帰ってから一度会いたいと伝える積りだった。

だが、十津川の耳には、呼び出しのベルの音だけが、空しく聞こえて、妙子が出る気配はなかった。

十津川の胸を、暗いかげがよぎった。彼が連絡をとらなかったので、妙子は、失望して姿を隠したのかも知れないと思ったからだった。

新聞を買った亀井が、こちらにやって来るのを見て、十津川は、あわてて受話器を置いた。殺人事件を追っている最中、女のことに拘泥していることを知られるのが、照れ臭かったからである。

ひかり3号の車内は、年末から年始にかけての大混雑が嘘のようにすいていた。亀井と並んで腰を下した十津川は、発車すると煙草に火をつけた。

買い込んできた新聞に眼を通していた亀井が、

「事件のことは、全然、出ていませんな」

「そんなものさ。マスコミが騒ぐのは最初だけだよ」

別に、それを不満に思っているわけではない。マスコミを含めて、世間とはそんなものなのだ。ただ、十津川たちは、世間が事件を忘れてしまっても、解決するまで、事件と取り組んでいかなければならない。

「イヴという名前を電話して来た男のことですが」

と、亀井がいった。

「警部は、被害者とどんな関係がある人間だと考えられますか？」

「経験豊富な君の考えをまず聞きたいね」

「私は、少しばかり独断的かも知れませんが、イヴは、コールガールだったんじゃないでしょうか。かなり高級なです」

「そして、電話してきた男は、その客の一人だったというわけかね？」

「ちょっと俗っぽい推理だとは思うんですが」

と、亀井は、照れたように頭に手をやった。

「いや、君の考えは正しいかも知れんよ。ただのOLだったら、あんな豪勢な生活は出来ないだろうし、逆に、OLだったら、友人が多いだろうから、身元は簡単に割れただろうからね」

だが、断定は出来なかった。ひとり暮らしの若い女が、豊かな生活をしていたからといって、すぐ、水商売や、コールガールを想像するのは、危険という気もするからである。極端なことをいえば、宝くじに当ったことだって、考えられなくはないのだ。一等一千万円の宝くじに当った娘が、その金で、ぜいたくをしようと思った。原宿にマンションを借り、豪華なドレスを買い求めた。犯人は、その金を狙って、彼女を殺したことだって、あり得ないことではない。

亀井との会話が途切れると、十津川は、また、妙子のことが心配になってきた。彼女は、一見おとなしく見えるが、激情家のところもある。それだけに、余計、心配だった。

列車が、名古屋に近づいた時、十津川は、トイレに立った際、車内から、彼女の勤めている出版社に電話をかけてみた。

だが、妙子は、まだ出社していないという返事が、はね返ってきた。

「昨日も出て来ないんで、こちらも困っているんですよ。なにしろ、うちは小人数でやってる雑誌ですからね。アパートの方も留守だというと、行先をご存じないですか？」

と、逆にきき返されて、十津川の不安は、一層強いものになった。妙子は、几帳面《きちようめん》で、きまじめな性格だから、よほどのことがない限り、無断で会社を休んだりはしない筈だ。

電話を切ったあと、ふと、高い崖《がけ》っぷちを、あてどなく歩いている妙子の姿を想像して、十津川は、はっとしたりした。

暗い気持で座席に戻ると、亀井が、

「どうかされましたか？」

と、心配そうにきいた。

「いや、何でもない！」

十津川は、必要以上に強い声で否定した。

自分が、第一線の刑事である限り、私情にとらわれてはならないことは、よく知っている。

「もう一度、今度の事件を、おさらいしておこうじゃないか」

2

二時間で名古屋に着き、ここから、大垣行の電車に乗りかえた。

十津川も亀井も、岐阜は初めてだった。

だいだい色の電車が動き出すと、車窓の景色が、次第に、ひなびたものに変っていく。

刈りとられた田んぼのところどころに、雪が残っている。

太閤記《たいこうき》の好きな亀井は、「清洲《きよす》」とか、「尾張一宮《おわりいちのみや》」といった駅名に、眼を輝かせていた。

木曾《きそ》川の鉄橋を通過すると、急に家並みが増えはじめる。もう岐阜市内に入ったのだ。

十津川と亀井は、脱いでいたコートを手に持って立ち上った。

車内の客は、ほとんど、岐阜でおりた。それだけ、この町が、この辺りの経済の中心になっているということだろう。

改札を出たところに、電話してくれた岐阜県警北警察署の野崎警部が、出迎えに来てくれていた。

背は低いが、横幅の広い、がっちりした体格の男だった。年齢は五十歳ぐらいだろうか。

地方都市に行くと、その町のことなら何でも知っている刑事がいるものだが、この野崎警部も、その一人のようだった。

「私は、長良川の近くで生れましてね」

と、野崎は、十津川と亀井を、待たせてあるパトカーに案内しながら、自己紹介した。

「ここは、いい町です。若者は、大都会へ出て行きたがりますがね」

「首尾木明子という女性も、その一人だったんでしょうか？」

「さあ。その点は、まだわかっていません。まず、県警本部に行かれますか？　それとも首尾木家に直行されますか？」

「出来れば、これからすぐ、首尾木明子の両親に会ってみたいですね」

と、十津川はいった。

野崎は、運転席の警官に、「玉井町へやってくれ」と、いった。

パトカーが走り出すと、十津川は、冬の陽差しの中に広がる岐阜の街を見廻した。

普通、地方都市の駅前通りには、ホテルや土産物店、それに、デパートなどが並んでいるものだが、この岐阜では、繊維の問屋街だった。大通りの両側に、ずらりと、問屋が並んでいるのだ。いかにも、繊維製品の加工で生きる街という感じだった。

「今年は、昨年末の不況で、業者は青息吐息です」

と、野崎が、助手席から頸《くび》をねじ向けるようにしていった。

パトカーは、長良川に向って走った。

玉井町は、川沿いに近く、戦災にあったこの街で、焼けずに残った一角だった。それだけに、古い家が多い。

首尾木家は、その一軒だった。

がっしりした木の柱と、格子戸が、どことなく、京都の旧家を思わせた。

庇《ひさし》が深いので、玄関のあたりは薄暗かった。

江戸時代、岐阜一番の呉服商だったといわれるだけに、当時の古びた看板が、今でも、入口に下がっていたりする。

「今は、大変な地主で、長良川の向う岸に、旅館も経営していますよ」

と、野崎は、小声で説明してから、重い格子戸を開けて、案内を乞《こ》うた。

玄関の広いたたきは、更に薄暗かった。上ってすぐが六畳の和室だが、そこには、時代劇に出てくるような衝立《ついたて》が置かれ、なげしには、本物の槍《やり》が飾られている。

しばらく待たされてから、和服姿の老人が奥から現われた。

この家の主人の首尾木大造だった。頭に白いものの見える初老の大造は、野崎が、十津川と亀井を紹介するのを黙って聞いていたが、

「まあ、上りなさい」

と、三人を招じ入れた。

京都の商家と同じで、この家も、入口はさして広くないのに、家の中は、驚くほど広かった。

曲がりくねった廊下が続き、中庭があり、いくつもの部屋が重なっている。

十津川たちは、奥の八畳に案内された。

床の間には、鳥を描いた掛軸がかかっていて、大造は、

「狩野《かのう》芳崖《ほうがい》の作だそうです」

といった。もし、本物なら、何百万、あるいは、何千万の価値があるだろう。そんなものを無造作に掛けておくのは、旧家の誇りというものなのかも知れない。

天井は、長い歴史をしのばせるように、くすんでいる。ただ、蛍光灯の明りや、ガスストーブが、奇妙な対比を見せていた。

若い、十八、九の娘が、お茶を運んできた。十津川の前におかれた茶碗《ちゃわん》も、肉の厚い志

野の茶碗で、多分、これも一つ何十万円もする高価なものに違いない。

十津川は、一口飲んでから、大造に向って、

「東京の浅草で死んでいた若い女性が、お嬢さんの明子さんだと思われるふしがあります。それで、あなたに、東京へ来て、確認して頂きたいのです」

と、いった。

大造は、ちらりと、野崎に眼をやってから、

「この人にもいったんだが、私は、行く気はない。娘の筈《はず》がないからだ」

「何故です？　太股《ふともも》にバラの刺青《いれずみ》なんかしてあったからですか？」

「そうだ。そんな女が、明子である筈がない」

大造は、かたくなにいった。

「明子さんは、三年前に家を出られたそうですね？」

「それがどうかしたのかね？」

「以後今日まで三年間、明子さんに会っておられないわけでしょう。その三年の間に、バラの刺青をしなければならない事情が起きたのかも知れません。とにかく、確認に、東京へ来て頂けませんか」

「私は、行く気はない。理由は、今いった通りだ」

「怖いんですか？　お嬢さんだと確認するのが怖いんですか？」

十津川は、わざと、相手を刺戟《しげき》するようにいってみた。

大造の頬が、紅潮した。が、まっすぐ十津川を見すえると、

「私は、娘でもない死体の確認に、東京へ行く気はない」

と、がんこにいった。

傍から、野崎も、いろいろといってくれたが、大造は、かたくなに態度を変えようとしなかった。

3

十津川たちは、いったん、首尾木家を辞することにした。

外へ出ると、十津川は、野崎に向って、

「われわれは、このあたりで昼食をとって、もう一度、アタックしてみます」

と、先に、県警へ帰って貰《もら》った。

二人だけになると、十津川と亀井は、市電通りへ出て、大衆食堂に入った。通りを、市電や、トラックが通るたびに、がたがたゆれるような店だった。

二人は、仲よく焼魚の料理を注文した。鵜飼《うか》いで有名な場所だけに、出てきたのは、アユの塩焼きである。

食事のあと、十津川たちは、しばらく長良川の川岸を散歩した。

「私には、あの父親の気持が理解できませんね」

と、亀井が、歩きながらいった。

「私だったら、娘に似た死体と聞いただけで、確認のために飛んで行きますがね」

「何か事情があるんだろう」

「旧家の誇りというやつですか？」

「それもあるかも知れないし、首尾木明子が、三年前に突然家を出たことには、何か深い事情があって、それが今も尾を引いているのかも知れん」

「あの老人も、ひょっとすると、内心では、浅草の死体が、自分の娘だと考えているんじゃないでしょうか？」

「君は、そう思うかね？」

「親というやつは、子供に対して、動物的な愛情を持っているもんです。若い母親が、わが子を殺してコインロッカーに放り込むのも、そんな動物的な愛情が、逆に作用したんじゃないかと思うことがあります」

「男親でも同じかね？」

「男は冷静だといいますが、親となると別ですな」

と、亀井は笑った。

「自分でも嫌になるほど、子供に対してだらしなくなりますよ。動物的で、本能的な愛情という点では、母親と似たりよったりじゃないでしょうか。だから、あの老人も、きっと、新聞記事や、顔写真を見たとき、とっさに、自分の娘だと感じたと思うんです。もちろん、イヴが、首尾木明子だとしての話ですが」

亀井の話は、十津川にも、理屈としてはわかる気がする。が、子供を持ったことのない十津川には、実感はなかった。

「そうだとすると、あの父親を説得して、東京へ連れて行くのは難しいな」

と、十津川は、川面《かわも》に眼をやった。

鵜飼いの季節の終った今は、川面は、ひっそりと静まり返り、鵜飼い見物の舟は、岸に引きあげて並べてあった。

イヴは自分の娘でないと信じていて、拒絶しているのなら、説得の方法はいろいろあるだろう。だが、娘に違いないと思いながら確認を拒絶しているのだとしたら、説得するのは難しくなりそうだ。

「首尾木明子の指紋が手に入ると、あの老人に確認して貰わなくても、イヴかどうか確かめられますが」

亀井が、難しい顔でいった。彼にも、自分の考えが難しいのがわかっているからだろう。

首尾木明子は、三年前にここから居なくなったという。彼女の部屋が、そのままになっていたとしても、果たして、鮮明な指紋が残っているだろうか。

「指紋は無理だろう」

と、十津川はいった。

「とにかく、あの父親を、もう一度、説得してみよう。父親が駄目なら母親に、東京に来て貰うように説得してみようじゃないか」

二人は、また、玉井町の首尾木家に向って引き返した。あの家でも、もう、昼食はすませているだろう。

首尾木家の玄関は、相変らず、薄暗く、ひっそりと静まり返っていた。打水までが、かえって、よそよそしく、十津川の眼に映った。

格子戸を開けて、奥に声をかけると、大造ではなく、和服姿の若い娘が姿を見せた。さきほど、お茶を運んで来た娘だった。きちんと正座して、十津川と亀井を見上げ、

「両親は、外出しております」

「あなたは？」

「首尾木美也子です」

「じゃあ、明子さんの妹さんですね？」

「はい」

と、娘は肯《うなず》いた。そういえば、イヴに似た顔立ちをしている。

だが、この娘は、なんときつい眼をしていることだろう。

「ご両親は、何処へ行かれたんです？」

「存じません」

「それなら、あなたでもいい。東京で殺された女性が、お姉さんの明子さんかどうか、確認しに、われわれと一緒に東京へ行ってくれませんか」

と、十津川は、頼んだ。が、首尾木美也子は、強くかぶりを横に振った。

「東京へ参る気はありません」

「何故です？」

「東京で死んだ女の方は、バラの刺青をしていたと聞きました。それなら、姉の筈がないからです」

「しかし――」

と、反抗しかけて、十津川は、その言葉を呑《の》み込んで、じっと、眼の前にいる首尾木美也子を見つめた。

（この拒否の強さは、少しばかり、異常ではあるまいか）

4

岐阜県警北警察署に引きあげた十津川は、野崎警部の顔を見るなり、

「参りました」

と、お手あげの恰好《かっこう》をして見せた。

野崎は、十津川と亀井に、自分でお茶をいれてくれてから、

「やはり、自分の娘の筈がないの一点張りですか？」

「両親はどこかへ出かけてしまい、首尾木明子の妹さんが出て来たんですが、彼女も、刺

青なんかしている女は、姉の筈がないの一点張りでしてね」

「あの娘ですか」

　と、野崎が微笑した。

「よくご存じですか？」

「姉に似て才媛《さいえん》という評判でしてね。近く、婿取りをするそうですよ。相手は、父親が決めた青年で、若手の優秀な弁護士だそうです」

「男の兄弟はいないんですか？」

「いません。明子と、美也子の姉妹だけです。ああ、それから――」

　と、野崎は、思い出したというように、

「調べてみてわかったんですが、あの両親は、問題の明子を、勘当していますね」

「勘当ですか」

　と、十津川は、苦笑した。

「現代では法律的には、全く効果がないわけでしょう？」

「ええ。しかし、親戚《しんせき》全部に、その通知を出したらしいです」

「それは、いつのことですか？」

「首尾木明子が姿を消してすぐのことです」

「それは興味がありますね。警察に捜索願は出ていたんですか？」

「いや。どこの警察にも、捜索願は出されていません。もっとも、捜索願を出さなければならんという法律はありませんから、そのことで、首尾木の人々を非難するわけにはいきませんが」

「しかし、異常ですね。年頃の娘がいなくなったのに、捜索願を出さないというのは」

「そうですな」

「両親は、首尾木明子が姿を消した理由を知っていたんじゃないでしょうか？ 知っていたから、警察に捜索願を出さなかったということは考えられませんか？」

と、黙って十津川と野崎の話を聞いていた亀井が、口をはさんだ。

「いかがですか？ 彼の考えは？」

十津川が、野崎を見た。

「そんなところかも知れません」

と、野崎は肯いた。

「しかし、体面第一を考える人たちですから、われわれが質問しても、何も話してくれんでしょう」

「首尾木明子ですが、ここにいる時、警察の厄介になったことはありませんか？ 前科があれば、指紋を、浅草寺の死体のそれと照合できますが」

「残念ですが、無理ですな。岐阜時代の首尾木明子は、犯罪からもっとも遠い存在でしたからね。いわゆる良家の子女で、県下の大学を優秀な成績で卒業し、ミス・岐阜にも選ばれています」

「そうですか」

「ところで、今夜の宿を手配しておきました。長良川沿いの山本旅館です」

「山本というと？」

「先日電話でお話しした、首尾木の親戚で、鵜匠をやっている男です。最近、旅館を始めましてね。彼になら、何か聞けるかも知れませんよ」

「そいつは有難い。ご配慮に感謝します」

十津川は、笑顔になって、野崎に礼をいった。

署長に挨拶《あいさつ》をしてから、十津川と亀井は、タクシーを拾って、山本旅館に向った。

さっきの玉井町の傍を抜け、長良川にかかる長良橋を渡ると、「鵜飼屋」という市電の停留所が眼に入った。この辺りは、鵜匠が住んでいるから、この名前があるのだろう。

川岸に沿って、旅館が並んでいたが、「鵜匠の旅館」と、わざわざ看板にかかげている家も何軒かあり、その一軒の前で、タクシーがとまった。

5

山本旅館の主人は、この町では、有名な鵜匠ということで、陽焼けした顔に、あごひげを生やした元気のいい老人だった。年齢は、首尾木大造と同じくらいだろうか。

女中が、お茶と茶菓子を運んで来たあとに、あいさつに顔を出した山本は、

「今度は、鵜飼いの季節においで下さい。この部屋からも、よく見えますから」

と、窓の外を指さした。

長良川の川面には、すでに、夕闇が立ち籠めている。

十津川は、「そうしましょう」と、肯いてから、

「実は、われわれは――」

「わかっています。東京の刑事さんでしょうが。北警察署の野崎さんから聞いていますよ」

「それなら、話がしやすい。あなたも、すでにご存じと思いますが、東京で殺されていた若い女が、首尾木明子さんと思われるふしがあるのです。それで、明子さんの身内の方に、東京へ来て確認して貰《もら》いたいのですがね」

「首尾木のおやじさんは、何といっているんです？」

「バラの刺青《いれずみ》をしているような女が、娘の筈《はず》がないの一点張りでしたよ。もう一人の娘さんもね。しかし、われわれとしては、違うなら違うで、一応、確認して貰わなければ困るんです。あなたも、首尾木明子さんのことは、よく知っておられるんでしょう」

「それは親戚ですからね」

「それなら、あなたでもいい。東京へ来て、死体を確認して下さい」

「弱りましたな」

山本は、本当に当惑した顔になって、十津川から視線をそらしてしまった。

「何故、弱るんです？　ただ、われわれと一緒に東京へ行って、死体を見て貰えればいいんですよ。簡単なことじゃありませんか」

「しかし、首尾木のおやじさんが、娘の筈がないといっているのに、私が、出過ぎた真似も出来んし――」

「何を怖がっているんです？」

十津川は、相手の顔を、まっすぐに見つめてきいた。

「怖がるとは、何のことです？」

「首尾木家の人たちも、あなたも、まるで、東京の死体を、首尾木明子と認めるのを怖がっているように見えて仕方がないのですよ。いったい、何が怖いんです？」

「別に、何も怖がってはおりませんよ」

「それなら、われわれと、東京に来て下さい」

「しかし、首尾木のおやじさんが拒否しているものを――」

と、山本はいう。これでは、いつまでたっても、堂々めぐりだった。その中に、女中が夕食を運んで来て、それをしおに、山本は、少し考えさせて欲しいといって、部屋を出て行ってしまった。

仕方なく、十津川と亀井は、夕食の箸《はし》をとった。

「やはり、何かありますね」

と、亀井がいった。

「カメさんも、そう思うかね？」

「三年前に、首尾木明子が姿を消した時、何かあったに違いありません。多分、首尾木の不名誉になることだったんじゃないかと思うんです。だから、姿を消すとすぐ、古風な勘当の処置をとった。三年たった今、彼女の死を確認することで、それが新聞にでも載り、三年前のことが、また蒸し返されるのを恐れているんじゃないでしょうか？」

「三年前に、いったい何があったのかねえ」

十津川は、首をひねったが、それを突きつめて考えようという気はなかった。イヴが殺された事件に関係があれば別だが、今は、イヴの身元確認を最優先しなければならない。

「このぶんだと、首尾木家に縁のある家は、どこも、死体の確認を拒否するかも知れませんな」

と、亀井が、小さな溜息《ためいき》をついた。あの首尾木大造の命令が、一族、縁者の間に伝わり、守られている感じがする。

彼等を強制的に東京へ連れて行くことは、十津川は考えなかった。そんなことをして、もし、つむじを曲げられてしまったら、イヴが首尾木明子であっても、違うといわれかねないからだ。

先に食事をすませた十津川は、

「ちょっと散歩をしてくる」

「じゃあ、私も」

「いや。君は、ゆっくり休んでいてくれ」

十津川は、ひとりで部屋を出た。

帳場で電話を借り、東京の妙子に連絡をとろうとしたが、相変らず、彼女は留守らしく、誰も電話口に出ようとしない。

十津川は、旅館の下駄を突っかけて、外へ出た。

夜に入って、逆に気温が上ったらしく、眼の前の川面《かわも》に、白く水蒸気が立ち昇り、その向うにそびえる金華山の山頂も、夜霧にかすんでしまっている。

標高三二八・九メートルの金華山の山頂には、岐阜城が見える筈だが、それも、白い夜霧でさえぎられてしまっている。

十津川は、川岸に腰を下して、川下に向って、ゆっくり夜霧が流れて行くのを見守っていた。

首尾木一族や親戚《しんせき》、知人が、あくまで、死体の確認を拒否したら、どうしたらいいだろうか。

首尾木明子の大学時代の友人を探して確認させるか。

それにしても、妙子は、いったい何処へ消えてしまったのだろうか。

ふいに、背後に人の気配がした。

「カメさんか？」

「山本です」

と、旅館の主人が、土手をおりて来て、十津川の横に腰を下した。

「何をごらんになっているんです？」

山本は、煙管《キセル》を取り出し、それに、きざみ煙草を詰めながら、十津川にきいた。

「霧を見ているんですよ。白い霧が動いていくのが面白いもんですからね」

「このぶんだと、明日は、雨になりますな。刑事さんは、いつまで、岐阜におられるんです？」

「首尾木明子さんをよく知っている人が、確認のために、東京へ行くことを承諾してくれるまでは、ここにいる積りですよ」

「そうですか」

「私は刑事で、殺人事件を解決するために給料を貰っていますからね」

「新聞によると、東京で殺された女性は、確かイヴという名前の筈でしたな」

山本は、煙管の煙を吐き出した。

「そういう綽名《あだな》で呼ばれていた女だということだけは、わかっています」

「それなら、イヴという名前の女が殺された事件のわけでしょう？　違いますか？」

「しかし、イヴはあくまで綽名ですからね」

「しかし、犯人は、イヴを殺したんじゃないですか？　もし、そうなら、本名を知る必要はないんじゃありませんか？」

「面白いご意見ですが」

と、十津川は、首を振った。

「われわれは、どうしても、イヴが誰であるか知る必要があるんです」

「約束をして下さいませんか」

「何をです？」

「首尾木家は、由緒のある家柄です。鵜匠《うしょう》である私どもの家系も、何代も続いたものです」

「それは聞きました」

「その由緒ある家系を傷つけたくはないのですよ」

「われわれは、そんな積りは、全くありませんが」

「しかし、首尾木家の娘が、バラの刺青をして、東京で殺されていたと新聞に出たらどうなります？　これはスキャンダルです」

「それで？」

「マスコミには、絶対に秘密にすると、約束して頂けますか？」

「約束すれば、あなたが、東京へ来て、死体を確認してくれるのですか？」

「ええ。私が、東京へ行きます」

「約束しましょう。われわれも、事件が解決すればいいのですからね」

「では、明日、先に東京へ帰って下さい。私も、必ず後から東京へ行きます」

「用心深いのですね」

「こういうことは、用心に越したことはありません。それに、ここは、東京のような大都会とは違います。ちょっとしたことが、すぐ噂になって広がりますからね」

山本は、強い眼で、じっと川面を見つめた。

6

翌日、眼ざめると、山本が予言したように雨になっていた。南から湿った暖かい空気が吹き込んで来たとかで、一月にしては温かい雨だった。

「僕は東京に帰るが、カメさんは、二、三日ここに残って、首尾木明子のことを調べてみてくれ。イヴが首尾木明子であることは、まず、間違いないと思うからね」

と、十津川は、窓の外に眼をやりながら、亀井にいった。

亀井が肯《うなず》くのを見てから、十津川は、帳場に電話して、タクシーを呼んで貰《もら》った。

北警察署に寄り、野崎警部に、世話になったお礼と、後に残る亀井のことを頼んでから、十津川は、国鉄岐阜駅に向った。

東京には、午後一時過ぎに着いた。ここも雨が降っていた。

山本が、約束どおり上京して来たのは、その日の夕方だった。

今、東京駅に着いたという電話を貰って、十津川は、車で迎えに行った。雨は、まだ降り続いていて、山本は、その雨空のように、暗い陰鬱《いんうつ》な眼をしていた。

十津川は、腕時計に眼をやった。

「どこかで、食事をされますか？」

「いや。嫌な仕事は早くすませてしまいたいですね」

山本は、雨空を見上げながらいった。

「じゃあ、行きましょう」

と、十津川は、待たせてある車に、山本を案内した。

都内の道路は、渋滞が始まっていた。東京駅から大塚の監察医務院まで一時間半近くかかってしまったが、その間、山本は、ほとんど口をきこうとしなかった。

監察医務院に着き、地下の死体置場へ案内する。ここの独特の匂いは、何回来ても、馴《な》れることが出来ない。

係官が、イヴの死体を山本に見せる。それを、十津川は、離れた場所から眺めていた。

山本は、二、三秒、じっと見つめてから、ふっと眼をそらせて、

「もう結構です」

「首尾木明子さんでしたか？」

と、十津川がきいた。

「ええ。彼女です」

「間違いありませんか？」

「間違いありませんよ。これで、私は帰って構いませんね」

「わざわざ来て頂いたんだから、夕食をご馳走《ちそう》させてくれませんか」

「有難いが、私は、一刻も早く岐阜に帰りたいのですよ」

と、山本は、かたくなにいった。

「じゃあ、東京駅までお送りしましょう」

と、十津川がいった。山本は、それまでは拒否しなかった。

雨はようやく小止みになっている。

「約束は守って頂けますね？」

山本は、車の中で、十津川に念を押した。

「いいでしょう。新聞記者には、当分、黙っていますよ」

「ぜひ、そうして下さい。傷つく人が出ると困りますから」

傷つく人が出るというのは、少し大げさだと十津川は思ったが、山本が、あまりにも真剣な顔付きなので、

「わかりました」

と、肯いた。

山本を、東京駅まで送りとどけて、十津川が浅草署に戻ると、若い井上刑事が、

「お客さんが、さっきからお待ちです」

と、いった。

十津川は、階下へおりて行った。

客は、妙子の母親の文江だった。彼女には、妙子と一緒の時、何度か会っていたが、水戸にいる筈《はず》であった。

小柄だが、威勢のいい母親だったのに、今は、げっそりとやつれた顔で、十津川を見るなり、

「妙子を捜して下さい！」

と、甲高い声を出した。

「彼女は、お母さんのあなたにも黙って、姿を消してしまったんですか？」

「そうですよ」

7

「しかし、僕は今、殺人事件の捜査中なのです。事件が片付き次第、妙子さんを探しますが、今は残念ながら、何も出来ないのですよ」

十津川が申しわけなさそうにいうと、文江は、

「そのことなら、さっき、若い刑事さんから伺いました。でも、これを見て下さいな」

と、着物の袂《たもと》から、二つに折った封筒を取り出した。

「妙子のアパートにあったものですよ」

白い封筒の表には、「十津川さま」と、妙子の筆跡で書いてあった。

十津川は、あわてて、中身を抜き出した。

便箋《びんせん》一枚に、次のような言葉が並んでいた。

〈貴方が調べていらっしゃる事件のことでお役に立てるかも知れません。
二、三日留守にしますが、心配なさらないで下さい。
妙子〉

「どういうことですか？　これは」

と、十津川は、文江を見た。

「あたしにだって、何のことかわかりませんよ。でも、十津川さんは、殺人事件を調べていらっしゃるんでしょう？」

「そうです」

「妙子が、それにかかわったら、危険でしょう？　だから、一刻も早く、あの子を探し出して欲しいんですよ」

「しかし――」

十津川は、当惑した顔で、もう一度、便箋に眼を走らせた。

お役に立てるかも知れないというのは、どういう意味なのだろう？　イヴこと首尾木明子を殺した犯人を知っているとでもいうのだろうか。

（そんな筈はない）

と、思う。もし、犯人を知っているのなら、この置手紙に、その名前を書いていくだろう。

十津川の気を引くために、お役に立てるかも知れないと書いたのだろうか？　しかし、妙子が、そんな小細工の弄《ろう》せる女だったら、過去の過ちを、十津川に打ちあけたりはしない筈だ。

十津川は、妙子の置手紙を、井上刑事に渡し、あとで、捜査一課長に見せてくれと頼んでおいて、文江と一緒に、妙子のアパートに足を運んでみることにした。

彼女のアパートは、隅田《すみだ》川を渡った向島《むこうじま》にあった。

幸い、雨は止んでいた。さすがに、夜気が冷たく肌を刺してくる。

「寒くありませんか？」

と、車をおりて、細い路地を歩きながら、十津川がきくと、

「寒さなんか、感じません」

と、怒ったような文江の声が、はね返ってきた。

妙子は、木造モルタル塗りの２Ｋの部屋を借りていた。六畳、三畳に台所とトイレがついているが、風呂《バス》はない。

それでも、若い女性の部屋らしく、きれいに片付き、色彩も華やかだった。

六畳の部屋には、電気ごたつが設けられていた。

「あの置手紙は、そのこたつ板の上にのっていたんですよ」

と、文江がいった。

ドアについている郵便受には、何日分かの新聞が突っ込まれ、入り切らなくなった分は、廊下に落ちていた。

三日前の一月二十一日の朝刊から突っ込んである。ということは、妙子が、二十日の夜か、二十一日の朝、ここを出て行ったということになる。

しかし、何処へ行ったのだろうか？

それにしても、妙子が、最後に電話してきた時、意地を張って連絡しなかったことが、改めて悔まれた。あの時、連絡していれば、妙子が、何を考え、何をしようとしていたかわかった筈なのだ。

とにかく、部屋を調べ、手掛りをつかむより仕方がないと、十津川が、周囲を見廻《みまわ》した時、突然、けたたましい音を立てて、電話が鳴った。

8

十津川は、部屋の隅にあった電話をわしづかみにした。

「もし、もし」

と、いくらかせき込んで呼びかけた。

が、相手は、黙っている。切れる音はしないから、誰かが、出ているのだ。

「妙子さんか？　それなら、ここにお母さんがいるから、代るよ」

がちゃんと、相手は、乱暴に電話を切ってしまった。

「妙子なんですか？」

と、文江がきく。

「わかりませんが、何もいわずに向うから切ってしまいましたよ」

妙子だったとは思えない。十津川の声は特徴があるし、彼女とは、何回となく電話を掛け合っている。妙子だったら、電話に出たのが十津川だと、すぐ気付いた筈だし、気付けば、何もいわずに、あんなに乱暴に切るとは考えられないからである。彼女は、そんな女ではない。

十津川は、いったん受話器を置いたが、浅草署のダイヤルを廻し、井上刑事に、何かあったら連絡してくれと、こちらの電話番号を教えた。

「手掛りになるようなものが何かないか、一緒に、部屋を探してみようじゃありませんか」

と、十津川は、文江にいった。

新聞は一紙しかとっていないのに、今度の事件を報じた日の新聞は、三紙あった。わざわざ、買って来て、眼を通したのだろう。

そして、妙子は、何かに気がついたのだろうか。

「岐阜に親戚《しんせき》がありますか？」

と、十津川は、文江にきいてみた。

「岐阜になんかありませんよ。あたしは、岐阜に行ったこともないし――」

「妙子さんは、岐阜に行ったことがあったかな？」

「さあ。でも、あたしに岐阜の話をしたことはありませんよ」

十津川にも、岐阜の話をしたことはなかった。妙子の憧《あこが》れは、もっと南の、沖縄や、東南アジアにあるようだった。とすると、被害者が岐阜生れの首尾木明子だということを知っていたとは思えなくなってくる。

では、「イヴ」という呼び名に、心当りがあったのだろうか。それとも、被害者の太股《ふともも》にあったバラの刺青《いれずみ》にか。

だが、どちらも、妙子にふさわしくないと思う。「イヴ」という呼び名は、何やら淫靡《いんび》な匂いがするし、刺青は、日本では陽かげに咲く花だ。妙子が、そんなものに心当りがあったとは思えないし、思いたくもない。

三面鏡の引出しや、衣裳《いしょう》ダンスを開けて、中を調べてみる。十津川が、パリから出した手紙が、きちんとゴム輪でまとめて、引出しに入っていた。それは、彼が、パリで受け取った妙子の手紙を思い出させた。

愛に満ちた手紙だった。しかし、今から考えれば、その文面の裏に苦悩に満ちた何行かの文字があった筈なのに、十津川は、それを見落していたのだ。

アルバムが出て来た。

十津川と知り合った頃の幸福そうな写真もあれば、たった一人で、鄙《ひな》びた風景の中で佇《たたず》んでいる写真もある。セルフタイマーで撮ったか、行きずりの人に、シャッターを押して貰ったのだろう。だが、背景は、いくら見ても岐阜ではなかったから、今度の事件と関係がある写真とは思えなかった。

文江が、別の手紙の束を見つけた。十津川以外から来たものばかりを、束にして、ゴムでとめてある。

十津川は、一通ずつ丁寧に眼を通していった。

年賀状、高校、大学時代の友人からの手紙、親戚などからの季節の挨拶《あいさつ》状、そんな他愛ない手紙の中に、一通だけ、封筒のなくなっている便箋《びんせん》だけの手紙が眼に止まった。

妙子は几帳面《きちようめん》な性格で、封書は、必ず封筒に入れて保存している。だから、最初は封筒がなくなっていることに不審を持ったのだが、次には、便箋の文字が、彼の注意を引いた。

帰っておいで
美しい私の仔猫《こねこ》よ
薔薇《ばら》の花の似合う恋人よ
物憂い都会の夜を
私とまた

肉慾《にくよく》という悪魔の快楽の中に
共に溺《おぼ》れようではないか

何を恐れているのか
私の優しいイヴよ
しなやかな肉体を持つ恋人よ
この悪徳の咲き誇る街を
私と手を取り合い
めくるめく逸楽の中で
全てを忘れ去ろうではないか

手紙というより、これは詩と呼ぶべきだろう。ただし、十津川には、この詩が上手《うま》いものか下手なのかわからなかった。

便箋二枚に書かれていて、署名も、日付もない。

（妙子が、あやまちをおかしたという男から来たものだろうか？）

考えてみると、十津川は、その男のことをほとんど知らないのだ。知りたくないわけではない。逆だった。何をしている男なのか、その男のどんな魅力が、妙子を引きつけたのか、それを知りたいと思う。だが、十津川は、妙子に対して、一度も、男のことを、ききただしたことはなかった。多分それは、十津川の男としての自尊心のせいだろう。

便箋の文字は、極細のペンで書かれている。一字一字、丁寧に書かれていて、いかにも、神経質な感じだ。

白い、平凡な便箋は、細長く四つにたたまれていたから、普通の型の封筒に入っていたのだろう。

その封筒は、妙子が持って、何処かへ出かけたのか。

封筒には、恐らく、差出人の住所や名前が書いてあったろう。普通の手紙なら、そうなっている。妙子は、手紙の主を訪ねて行ったのだろうか。

しかし、それが、置手紙にあった、「お役に立てるかも知れない」という言葉と、どう関係してくるのか。

手紙の主は、「私と――」と、妙子に呼びかけているところからみて、まず間違いなく男だろうが、妙子は、この男が、イヴ殺しの犯人と考え、自分で捕える気になったのか。

だが、そうだとしたら、妙子が、相手を犯人かも知れぬと考えた理由は、何なのだろう？

詩の中に、バラとか、イヴという文字があったからか。だが、バラや、イヴというのは、詩の常套句《じょうとうく》なのではあるまいか。

十津川は、複雑な気持で、もう一度、便箋の文字に眼を落した。

ひょっとすると、これが、事件解決の手がかりになるかも知れぬという刑事としての期待と、妙子が、前にあやまちをおかしたと思われる男に、また会いに出かけたらしいことへの、男としてのいらだちが、十津川の胸の中で交錯した。

9

翌日の午後二時から浅草署に近い火葬場で、首尾木明子の遺体が、焼かれることになった。

晴れていたが、風の強い、寒い日だった。

十津川が、参列するために、捜査本部を出ようとしているところへ、亀井刑事が、岐阜から帰って来た。

「とうとう、首尾木明子の家族を連れて来られませんでした」

と、亀井は、十津川に報告した。

「両親は、あくまで、自分の娘だとは認めないというわけかね？」

「そうです。鵜匠《うしよう》の山本氏も、岐阜に戻ったあと、首尾木家の人間に、余計なことをするなと、ひどく叱られたようです」

「すると、身内の人間は、誰も参列せずか」

十津川は、暗い眼で、冬の空を見上げた。なぜ、こんなにも、彼等は、かたくななのだろうか？　いったい、何を恐れているのか？

「仕方がない。カメさんと僕で、彼女の骨を拾ってやろう」

十津川は、亀井を促して、署の前からタクシーを拾った。

「彼女が、三年前に岐阜から姿を消した理由について、何かわかったかね？」

と、十津川は、車の中で、亀井にきいた。

「結論から先に申しあげますと、残念ながら、わかりませんでした」

亀井は、申しわけなさそうに頭をかいた。

「そんなに、みんなの口は堅いかね」

「首尾木の人間はもちろんですが、親戚《しんせき》、知人も、何も話してくれません。何も知らんといいましてね。被害者を首尾木明子と認めようとしないくらいですから、無理もありませんが」

「彼女の大学時代の友人から、何か聞けなかったかね？」

「何人か当ってみました。誰も彼も、三年前に、突然、彼女がいなくなった時は、びっくりしたというだけで、理由については、何も知らないということです。この方は、嘘をついているとは思えませんでした。ただ、一人だけ、失踪《しっそう》の前日、彼女に会ったという女性がいました」

「それで？」

「首尾木明子が、姿を消したのは、三年前の三月十日ですが、木下利子という友人が、前日九日の夕方、国鉄岐阜駅の近くで、明子に会ったというのです」

「その時、何か話したのかね？」

「明子が、ひどく暗い顔をしていたので、どうしたのかときいたが、黙りこくって返事しなかったというのです。とりつく島もない感じだったが、別れしなに、あたしは岐阜を出るかも知れないといったそうです。その時は、本気にしなかったが、彼女が消えてしまったので、びっくりしたといっていました」

「何故、本気にしなかったのかね？」

「明子は、首尾木家の長女なので、しかるべきところから婿をとって、家を継ぐと、友人にもいっていたそうです。だからでしょう」

「なるほどな」

「わかったのは、これだけです」

亀井は、また、申しわけなさそうにいった。

火葬場は、いつ来ても嫌なものだ、と、十津川は思う。匂いが嫌だ。

首尾木明子の遺体が焼ける間、十津川と亀井は、黙りこくって、待っていた。たった二人だけの参列者である。

焼けてしまうと係員が、にこやかな顔で、十津川と亀井に、「どうぞ、骨をお拾い下さい」といった。なぜ、火葬場の係員というのは、にこにこしているのだろうか。

箸《はし》で骨をつまむと、乾いた、かさかさした音を立てた。首尾木明子は、灰と白茶けた骨だけになり、小さな瀬戸物の骨壺《こつつぼ》に納まってしまった。

「人間というやつは、こうなると、他愛ないものですな」

と、亀井が、溜息《ためいき》をついた。十津川も、そう思う。誰だって、死んでしまえば、小さな骨壺一つに納まってしまうのだ。

白布に包まれた遺骨は、亀井が持った。

「それにしても、薄情な家族ですな。どんな理由があるのか知りませんが、誰一人出席しないというのは――」

亀井が、腹立たしげにいった。

「どうやら、そうでもないらしいよ」

「え？」

「門のところを見たまえ」

と、十津川が、嬉《うれ》しそうにいった。

車が出入りしている正門のところに、若い女が一人、藤色のコートの襟を立てて、じっと、こちらを見ていた。

「あれは――」

と、亀井が、声をあげた。

「首尾木明子の妹のようですね」

「ああ。首尾木美也子だ」

「なぜ、急に、来る気になったんでしょうか？」

「わからないが、理由は何であれ、仏さんは喜ぶだろう」

十津川は、はじめて微笑し、首尾木美也子の方へ歩いて行った。

(これで、彼女が、何か話してくれれば、有難いのだが)

10

首尾木美也子は、コートのポケットに両手を突っ込み、口を一文字に結んで、近づいてくる十津川と亀井を見つめていた。そんな彼女が、少年のように見えた。

十津川は、彼女に微笑みかけた。

「やっぱり、来てくれましたね」

といういい方を、十津川はした。それは、若い美也子の気持を、少しでも柔らげたかったからだが、美也子の表情は、かえって、硬いものになった。

「お姉さんの遺骨は、今日中に、岐阜に持って帰りますか?」

十津川が、きくと、美也子は、きっぱりした口調で、

「いいえ」

と、いった。

「では、明日にしますか?」

「いいえ。その遺骨は、岐阜には持って帰りません」

「何故です？」

「姉ではありませんから」

「まだ、そんなことをいっているんですか」

十津川の顔が、赧《あか》くなった。

「鵜匠の山本さんは、東京へ来て、遺体が、首尾木明子さんであることを確認したんですよ」

「あの人は、岐阜に帰ってから、違っていたといっています」

「そんな馬鹿な」

と十津川は、舌打ちした。

「いったい、何を怖がっているんです？　あなた方は」

「何も怖がってはいませんわ」

「じゃあ、何のために、ここに来たんですか？　まさか、東京の火葬場が珍しくて見物しに来たんじゃないでしょう？」

「その遺骨が、どこへ納められるのか、それを見届けに来たんです。姉のでもないものが、間違って、岐阜の家へ運ばれて来たら困りますもの」

美也子は、ニコリともしないでいった。

「まるで、厄病神だな」

と、亀井が、眉をひそめて呟いた。

ひょっとすると、そうなのかも知れないと、十津川は思った。

三年前に行方不明になった首尾木明子が、再び姿を現わすことは、首尾木一族にとって、迷惑以外の何ものでもないらしい。それがたとえ死体であっても。

「それでは、この遺骨を、無縁仏として処理していいのかね？」

十津川は、自然に、荒い言葉遣いになって、美也子を見すえた。

「そうして頂きたいと思いますわ。首尾木家とは、何の関係もない人の遺骨ですから」

美也子の答えは、いぜんとして、硬く、そっけないものだった。

十津川は、不思議なものでも見るように、若い美也子を見つめた。

眼の前にあるのは、いやしくも、実の姉の遺骨なのだ。わずか二十一歳の娘が、姉の遺骨を前にして、これほど冷酷に振るまえる理由は、いったい何なのだろうか？

首尾木という旧家の名誉を守ろうという気負いなのか。そうだとしたら、何故、首尾木明子が、名誉を傷つけるのだろうか？

明子が、「イヴ」という怪しげな名前で呼ばれていたことや、太股《ふともも》のバラの刺青《いれずみ》のせいばかりではあるまい。

何かあるのだ。

その何かが首尾木明子を殺したのだとしたら、どうしても、その理由を知らなければならない。

それとも、彼女は、首尾木家とは関係なく、「イヴ」として殺されたのだろうか。

「姉さんを可哀そうとは思わないのかね？」

改めて、十津川がきいた時だった。

ふいに、彼は、眼の前に、激しい閃光《せんこう》が走るのを見た。

11

誰かが、眼の前でフラッシュを焚《た》いたのだ。

十津川は、一瞬、眼がくらむのを感じながら、

「何をするんだ？」

と、怒鳴った。

美也子は、コートの襟で顔をかくし、眼だけ見せて、カメラを持った男を睨《にら》んでいた。

「中央新聞の新谷です」

と、もう一人の男がいった。

十津川は、そっけなく、

「君の顔は、知ってるよ」

「それなら怒ることはないでしょう。われわれは、事件の取材にやって来たんです。どうやら、被害者の身元が割れたようですね。そこにいるのが、妹さんですか？」

「違います！」

と、美也子が、甲高い声でいって、外へ駆け出した。

新谷が、追いすがろうとするのへ、十津川が、妨害するように立ち塞《ふさ》がった。

「彼女は無関係だよ」

「さっきの話の様子じゃあ、そんな風には見えませんでしたがねえ」

「いや。無関係だよ。それに、被害者の名前は、もうわかってる」

「本当ですか？　何という名前です？」

「イヴだ」

「よして下さい。それは、綽名《あだな》でしょう」

「彼女が、イヴとして殺されたとすれば、捜査には、イヴという名前だけで十分だ」

「そうですかねえ」

新谷は、背伸びをして、分厚い十津川の肩越しに、走り去って行く美也子を、眼で追っていた。

「確か、岐阜のシュビキとか、フブキとかいっていましたね」

「さあ、知らんね」

「何故、隠すんです？」

「別に、隠したりはしてないさ」

「じゃあ、その遺骨は、どうするんです？」

「今のところ、無縁仏として葬るさ。戒名は、さしずめ、バラ信女か、イヴ信女だな」

「無縁仏ねえ」

新谷は、首をかしげてから、カメラマンを促し、車に乗って立ち去ってしまった。

亀井刑事が、肩をすくめた。

「どうも、記者《ぶんや》さんというのは、好きになれませんね」

「他人の秘密に、首を突っ込んで来るからかね？」

「ええ」

「われわれと同じさ」

「しかし、彼等は興味本位ですよ」

「今日は、いやに新聞記者に厳しいじゃないか」

「ちょっと心配なんですよ。被害者の名前が、首尾木明子だと新聞に出たら、どうなるのかがです。首尾木家の人間は、あんなに嫌がっていましたからね」

「それは、僕も考えたよ」

「追いかけて行って、記事を押さえるように頼みますか？」

「いや」

と、十津川は、ちょっと考えてから、首を横に振った。

「このままにして、結果を見てみようじゃないか。首尾木家の人間が、いったい何を恐れ、何を隠しているのか、わかるかも知れないからな」

「そうですね。荒療治になって、却《かえ》って、いい結果が出るかも知れませんね」

と、亀井も賛成した。

「それで、この遺骨はどうしますか？　まさか、無縁仏にするわけにもいかんでしょう？」

「しばらくの間、捜査本部に置いておこう。そのうちに、首尾木家の人たちも、引き取る気になってくれるかも知れないからね」

遺骨は、浅草署内の捜査本部の隅に安置された。若い井上刑事が、花を買って来て、牛乳びんの花びんにいけて、遺骨の前に飾った。

十津川は、遺骨に手を合せてから、妙子の行方をもう一度追いかけてみる気になって、捜査本部を出た。

首尾木明子の方は、しばらく動きがとれないような気がしたからでもあるし、妙子の行方が、どうしても気になったからだった。

文江は、所轄署に捜索願を出しているが、それだけで見つかるとは思えなかった。彼女が、事件に巻き込まれている可能性が、十分にあるからである。

十津川は、妙子が勤めていた出版社を、上野広小路に訪ねた。

出版社といっても、五階建の貸ビルの一室を借りている小さなものだった。

「山水書房」と、金文字でガラスに書かれている。そのガラス戸を押して、中に入った。

次号の編集が一応終ったところということで、部屋の中は、のんびりした空気に包まれていた。ここで出しているリトルマガジンが、部屋の隅に積んである傍で、将棋をさしている社員もいる。

十津川は、編集長の小酒井という三十五、六歳ぐらいの男に会って、妙子のことを訊《き》いた。

小酒井は、痩《や》せて、全体に神経質な感じの男だった。

「あなたのことは、岩井君から伺っていましたよ。もっとも、僕は、警察官というのが嫌いでしてね。申しわけないが」

小酒井は、そんないい方をした。薄く色のついた眼鏡の奥の眼は、明らかに、皮肉な表情を浮べている。

「構いませんよ」

と、十津川はいった。第三者からの冷たい視線や言葉には、慣れていた。普通の市民でも、いざとなれば警察に頼るくせに、いつもは、なんとなく煙たそうな顔をしているものなのだ。

「彼女が、どんな人間とつき合っていたかわかりませんか？」

と、十津川がきくと、小酒井は、また皮肉な眼付きになった。

「恋人のあなたが、そんなこともご存じないというのは、ちょっとした驚きですね」

この言葉は、十津川にこたえた。考えてみれば、妙子の婚約者でありながら、彼女の日常について、殆《ほとん》ど知らないのである。

警官の仕事が、過酷なものだとしても、それは弁解にならないだろう。

十津川の顔が、赧《あか》くなった。

「彼女が、詩を書く男とつき合っていたらしいんですが、そんな男を知りませんか？」

「詩人ですか」

小酒井は、あごに指を当てて考えていたが、

「あなたもご存知でしょうが、岩井君は、文学少女的なところがありましてね。何とかいう文学サークルに入っていたようでしたよ」

「同人雑誌のようなものですか？」

「ええ。岩井君の机に入っているんじゃないかな」

小酒井は、彼女の机の引出しを一つ一つあけて調べていたが、「ありましたよ」と、薄っぺらな雑誌を見つけて、十津川のところへ持って来てくれた。

「パピルス」と題された八十頁足らずの雑誌だった。

十津川は、頁を繰ってみた。短篇小説が四つと、随筆が三つ載っていたが、随筆の一つは、妙子の書いたものだった。大学時代に読んだロシア文学の思い出について書いている。

だが、肝心の詩は載っていない。

同人の住所や名前も、見当らなかった。ただ、最後の頁に、

〈月例研究会は、毎月最終日曜日午後二時から。N公民館二〇四号室で〉

と、書いてあった。

最終日曜日といえば、明後日である。

妙子を誘い出したあの詩の作者は、その会合に現われるのだろうか？　それとも、この同人雑誌は、全く関係がないのだろうか。

とにかく、明後日、この会合に出てみれば、何かわかるだろう。

12

翌日の中央新聞朝刊に、首尾木明子のことが載った。

社会面に、かなり大きなスペースをとって書かれた記事には、

〈全裸死体の美女は、岐阜市内の旧家の長女と判明〉

といった見出しがつけられていた。

首尾木美也子が、怒った眼で、カメラの方を睨《にら》んでいる写真も載っている。

「やっぱり、書きましたね」

と、亀井刑事が、十津川の広げた新聞を、横からのぞき込んだ。

「書いたね」

る。

と、十津川も肯《うなず》いた。

首尾木家では、否定しているが、その否定の裏に、何か秘密があるようだとも書いてい
中央新聞は全国紙だから、同じものが、当然、岐阜市内にも配布されるだろう。首尾木
の人たちも、この記事を読む筈《はず》だ。

「何か起こるでしょうか？」

「例えば、どんなことがだね？」

「それがわかればいいんですが」

亀井の顔に、不安の色が浮んでいる。十津川も、予測のつかない不安を感じていた。

だが、今のところ、どうしようもなかったし、何かが起きることを待っている気持も、
どこかにあった。何かが起きて、それが事件解決の糸口になってくれれば、一番いいのだ
が。

昼過ぎに、十津川は、岐阜県警の野崎警部に、電話をかけてみた。

「あの新聞記事は、読みました」

電話の向うで、野崎警部がいった。

「何か反響がありますか？」

「何しろ、首尾木家は、旧家中の旧家ですからね。首尾木家には、新聞、テレビの取材陣
が殺到しています。首尾木家では、全ての取材を拒否しているようですが」

「これで、首尾木家の人たちが、仏さんが首尾木明子であることを認めて、三年前の失踪《しっそう》の理由なんかを話してくれるようになると有難いと思っているんですが」

「そうですね。しかし、あそこの人たちは、頑固だし、一族の名誉を守るためには、どんなことでもするでしょうからね。優秀な弁護士を傭《やと》って、中央新聞を告訴するんじゃないかという噂も流れていますよ」

「もう一度、お訊きしますが、三年前、首尾木明子が、何か事件を起こしたということはありませんでしたか？　首尾木家の不名誉になるような事件をです。そうだとすれば、首尾木家が、これほどかたくなに認めようとしない理由が納得できるんですが」

「私も同じことを考えまして、十津川さんが帰られてから、もう一度、三年前の書類を調べ直してみたんですが」

「ありませんか？」

「首尾木明子の名前は、どこにもありませんでした。もちろん、だからといって、三年前に、彼女が何も事件を起こさなかったということにはなりませんが」

そうなのだ。三年前に、何かあったに違いない。そうでなければ、おかしいのだ。

首尾木家に何かあったら、すぐ連絡して欲しいと頼んで、十津川は、電話を切った。

翌朝になっても、野崎警部からは、何の連絡もなかった。

今日は、「パピルス」の月例研究会のある日だった。首尾木家の方に、何の変化もないとすれば、妙子の方から捜査を進めるのも、一つの方法だろう。

昼近くなって、十津川は、「パピルス」を丸めて持ち、立ち上った。

その時、机の上の電話が鳴った。受話器をつかんだ亀井が、

「岐阜県警の野崎警部からです」

と、十津川を呼んだ。

十津川は、あわてて、受話器を受け取った。

「何かありましたか？」

「悪い予感の方が当りました」

と、野崎が、硬い声でいった。

「何が起きたんですか？」

「山本という鵜匠《うしょう》をご存じですね？」

「ええ。東京へ来て貰《もら》って、首尾木明子の遺体を確認して貰いましたからね。あの老人が、どうかしたんですか？」

「死にました。溺死《できし》と見られていますが、殺されたことも、十分に考えられますね」

と野崎がいった。

電話を切ると、十津川は、「カメさん」と大声で呼んだ。

「すぐ岐阜に行くよ」

「事態が動きましたか？」

「ああ、動いたよ」

十津川は、手に持っている雑誌に眼をやり、それを、妙子の部屋から持ち出してきた手紙と一緒に、井上刑事に渡した。

「君が、この文学研究会に出席してくれ」

「僕がですか？」

井上は、当惑した顔で、十津川を見た。

「ああ、君がだ」

「僕は、文学というやつが、全くわかりませんが」

「わからなくてもいいんだ。研究会に出て、出席者の中に、その詩を書いた人間がいるかどうか調べて来い」

第三章　金のブローチ

1

十津川と亀井は、二度目の岐阜に着いた。

晴れていたが、相変らず風が冷たかった。この前と同じように、岐阜県警の野崎警部が、国鉄岐阜駅に迎えに来てくれていたが、大きなくしゃみをしてから、

「風邪をひきましてね。なかなか治らずに弱っています」

と、いい、いい終ってから、また、大きなくしゃみをした。

「僕も、気管支が丈夫じゃないんで、よく風邪をひきますよ」

十津川は、コートの襟を立てながら、なぐさめるようにいった。

「風邪には、やっぱり玉子酒が一番です」

と、亀井が、横からいった。

「医者がいっていました。薬をいくら飲むよりも、玉子酒の方がよくきくそうです」

「じゃあ、今夜にでも飲んでみましょう」

と、野崎が、律義に答えた。

待たせてあった車に乗る。

「すぐ、遺体を見たいですね」

と、十津川がいった。

「病院へやってくれ」

野崎は、運転している若い警官に命令してから、

「もう解剖は、終った頃ですから、何かわかったかも知れません」

と、十津川にいった。

「電話では、溺死らしいということでしたが？」

「長良川に浮んでいるところを発見されましてね。とめてある舟に引っかかる感じで浮んでいたんですよ」

「外傷は？」

「われわれが見たところでは、ありませんでした」

「しかし、不審だった――？」

「そうです。山本というあの鵜匠は、用心深い男だし、中学時代は水泳部にいたことがあります。もっとも、選手じゃなく、マネージャーだったそうですが、それにしても、簡単に溺《おぼ》れるような男じゃない」

「死体で発見されるまでの彼の行動は、わかったんですか？」

「家人の話では、前日、夕食をすませてから、夜釣りに出かけたそうです。午後八時頃で

す」

「この寒いのにですか？」

と、釣りの趣味のない亀井が、びっくりした顔できいた。

「釣り好きの人間は、寒いぐらい何でもないそうですよ」

と、野崎は笑った。

「事実、死体が発見された場所から、一キロばかり上流の河原で、釣り道具や、カンテラ、それに、カイロも見つかりました」

「それは、山本のものだと証明されたんですか？」

十津川がきくと、野崎が、肯《うなず》いた。

「家人が、山本のものだと証言していますし、釣り道具を入れる鞄《かばん》に、山本と書いてありました」

「酒を飲んで、酔って川に落ちたという可能性は？」

「事故死とすれば、考えられるのは、そのくらいのケースしかありません。山本は酒好きだということですし、寒い時には、酒に限るかも知れません。河原にも、からになったポケット瓶が落ちていましたが、これは、山本が飲んだものかどうか不明です。最近、モラルが低下したというのか、河原に、やたらと、から瓶や、缶ビールの空缶が落ちていますから」

野崎が、説明してくれている間に、車は、大学病院に着いた。

山本の解剖は、すでに終り、十津川は、縫合された遺体と面会した。

先日会ったばかりの人間が、冷たくなって、眼の前に横たわっている。奇妙な気持だった。人間の運命ほど、不確かなものはない。

解剖に当った中年の医師が、十津川たちに結果を話してくれた。

「肺に、かなり多量の水が入っていました」

と、医師が冷静な口調でいった。

野崎が、当惑した顔になって、

「すると、溺死ですか？」

「そうです。明らかに溺死ですね」

「薬物反応は出ませんでしたか？」

「溺れる前に、睡眠薬か何か、飲んでいたのではないかということですか？」

「そうです」

「胃から、そういった薬物反応は出ませんでしたね。注射の痕《あと》もなしです」

「アルコールは？」

「その方の反応はありましたよ。かなり飲んでいたとみていいでしょう。多分、酔って川に落ちたんでしょうね」

「その水ですが」

と、十津川が、口をはさむと、医師は、「え？」と、彼に向って、きき返した。

「何の水です？」

「肺に入っていた水のことです」

「あれがどうかしたんですか？」

医師は、不審そうに、眉《まゆ》をひそめて十津川を見た。

「その水の水質検査をやる必要があると僕は思うんだが」

「毒物は混入されていませんよ」

「それはわかっています。毒死なら、医者のあなたにわからない筈《はず》はないでしょう。僕がいうのは、長良川の水かどうかということです」

「私も、水質検査はする必要があると思う」

と、野崎も、十津川に賛成して、

「ここで出来なければ、県の水質検査所に頼みますが」

と、医師にいうと、医師は、肩をそびやかすようにして、

「水質検査ぐらい、ここでも簡単に出来ますよ」

「じゃあ、わかり次第、電話で報告して下さい」

と、野崎がいった。

2

十津川たちは、ひとまず、県警北警察署に入った。

署長に、再訪の挨拶《あいさつ》をしたあと、十津川と亀井は、山本が河原に残した釣り道具を見せて貰《もら》った。

この寒い時期に、夜釣りに行くくらいの釣り好きにふさわしい立派な道具だった。竿《さお》は、今はやりのグラスファイバーではなく、昔風の竹竿だった。凝った作りの継竿だから、二、三十万円はするだろう。

「何を釣りに行ったんでしょうね？」

十津川は、野崎にきいてみた。

「多分、鯉だろうと、家人はいっています。その竿も、鯉釣り用のものですし、前にも、山本は、鯉の夜釣りに出かけたことがあるそうですから」

「一匹も釣れていなかったんですか？」

「そうです。しかし、鯉は一日かかって一匹釣れればいいそうですから、獲物がゼロでも別に不審ではありませんが」

と、野崎がいった時、近くで、電話が鳴った。

野崎がその電話を受け、話していたが受話器を置くと、十津川に向って、ニッコリと笑って見せた。

「やはり、水質検査を頼んで良かったですよ。肺の中にあった水は、長良川の水ではなかったそうです」

「つまり、別の場所で溺死《できし》したということですね」

十津川も、眼を光らせた。

「それとも、溺死させられたか」

と、野崎は、いってから、

「肺の中の水からは、カルキが検出されたそうです」

「ということは、水道の水ということですか？」

「多分、そうでしょう。それに、もう一つ、面白い物質が検出されています」

「何ですか？」

「フッソです」

「フッソというと、虫歯の予防に適しているという物質ですね」

「そうです。歯科医の多くが、虫歯の予防のために、水道にフッソを混ぜるように、すすめていますが、反対意見もあって、実施されている県と、実施されていない県に分れています」

「なるほど。上手《うま》くいけば、溺死した場所も限定できそうですね」

「そう出来ると有難いですがね」

野崎は、部下の刑事に、フッソを水道に混入している県を探し出すように命じてから、
十津川と亀井に、

「被害者の所持品を、ご覧になりますか？」

「ぜひ、見たいですね」

野崎は、キャビネットから、風呂敷《ふろしき》包みを取り出し、机の上で広げた。

死んだ山本の腕時計や、財布などが、中から出てきた。

財布の中身は、一万円札三枚に、千円札が五枚の計三万五千円。これが、金額として大きいか小さいかは判断が難しいが、他殺として、物盗りの犯行でないことだけは、はっきりした。

腕時計は、国産品だが、それでも、五、六万はするものだった。

ぐっしょりと濡《ぬ》れてしまったセブンスター。それに、ダンヒルのライター。こちらは、もう乾いていて、簡単に火がついた。

もう一つ、金のブローチ。

「他のものは、仏さんのものとわかったんですが、そのブローチだけが、誰のものかわからずに困っているのです」

と、野崎が説明した。

「女物ですから、仏さんのものである筈がありませんし、奥さんも、自分のものではないと証言しているのです」

「奥さんの他に、仏さんに、女性はいなかったんですか？」

「わかりません。調査しているんですが、今までは、それらしい女が浮んできていないのです」

「そうですか」

と、十津川は肯《うなず》いた。他の女へのプレゼントとしたら、ケースに入れず、裸でポケットに入れていたというのは、何となくおかしい。

「なかなか、よく出来た金細工ですね」

十津川は、そのブローチを、何気なく手に取った。

図柄は、「蝶《ちょう》」と平凡だが、彫刻は見事だった。

ふと、十津川は、「おやっ」と、小さく声に出し、次第に顔色が変っていった。

3

(そんな筈はない)

と、思いながら、十津川は、ブローチを裏返してみた。

十津川は、パリのICPOで働いている時、恋人の妙子に、ブローチを送った。パリ市内の宝石店で買ったものだが、それと、全く同じ細工なのだ。

しかし、だからといって、彼が妙子に与えたものとは、断定できない。同じものが一つもないというわけではなかったし、日本人旅行者が、あの店で、同じブローチを買うことは、十分に考えられるからだった。

だが、裏側に眼をやった時、十津川は小さく、唸《うな》り声をあげた。

〈Je t'aime〉（君を愛している）

それは、十津川が、ブローチを買ったとき、わざわざ、その店に頼んで、彫って貰った言葉だったからである。

もはや、間違いなかった。

このブローチは、十津川が、妙子にプレゼントしたものなのだ。

十津川は、眼をつぶり、必死で、自分が会ったときの妙子の胸に、このブローチがついていたかどうかを思い出そうとした。

二年半ぶりに帰国した十津川を、空港に迎えに来たとき、妙子の胸に、このブローチが輝いていた。それは、はっきりと覚えている。

だが、彼女に最後に会ったときとなると、はっきりしない。失踪《しっそう》した妙子が、ブローチを持って行ったかどうかとなると、一層、あいまいだった。

「どうされたんですか？」

と、野崎にきかれて、十津川は、はっとして、手に持っていたブローチを、机に戻した。

「そのブローチに、見覚えがおありですか？」

野崎が、重ねてきいた。

十津川は、心の動揺をさとられまいとして、小さく、空咳《からせき》をした。

「僕がパリにいたとき、向うで見かけた細工によく似ているなと思っただけです」

「そういえば、裏に、フランス語が彫ってありますな。しかし、仏さんは、フランスに行ったことはないし、彼の家族でパリに旅行した者もいないのです」

野崎は、首を振った。何故、死んだ鵜匠《うしょう》の所持品の中に、洒落《しゃれ》たブローチが混ざっていたのか、わけがわからないという顔だった。

野崎は、煙草をくわえて火をつけてから、自分自身にいい聞かせるように、

「逆にいえば、だからこそ、このブローチが、今度の事件の謎を解く鍵《かぎ》になるかも知れんと、私は考えているんですが」

と、いった。

いかにも粘り強そうな野崎を見ていると、いつか、ブローチの持主を探し出すだろう。その前に、正直に話しておいた方がいいかも知れないと、十津川は思った。いや、事件の解明を仕事としている刑事として、私情にとらわれて秘密を作ってはならない。それは、協力してくれている岐阜県警への裏切りになりかねない。

「実は――」

と、十津川が、思い切っていいかけた時、若い刑事が、「野崎警部」と、声をかけてきた。

野崎が、「何だ?」と、顔を向け、十津川は、口に出しかけた言葉を呑《の》み込んでしまった。

「例のフッソの件ですが」

　と、若い刑事が、野崎にいった。

「今、県の水道局に問い合せてみたんですが、現在、どの県でも、水道にフッソは入れていないという返事でした。もちろん、当岐阜市もです」

「何だって？」

　野崎は、十津川と顔を見合せた。その眼を、また若い刑事に向けて、

「何ヵ月か前に、水道にフッソを入れる可否をめぐって論争があったのを覚えているよ。その時、すでにいくつかの県で水道にフッソを入れていると聞いたんだが」

「そうした論争があってから、混乱を恐れてどこでもフッソの混入を中止したのだそうです」

「じゃあ、何故、死体の肺の中の水に、フッソが混入されていたんだ？」

「私の考えですが」

　と、亀井が、口をはさんだ。十津川と野崎は、彼に視線を向けた。

「カメさんの意見を聞こうか」

　十津川に促されて、亀井は、それが癖で、鼻の頭を指先でこするようにしながら、

「これが殺人だとしてですが――」

「十中八九、これは殺人だよ」

「犯人は、全国の水道から、フッソが追放されたのを知らなかった。それで、自分でフッ

ソを買って来て、水道に混ぜたんじゃないでしょうか。つまり、われわれの注意を、ある県に向けさせるためにです」

「今まで、水道にフッソを混入していた県なり市にへかな？」

「そうです。逆にいえば、犯人は、フッソを混入していなかった県、市の水道で殺したのです」

「そんな面倒くさいことをした理由は？」

「アリバイ作りです。犯人は、岐阜市内で殺したとします。しかし、フッソ入りの水道を使っている県なり市なりが、ここから最低一〇〇キロは離れているとすれば、アリバイ作りに十分役に立つ筈《はず》です」

「なるほどね」

「ところが、どこの県や市でも、水道にフッソを混入するのを止めてしまっていた。犯人の折角の苦心が何の役にも立たなかったというわけです。それどころか、逆に、われわれの疑惑を招くことになってしまった——」

「どうですか？　彼の推理は」

と、十津川は、野崎を見た。

「なかなか面白いと思いますよ」

野崎は、微笑したが、すぐ、言葉を続けて、

「ただ、犯人は、事故死に見せかけようとして、水道の水で溺死《できし》させておきながら、死体

を長良川に投げ捨てています。亀井刑事の話が当っていれば、そんな面倒なことはする必要がないと思うんですが」

と首をかしげた。

4

その夜、十津川と亀井は、長良川沿いの旅館に泊った。死んだ山本のやっている旅館とは、一〇〇メートルと離れていない。

寝巻に着換え、男同士で布団を並べて横になったが、十津川は、なかなか寝つかれなかった。

北警察署で見せられた金のブローチが、眼先にちらつくのだ。

布団の上に腹這《はらば》いになり、十津川は、枕元の煙草を口にくわえてから、

「カメさんに、話しておきたいことがある」

と、隣りの亀井に、声をかけた。

亀井も、むっくりと起き上って、同じように、腹這いになった。

「どんなことですか？　警部」

「被害者の所持品の中にあった金のブローチだがね。あれは、僕が妙子に贈ったものなんだ」

「本当ですか？」

亀井の眼が大きくなった。

「確かだ。間違いない。事故死なら黙っていてもいいんだが、山本鵜匠の死は、どう考えても、殺人の匂いがする。だから、君にも話しておこうと思ってね。明日になったら、野崎警部にも話す積りだ」

「しかし、何故、そのブローチが、被害者のポケットに入っていたんでしょう？」

亀井も、当然の疑問を口にした。

十津川は、灰皿に置いた煙草から、白い煙が立ち昇っていくのを、じっと、眼をすえて見つめた。

「わからんね」

と、彼はいった。

「まだ、彼女の行方さえわからないんだ。岐阜に来ているのか、それとも、全く別の所へ行っているのかも、わからないんだからね」

もっと、つきつめていえば、妙子の生死さえ不明なのだ。妙子が、もし、首尾木明子を殺した犯人と出会っていれば、彼女も殺されている恐れはあるのだが、さすがに、そのことは、口にしなかった。

十津川は、さほど縁起をかつぐ方ではないが、妙子の生死を口にすると、そうなってしまうのではあるまいかという不安のようなものがあった。

人間は弱いものだから、一度悪い方へ考えが行くと、とめどなくなってしまう。十津川には、そんな自分の気持も怖かった。

「しかし、妙子さんが犯人とは、絶対に考えられませんよ」

亀井が、なぐさめるようにいった。

「当り前だよ。カメさん」

と、十津川は、怒ったような声でいったが、その声に力がないのが、自分にもよくわかった。今度の事件が始まってから、十津川は、自分が、妙子について知らないことが多過ぎることに気がついたからである。妙子が、彼に対して秘密を作っていたのではない。彼の方が、自分の忙しさを理由に、彼女を理解する努力をおこたっていたのだ。

床の間に置かれた電話が、抑えた音で鳴った。

受話器を取った亀井が、「つないでくれ」と、いってから、十津川に向って、

「東京の井上刑事からです」

十津川が、受話器を受け取ると、二、三秒待たされてから、井上刑事の若い声が聞こえてきた。

「今日、警部にいわれた同人雑誌の月例会に出席して来ました」

「それで、あの手紙の主は見つかったかね」

「見つかりました」

「そうか。見つかったか」

十津川はその場に、坐《すわ》り直した。

「名前は、長田史郎。ボードレールにかぶれている自称詩人だそうです」

「そうですというのは、当人には会えなかったのかね？」

「例会に出席していなかったんです。出席していた男女に、便箋《びんせん》の例の詩を見せたところ、全員が、長田史郎が書いたものに間違いないと証言しました。ボードレールまがいの詩も長田のものなら、筆跡も彼のものだということでした」

「その男の住所は、わからないのか？」

「教えて貰《もら》って、訪ねてみました。東武線の草加《そうか》で降りて、十二、三分ばかり歩いたところにある安アパートですが、残念ながら会えませんでした」

「旅行でもしているのか？」

「管理人の話では、去年の暮れに、ちょっと旅行に行くといってアパートを出たまま、一ヵ月たった今も、帰って来ないのだそうです」

「部屋は調べてみたのか？」

「管理人に立ち会って貰って、見せて貰いました。六畳に台所がついている部屋で、部屋代が一万円だそうです。呆《あき》れるほど、何もない部屋でした。テレビも、衣裳《いしよう》ダンスもありません。あるのは、電気ごたつと、ぺしゃんこの布団と、それに、本です。詩人を自称するだけあって、本だけは、沢山ありました。二つの大きな本箱に一杯です。ほとんどが文学書でした」

「手紙や、写真は？」

「それを見つけようとしたんですが、どちらも、一枚も見つかりませんでした。どうも、本人か、誰かが始末してしまったようです」

「長田史郎というのは、いったい、どんな人間なんだ？」

「雑誌の同人たちによると、年齢は三十二歳。どこかの大学の医学部を中退したといっていたといいますが、これは、確認できません。口数が少ないうえに、暗い感じの男で、例会に出席しても、ほとんど喋《しゃべ》らなかったそうですが、一度、口を開くと、座がしらけるほど、辛辣《しんらつ》な物言いをするということです」

「なるほどね。そんな男がいるものさ」

「草加のアパートには、一年近く住んでいますが、ほとんど近所づき合いはなかったそうで、隣室で訊《き》いても、管理人に訊いても、長田という男のことは、よくわかりません。右隣りの若夫婦などは、廊下で会っても挨拶《あいさつ》しないし、部屋に籠《こも》っていることが多いので、爆弾魔か何かと思っていたそうです」

「長田という男と妙子の関係は？」

「同人に訊いたところでは、特別な関係はなかったんじゃないかということでした」

井上は、あっさりいった。だが、何もなかった男が、あんな甘ったるい詩を書いて寄越すだろうか？

妙子が過ちを犯した相手というのは、長田史郎という男ではないのか。

「明日も、この男を調べますか？」

「ああ、そうしてくれ。妙子の写真を持って行って、アパートの管理人に、彼女が長田史郎を訪ねたことがないかきくんだ。彼女の写真は、僕の机の引出しに入っている」

十津川は、それだけいって、電話を切った。顔がいくらか蒼《あお》ざめていた。いよいよ、妙子の傷口に触れることになりそうな気がしたからだった。彼女の傷口は、同時に十津川の傷口でもあった。

5

翌日、北警察署に出向くと、首尾木美也子が、来ていた。

十津川が、捜査本部に当てられている部屋に入ると、椅子に腰を下していた美也子が、立ち上って、キッと、彼を見すえた。

「あなたのせいです！」

美也子の声が、あまりにも大きかったので、部屋にいた刑事たちが、一斉にこちらを見たくらいだった。

十津川は、近くにあった椅子に腰を下して、

「何が僕のせいなんです？」

「山本のおじさまが死んだことです。あなたたちが、姉のことで、あんなに大騒ぎしなけ

れば、こんなことにはならなかったんです」

美也子の顔は、蒼白かった。よく見ると頬のあたりが、ぴくぴくけいれんしている。

「まあ、お坐りなさい」

と、十津川は、いった。

美也子は、肩をそびやかすようにして、坐ろうとしない。

十津川は、野崎に、彼女の用はもうすんだのかときいた。

「もう、彼女の証言は貰いました」

と、野崎が答えた。

「じゃあ、外へ出ませんか」

十津川は、立ち上って、美也子を誘った。

「何故、外へ出るんです？」

「大事な話がしたいからですよ。静かなところで、いろいろと話したいことがある」

「私は、あなたにお話しすることなんかありません」

「少しは、素直になりたまえ」

十津川は、いきなり美也子の腕をつかむと、そのまま、警察の外へ連れ出した。

十津川が腕を放すと、美也子は、口惜しそうに、つかまれていた二の腕のあたりをさすった。

「東京の警察は、暴力も振るうんですか？」

「どうしても、あなたに訊きたいことがある。その辺を散歩しながらでいいから、話してくれませんか？」

「嫌だといったら、私を逮捕するんですか？」

相変らず、美也子は、切口上でいう。整った顔立ちだけに、余計に、小憎らしい感じがした。

十津川が知りたいのは、その硬い表情の向うにあるものだった。

「逮捕する気はありませんよ。あなたは、意志が強い人だろうから、逮捕しても、話してくれるという保証はないでしょうからね」

「もちろんです。たとえ拷問されたって、私は、警察に何も話す気はありません」

「拷問とは大げさですね」

十津川は、苦笑し、自分を落ち着かせるために、煙草を口にくわえた。

「いいですか？」

と、彼は、美也子に断ってから火をつけた。

美也子は、黙っている。

「あなたが、何も話してくれないのなら、僕が話すから、それを聞いてくれませんか」

と、十津川は、覚悟を決めて、切り出した。

「何のお話？」

「僕のような男にも、結婚する約束になっている女性がいましてね。名前は、岩井妙子。

僕には、もったいないような、優しい女性です」

十津川の話に、美也子は、戸惑った表情になった。いかめしい刑事が、いきなり、自分の許嫁《いいなずけ》の話を切り出すとは、予想もしていなかったのだろう。

「数日前、彼女が、突然、姿を消してしまった――」

十津川は、話しながら、長良川に向って歩き出した。

美也子も、つられて歩き出していた。

冬の弱い太陽が、川面《かわも》に反射している。十津川は、川沿いの道に足を向けた。

「彼女の母親が、必死になって探していますが、見つからない。僕にも、彼女の行方はわかりません。わかっているのは、彼女の失踪《しっそう》が、今度の事件に関係があるということだけです。あなたのお姉さんの首尾木明子さんの死、そして、鵜匠《うしょう》の山本さんの死と関係があるということです」

十津川は、何もかも、美也子にぶちまける気になっていた。危険な賭《か》けであることは、彼にもわかっている。もし、美也子が、犯人か、犯人でなくても、犯人と親しければ、利敵行為になってしまうだろう。

しかし、今度の事件では、美也子の協力がどうしても必要だった。事件を解決するためには、イヴの首尾木明子の三年間の軌跡を知らなければならない。その出発点が、三年前、何故、彼女が、突然、岐阜から姿を消したかという謎の解明だ。首尾木家の名誉を一番強く考えている首尾木夫婦からは、まず聞けまい。となれば、明子の妹の美也子しかないのだ。

「岩井妙子さんなんて人は、私は知りません」

美也子は、いぜんとして、硬い表情でいった。が、帰ろうとはしなかった。十津川の話に戸惑いながらも、一方で、興味を感じ始めているのかも知れなかった。

「妙子も、あなたの名前は、知らないだろうと思いますよ」

「じゃあ、何故、関係があるなんて、おっしゃるの？」

6

十津川は、立ち止まって、鈍く光る川面に眼をやった。

「理由は二つあります。妙子は、失踪する時、今度の事件で、僕の役に立てるかも知れないと、手紙に書き残している。もう一つは山本さんのことです。彼のポケットの中に、金のブローチが入っていましてね。蝶《ちょう》の形をしたブローチです。僕がパリから妙子に送ったものなのですよ。ブローチの裏に、フランス語で、君を愛していると彫ってね」

「信じられません」

「どちらがです？」

「山本のおじさまが、岩井妙子さんとかいう人のブローチを持って死んでいたなんて」

「疑うのなら警察へ戻って、所持品を見せて貰ってくるといい。ちゃんとありますよ」

「でも――」

と、美也子は言葉を切り、じっと、考える眼になって、自分の足元を見つめた。

「でも、何です？」

「何故、そんなことに？」

「わかりませんね。だが、あなたが協力してくれれば、その謎が解けると、僕は思っています。そして、あなたのお姉さんと、山本さんを殺した犯人を見つけ出せると信じているんです」

「山本のおじさまは、事故死です」

「どこまで自分を誤魔化せば気がすむんです？」

十津川は、我慢しきれなくなって、美也子を、激しい語調で詰問した。

美也子が、ぴくッとふるえた。顔色が変っている。

そんな美也子に向って、十津川は押しかぶせるように、

「あなたは、山本さんが事故死なんかではなく、誰かに殺されたと思っている筈《はず》だ。明子さんが、東京で殺された時、妹のあなたも、ご両親も、明子さんであることを認めようとしなかった。それは、太股《ふともも》にバラの刺青《いれずみ》をしたような女を、由緒ある首尾木一族の娘と認めたくなかったという気持があったからだ。しかし、それだけではない筈だ。明子さんの死が引金になって、恐ろしいことが起きるに違いないという予感があったからじゃないのか？」

「…………」

「あなたや、ご両親の予感どおり、恐ろしいことが起きた。鵜匠の山本さんが死んだ。その死を知ったとき、あなたには、それが、単なる事故死ではないとわかった筈だ」

十津川は、じっと、美也子を見つめた。彼女は、俯《うつむ》いたまま、返事をしようとしない。

十津川は、小さく溜息《ためいき》をついた。

「僕が、自分のプライバシーまであなたに話したのは、それで、同情を買おうと思ったからじゃありません。岩井妙子という一人の娘が、ひょっとすると、第三の犠牲者になるかも知れないからです。いや、もう、どこかで殺されているかも知れません。彼女だけじゃない。他にも犠牲者が出るかも知れない。それを防ぎたいんですよ。そのためには、どうしても、あなたの協力が必要なんです」

「…………」

「やはり駄目ですか？」

「…………」

「仕方がない。諦《あきら》めましょう」

十津川は、声を落していい、美也子に背を向けて歩き出した。

その背に向って、沈黙していた美也子が、突然、

「警部さん」

と、呼んだ。

十津川は、ゆっくりふり向いた。

「何です？」

「何をお知りになりたいんです？」

「明子さんに関する全てのことです。三年前の失踪の理由、それから三年後に東京の浅草で死体で発見されるまでの軌跡を、話して貰《もら》いたいのです」

「私と家に来て下さい」

「話してくれるのですか？」

「とにかく、家へ来て下さい。両親は、警察の方へ、行っていますから」

美也子は、先に立って、玉井町へ向って歩き出した。

十津川は、大股《おおまた》にその後を追った。

7

暗く、古びて、厳《いかめ》しい首尾木家の門をくぐるたびに、十津川は、旧家の持つ重みというものを考える。

幸か不幸か、十津川の父は、平凡なサラリーマンだったし、母も、小さなパン屋の娘だった。従って、十津川家の家名とか、家の持つ重みというものを考えたことはない。

だから、首尾木家という旧家が、どれほどの重みを、この岐阜市で持ち、首尾木夫婦や、今、眼の前にいる首尾木美也子の肩に、それがのしかかっているのか、正確にはわからなかった。東京で殺されたイヴこと、首尾木明子が、背負っていたかも知れぬ重みである。

それを、わかりたいと思う。それが理解できれば、かたくなに、警察に対して口を開こうとしない首尾木家の人々の気持がわかるかも知れないし、事件の解決に役立つかも知れないと思うからである。

十津川は、離れの茶室に案内され、美也子は、黙って、お茶をたてている。恐らく、何かを話そうとして、十津川を連れて来たものの、まだ、決心がつきかねているのだろう。

そう思って、十津川は、黙って相手が話してくれるのを待つことにした。

「さっきのお話は、本当ですの？」

美也子は、たてたお茶を、十津川にすすめてから、じっと、彼の顔を見つめた。

「何のことです？」

「あなたが結婚なさる筈の方が、行方不明で、危険だということですわ」

「嘘じゃありません。彼女は、あなたのお姉さんが巻き込まれたと同じ事件に巻き込まれたのだと思っています」

「そのわりには、平気な顔をしていらっしゃるように見えますけど」

「そう見えますか？」

「ええ。現に、その岩井妙子さんの行方を追わずに、ここに来ていらっしゃるじゃありませんか？」

「僕は刑事です」

「私情より、公事を優先させるというわけですのね？」

「その通りです。それに、同じ根を持った事件なら、こちらの事件を解決することで、妙子を見つけられるかも知れないと思っているんです。それに――」

「それに、何ですの？」

「僕が、彼女のことを心配していないとでも思うんですか？」

十津川の顔が赧《あか》くなった。美也子が、眼を伏せた。

「わかりましたわ」

「じゃあ、協力してくれるんですね？」

「一つだけでしたら」

「どんなことです？」

「あなたは、姉のことをお知りになりたいんでしょう？」

「そうです。明子さんのことなら、何もかもです。三年前に、何故、突然、この岐阜市から姿を消したのか、その理由から話して頂ければ助かるんですがね」

「姉が姿を消したのに、特別な理由はありませんわ。彼女の個人的な理由でしょうから」

「そうとは思えませんがね」

「とにかく、首尾木とは、関係のないことです」

と、美也子がいった。彼女が、そういえばそういうほど、十津川は、逆に考えざるを得なかった。何か、深い理由があるのだ。だが、いくら追及しても、美也子が、そのことで口を開いてくれるとは思えなかった。

「じゃあ、何を教えてくれるんですか？」

「ちょっと、お待ちになっていて下さいね」

美也子は、立ち上ると、茶室を出て行った。

十津川は、じっと腕を組んで、彼女が戻って来るのを待った。いったい、何を協力してくれるというのか。

五、六分して、美也子が、三通の封書を手に持って、戻って来た。

「これを差しあげますわ。私が、警察に協力できるのは、これだけです」

と、美也子は、三通の封書を、十津川の前に置いた。

宛名は、全て、「首尾木美也子様」になっている。

裏を返してみると、三通とも違う女名前になっていた。が、筆跡は同じであった。三通とも、首尾木明子が差出人なのだ。

住所も、全部違っている。二通は東京だったが、一通は、遠く、沖縄の石垣《いしがき》島だった。

「明子さんから来た手紙ですね？」

と、十津川が、確認するようにきくと、美也子は、

「知りません」

と、硬い声でいった。

「そうですか」

十津川は、肩をすくめ、封書の中身を読んでみることにした。が、驚いたことに、どの封筒も、中身は空《から》だった。

「中身は、焼き捨てました」

と、美也子が、先にいった。

8

十津川が、北警察署に戻ると、亀井刑事が、

「心配しましたよ。警部」

と、ほっとした顔でいった。

「急にいなくなってしまわれたんで、どうなさったのかと思いました。何しろ、金のブローチのことがありますから」

「こちらの状況はどうなんだ？　山本鵜匠《うしょう》を殺した犯人について、何か手掛りでもつかめそうかね？」

「難しそうですね」

と、亀井は、声をひそめていった。

「とにかく、関係者が非協力的です。県警の野崎警部に同情しましたよ」

「首尾木夫婦が来ていた筈《はず》だが、何か参考になるような証言をしたかね？」

「関係がないの一点張りだったようです。ついさっき、弁護士が来て、一緒に帰りましたよ。この町では、有名な弁護士だそうですが、この弁護士も、もちろん、一族の人間だということです」

「なるほどね」

と、十津川が苦笑したとき、野崎警部が近づいて来て、

「食事でもしませんか」

と、いってくれた。

味噌《みそ》汁つきのかつ丼が、テーブルの上に並んでいた。

「味はあまりよくありませんが、ボリュームだけはありますよ」

と、野崎がいった。

県警の若い刑事が、お茶をいれてくれる。

十津川は、箸《はし》を手に取ってから、さりげない調子で、金のブローチのことを、野崎に話した。

野崎の人のよさそうな顔が、一瞬、曇ったように見えた。

「ご心配でしょうな。お察しします」

「ありがとうございます」

「それで、十津川さんは、どうお考えなんですか？　岩井妙子さんが持っている筈の金の

ブローチが、被害者のポケットに入っていた理由を」

「正直にいって、全くわかりません。ただ、これで、妙子の失踪《しっそう》が、二つの殺人事件と無関係でないことだけは、はっきりしたと思っています」

それだけに、妙子のことが心配になるのだが、そんなことは、野崎の前で、口に出来ることではなかった。その代りに、十津川は、美也子から借りて来た三枚の封筒を野崎に見せて、すぐ、東京に戻るつもりだといった。

「中身がないのは残念ですが、幸い、三通とも住所が書いてあるので、何とか、首尾木明子の三年間の軌跡を辿《たど》ることが出来るかも知れません」

と、十津川はいった。

その日の中に、十津川は、亀井と一緒に岐阜を発《た》った。

名古屋で、新幹線に乗りかえるあたりから、雪が降り始めた。

去年の暮れは、暖冬だったのに、今年に入ってから、急に寒くなり、雪が降ることが多くなったようだ。

「首尾木明子は、この三通以外にも、妹に手紙を書いたでしょうか？」

亀井が、車窓に舞う粉雪を見やりながら、十津川に話しかけた。

「失踪してから死ぬまで、三年間あるんだ。もっと出していると考えるのが普通だろうね」

「やはり、故郷が忘れられないということでしょうか？」

「それに、自分の家も忘れられなかったんだろうね」

「手紙の中身を読みたかったですね」

と、亀井は、残念そうにいった。

それには、いったい何が書いてあったのだろうか、と、十津川は、考えた。

家や、岐阜の町を捨てて、姿を消さなければならなかった理由だろうか、それとも、恨みごとだったろうか。それとも、自分の死を暗示するような言葉だったろうか。

東京には、二十分遅れて到着した。雪は降っていなかったが、代りに、冷たい雨が降っていた。夜になれば、雪に変るかも知れない。

三通の手紙の中、一番早く出されたものは、消印から見て、三年前の六月二十五日になっている。首尾木明子が家を出たのは、三月十日ということだから、三カ月後に出したものだった。

住所は、新宿左門町の青葉荘となっていた。名前は、田中良子。

十津川は、署に戻る前に、そこに寄ってみることにした。

9

国電信濃町駅でおりて、四谷三丁目に向って歩いて行くと、右側に、四谷怪談で有名なお岩さんを祭った神社がある。

青葉荘というアパートは、その近くだった。ひびの入ったモルタル塗りの壁が、雨に濡れていた。

十津川は、自然に、死ぬ時に首尾木明子が借りていた原宿の豪華なマンションと比較する眼になっていた。木造モルタルのこのアパートは、せいぜい、一万円前後の部屋代だろう。この安アパートから、部屋代十八万円のマンションに移るまでに、彼女自身は、どう変ったのだろうか？

丁度、夕食時で、薄暗い入口を入ったとたんに、ライスカレーの匂いや、焼魚の匂いが漂ってきた。

管理人室では、太った中年の女が、石油ストーブの上に、餅《もち》をのせて焼いていた。

十津川が警察手帳を見せると、彼女は、びっくりした眼で、「え？」と、声をあげた。

「ここに、三年前、首尾木明子という人が部屋を借りていた筈なんだがね？」

「シュ——何ですって？」

「いや。田中良子という名前だったかも知れない。この人だ」

と、十津川は、明子の写真を、相手に見せた。管理人は、眼鏡を取り出してかけ、じっと見てから、

「この人なら、二階の部屋を借りていましたよ。今は、もういませんけどね」

「間違いないね？」

「ええ。田中さんですよ。間違いなく。あの人がどうかしたんですか？」

「死んだ。殺されたんだ。それで、訊《き》きたいんだが、ここへ来たのは、いつかね？」

「ちょっと待って下さいよ」

管理人の女は、焼けた餅を、ひょいとつまんで皿に移してから、机の引出しを、ごそごそかき廻《まわ》していたが、契約書を一通抜き出して、十津川の前に置いた。

田中良子の名前の賃貸契約書だった。契約した日付は、三月十五日になっている。彼女が、家を出たのは、三月十日だから、その間に五日のずれがあるが、その間は、旅館かホテルに泊っていたのかも知れない。

「ここには、どのくらいいたのかね？」

「半年ぐらいでしたかね。九月頃、急にいなくなってしまったんですよ」

「引越したのとは違うのかね？」

「何の予告もなく、突然、いなくなったんですよ。荷物なんか、二つか三つ、置いたままね」

「ここにいる間、彼女は、何をしていたのかね？」

「何をって、何のことです？」

「仕事だよ。何か仕事をしなければ、食べていけないだろう。それとも、どこかから、お金を送って来ていたのかね？」

「仕事なら、あたしがお世話したんですよ」

と、管理人は、得意気に、鼻をうごめかせて、

「二、三日して、何か仕事がないだろうかって、田中さんがいうもんですからね、何が出来るんですかって訊いたら、フランス語が読み書き出来るって。フランス語ですよ」

「それで、どうしたのかね？」

「大通りに、翻訳の仕事ばかりやっている小さな会社があるんですよ。そこへ行って、頼んでごらんなさいっていって、いってあげましたよ。だから、翻訳の仕事をしていたんじゃありませんか」

十津川は、亀井をアパートに残し、管理人に、もっと詳しく、彼女のことを訊くように頼んでから、大通りへ出てみた。

「サン翻訳工房」という看板が眼に入った。管理人がいったように、小さな家で、看板ばかりが、やけに大きかった。

六時という時間から考えて、誰もいないかと思ったが、近づいてみると、中に明りが点いているし、タイプライターの音も聞こえてくる。

ドアを押し開けて、中へ入って見ると、石油ストーブの傍で、四十五、六の男が一人、英文タイプを叩《たた》いていた。

その男が、手を止めて、「何か用ですか？」と、十津川を見た。

立ち上ると右脚が悪いのがわかった。

十津川は、警察手帳を見せてから、首尾木明子の写真を見せた。

「彼女のことなら、よく覚えていますよ」

と、男は、なつかしそうにいってから、名刺を取り出して、十津川にくれた。

〈サン翻訳工房社長・宮坂敏広〉

と、その名刺には書いてあった。

「社長といっても、社員は、たった二人だけですが」

宮坂が、頭をかきながらいった。こちらが何もきかない中に、そんないい方をするところに、この男の人の好さが出ているような気がした。もちろん、好人物だって、殺人を犯さないという保証は、どこにもない。

十津川は、改めて、宮坂の顔を見た。首尾木明子が、岐阜から東京に出て来て、最初に親しく口をきいた男性かも知れないと思ったからである。

「彼女は、ここで、どんな仕事をしていたんですか？」

十津川は、部屋の中を見廻しながらきいた。

各国の新聞や、雑誌が、机の上に積み重ねてある。インクの匂いがする。

「フランスの雑誌にのっている随筆や、小話の翻訳をして貰いましたよ。少し硬い訳し方ですが、正確でしたね。頭のいい娘さんでした。それに、美人で。ここは、ご覧のようにごたごたした部屋なんですが、彼女が来てから、すごく明るくなりましたよ。彼女が、どうかしたんですか？」

「死にました。殺されましたよ」

「まさか――」

　宮坂が絶句した。

「誰が、あんないい娘《こ》を――？」

「それを見つけようと苦労しているんですがね。ここでは、いつまで働いていたんですか？」

「約半年です」

「辞めた理由は？」

「そんなものありませんよ。うちでは、いつまでも働いていて貰《もら》いたかったんですがねえ。ある日、突然、姿を見せなくなってしまったんです。九月の末でしたね。心配して、あちこち探したんですが、わからなくて」

「いなくなる前に、何かありませんでしたか？　他の社員と喧嘩《けんか》をするとか、妙な人間が、彼女を訪ねて来たとか」

「みんな彼女が好きでしたよ。化粧してない顔が、清潔な感じでしたからね。妙な人物が訪ねて来たということもありませんでしたね。変な電話も」

「じゃあ、何の前触れもなく、突然、辞めてしまったんですか？」

「そうなんです。だから、事故死を考えたりもしたくらいです」

「結局、理由がわからずですか？」

「ええ。ただ——」

「ただ、何です？」

「関係はないのかも知れませんが、彼女は、辞める直前に、休みをとって旅行しています」

「岐阜へですか？」

「いや。彼女がいったのは仙台です。それも、広島へ行くと嘘をついて」

10

「本当に、岐阜でなく、仙台へ行ったんですか？」

十津川が、くどく念を押したのは、仙台という地名が初めて出てきて、戸惑ったためだった。仙台が、今度の事件に何の関係もなければ、別に戸惑う必要はないのだが。

「本当です。丁度、同じ頃、うちのお得意さんが仙台に出張しましてね。そこで、彼女を見たと教えてくれたんです」

「彼女に、それをいいましたか？」

「ええ。帰って、二、三日して、何気ない調子でいってみました」

「反応はどうでした？」

「急に蒼《あお》い顔になって、仙台なんか行ったこともないといっていましたね。その顔が、あんまり真剣なんで、悪いことを訊いたなと思ったくらいです」

「すると、彼女が何をしに仙台へ行ったかわからずですか？」

「ええ。そのすぐ後、突然、彼女が理由もいわずに辞めてしまいましたからね。ですから、ひょっとすると、私が仙台のことを質問したんで辞めたんじゃないかと、考えることがありますよ」

「岐阜について、彼女が話したことは？」

「いや。岐阜がどうかしたんですか？」

「彼女の郷里です」

「それは知りませんでした。東京の生れだというので、そう思っていたんですが」

宮坂は、首を振った。

十津川は、じっと、宮坂の顔を見つめた。この男も、首尾木明子を知っていたという点で、容疑者の一人であることに変りはない。

「あなたは、彼女が好きだったんじゃありませんか？」

十津川が、その質問をしたとたんに、宮坂の顔が、真っ赤に染った。質問した十津川が、戸惑ったほど、宮坂は、しどろもどろになって、

「そんな質問は、彼女が殺されたというのに、不謹慎じゃありませんか？　いくら警察だからって」

「しかし、好きだったんでしょう？」

「ええ。まあ。嫌いじゃあ――」

宮坂は、急に下を向き、また、小さく首を振った。

十津川は、礼をいって、翻訳工房を出ると、青葉荘アパートに戻った。

待っていた亀井刑事に、宮坂敏広の名刺を渡した。

「容疑者の一人に入るかも知れない男だ。こっちはどうだった？　首尾木明子のことで、何かわかったかね？」

「ここの住人の何人かに当ってみました。三年前にいた彼女を知っているのは、その中の二人ですが、美人で、物静かで、いい人だったというだけです。首尾木明子は、岐阜のことも、本当の名前も、話していなかったようです。非常に用心深く暮らしていたようですね」

「仙台のことは話していなかったかね？」

「それは聞きませんでしたが、仙台がどうかしたんですか？」

「僕にもわからん。別に、事件とは無関係かも知れないんだが」

と、断ってから、十津川は、宮坂が話したことを、そのまま、亀井に伝えた。

「仙台ですか」

亀井も、初めて出てきた地名に、戸惑いの色を見せている。

「仙台のどこと詳しくわかれば、事件に関係があるかどうかわかるんだがね」

と、十津川も、いった。

地下鉄で、浅草署に戻ったのは、午後七時に近かったが、捜査本部の連中は、まだ全員が残っていた。

その一人の井上刑事が、十津川を迎えて、

「丁度よかった。警部、中山英次が、さっき来て、待っています」

「中山英次？」

「首尾木明子と同じ原宿のマンションに住んでいる歌手です」

「ああ。思い出したよ。彼女の隣室の住人だ」

11

最近売り出してきた演歌歌手の中山英次は、マネージャーと一緒に、十津川を待っていた。

「事件の時は、丁度、北海道の巡業に行っていまして、東京に帰って来て、警察が探しておいでと知って、あわてて出頭したわけです」

と、いったのは、中山より二、三歳年上に見えるマネージャーの方だった。

二十八歳の中山英次は、派手なチェックの背広の襟の辺りを、指で触りながら、黙っている。

「失礼だが、マネージャーの方は、外へ出ていてくれませんか」

と、十津川は、いった。

「何故、私が――？」

マネージャーが、文句をいうのを、亀井が、「廊下にも、暖房は入っていますよ」と、強引に、腕をつかんで、部屋の外へ連れ出してしまった。

十津川は、中山と二人だけになったところで、「さて」と話しかけた。

「隣室の鈴木京子のことを、話してくれませんか」

「何故、おれのマネージャーを？」

「あなたと二人だけで話をしたかったからですよ。彼女と親しかったですか？」

「二、三回遊んだかな」

中山が、ニヤッと笑った。

「それは、寝たことがあるということですか？」

「警部さんも、真面目くさった顔をして、いいにくいことを、ずばりというねえ」

「どうなんです？　寝たんですか？」

「ああ。それが、彼女の仕事だからね」

「男と寝るのが？」

「彼女、コールガールだったのさ。それも、高級なね。いい金とってたよ」

中山は、また、ニヤッと笑った。よく笑う男だ。

十津川は、やはりと思いながら、ふっと物悲しくなるのを感じた。殺された首尾木明子に、いつの間にか同情していたのだろうか。

それにしても、岐阜を出て、翻訳の手伝いをしていた若い女が、三年たたぬ中に、高級コールガールになる。その間に、どんな感情と、生活の落差があったのだろうか。

「彼女、いい身体をしてたなあ。全体に細目なんだけど、乳房とヒップは、ちゃんとでっ張ってるのさ。それに、ああいう種類の女は、馬鹿話しか出来ないのが多いんだけど、彼女は違っていた。物を知ってるんだ。つまり——」

「教養があった——」

「そう。教養があったね」

「彼女は、自分のことを、イヴと呼んでいませんでしたか?」

「ああ、商売上の名前は、イヴだといっていたね。電話してくる男が、イヴさんですかといった場合は、客だということだと教えてくれたことがあったよ」

「彼女は、イヴと呼ばれることを、どう思っているようでした?」

「さあ。わからないな。だが、イヴという名前は、彼女にぴったりだったよ。美人で、若くて、どこか謎めいていてさ」

「どこかの組織に入っていたようでしたか?」

「さあ。わからないな。おれがきいても、笑って教えてくれないのさ」

「どんな客がいたか、わかりませんか?」

「有名人もいたらしいね。だけど、名前は、教えてくれなかったな。客の秘密を守るのが、ああいう商売のエチケットだから、彼女は、それを忠実に守っていたわけだ」

「あなたは、彼女の裸を見たわけですね？」

「そりゃあねえ」

と、中山は、鼻をこすった。

「着物を着た女とベッドに入るわけじゃないからな」

「じゃあ、右の太股《ふともも》に、バラの花の刺青《いれずみ》があったのを覚えていますか？」

「バラの刺青？　そういえば、いつも、右の太股に包帯を巻いていたっけ。そんな野暮なものは、取れよといったんだけど、絶対に取らなかったな。あの下に、刺青があったとはねえ。驚いたな。彼女と刺青なんて、似合わないよ」

「岐阜の話はしませんでしたか？」

「いや。全然。一度、仙台で見かけたことがあったけどね」

「仙台？」

「急に大きな声を出したりして、びっくりするよ」

「それを、詳しく話して下さい」

「去年の十月末にね、おれは、仕事で仙台に行ったんだ。午後二時頃だったかな。仙台駅で、マネージャーと一緒におりて、外へ出たら、タクシー乗り場に、彼女がいたんだ。眼が合ったんで、やあって声をかけたんだが、知らん顔をしているんだ。変だなと思っている中に、タクシーに乗って行っちまった」

「東京に帰ってから、彼女に会った時、仙台で会った話をしたんだ。そしたら、仙台には行った覚えはないというのさ。こっちは、面食らっちまって、あれは他人の空似だったのかと思ったけど、今から考えると、あれは、絶対に彼女だったと思うね」

「他に、彼女について知っていることは？」

「もうないね」

「彼女のことを、どう思っていました？」

「美人で、教養があって、いい身体をしていて――」

「そうじゃなく、あなたが、彼女をどう思っていたかというんです？　愛していましたか？　それとも、憎んでいましたか？」

「愛してだって？」

中山が、クスクス笑いだした。十津川は、顔をしかめて、

「何か可笑《おか》しいことをいいましたかね？」

「おれは、もう少し人気が出たところで、いいところの一人娘を貰《もら》おうと思っているんだ。おれはね、自慢になることじゃないが、貧乏人の五男坊でね。六畳に五人の兄弟が、ぎゅうぎゅう詰めにされて育てられたんだ。十六で家出をして、盛り場で流しをしたりしてきた。だから、おれは、成功したら、金持のいいところの一人娘と結婚する積りなんだ。いけないかね？」

中山は、強い眼で、十津川を見た。

「いや。別に」

と、十津川は、いった。

「ところで、一月十二日の午後七時から八時までの間、どこにいたか、覚えていますか？」

「アリバイってわけ？」

「まあ、そうです」

「そういう細かいことは、マネージャーに訊《き》いてくれないかな」

と、中山は、面倒臭そうにいった。

マネージャーを呼び入れて、きいてみると、相手は、背広の内ポケットから、小さな手帳を取り出して調べていたが、

「北海道の巡業へ行く前で、珍しく、この日は、一日休みがとれていますね」

「それなら、一日中、寝ていたと思うよ。おれは、休みがとれると、たいてい、一日中寝ているんだ」

と、中山がいった。

12

中山英次が帰ったあと、十津川は、妙子のアパートに電話をかけた。

ひょっとして、妙子が出てくれたらと思ったのだが、電話に出たのは、母親の文江の声だった。

「妙子さんは、まだ帰りませんか？」

十津川がきくと、文江は、疲れた声で、

「まだ、全然、連絡もないんですよ。どうしたんでしょうねえ？　あの子は」

「そうですか」

自然に、十津川の声も、暗くなった。

「十津川さんの方にも、連絡して来ないんですか？」

「連絡はありません。それで、おかあさんは、僕が妙子さんにプレゼントした金のブローチを覚えていますか？　蝶《ちょう》の形をしたブローチですが」

「それなら、あの子から聞いていますよ」

「あれを、彼女が、誰かにあげてしまったということはありませんか？」

「そんなことがあるものですか。あの子は、あなたに貰ったものだから、いつも身につけているんだと、いっていましたもの」

文江は、きっぱりといった。妙子の恋人としては、嬉《うれ》しい言葉だった。が、今の場合は、逆だった。妙子が、誰かにあげてしまっていたら、山本鵜匠《うしょう》の死体のポケットに、あのブローチが入っていても、彼女は、関係がないといえるからだ。それが、いつも身につけていたとなると、当然、妙子の身に、何かがあったと、考えざるを得なくなってくる。

電話を切ると、急に、疲労が噴きあげてくるのを感じた。

東京に残っていた井上刑事にきいても、長田史郎という詩人の調査は、はかばかしくないという返事だった。この男も、どこかへ消えてしまったのだ。

その夜は、何日かぶりに、十津川は、自宅に帰った。

2DKのマンションに入り、ベッドに疲れた身体を横にした。

肉体は疲れているのに、気持が高ぶっていて眠れないのだ。

考えなければならないことが、いくらでもあった。

妙子は、どこにいるのだ？

首尾木明子は、仙台へ何しに行ったのか？　そのことが、事件と関係があるのだろうか？

美也子から貰った封筒は、あと二枚ある。明日は、その住所も当ってみなければならない。調べたら、犯人の手掛りがつかめるのだろうか？

いつ眠ったのか、はっきりと覚えていない。

妙子に似た女の死体が、暗い池に、ぷかぷか浮んでいる夢を見て、十津川は、うなされた。そんな悪夢をさましてくれたのは、電話のベルだった。

起き上って、受話器を取りながら、腋《わき》の下に、びっしょりと汗をかいているのを感じた。

窓の外は、すっかり明るくなっている。

電話は、亀井刑事からだった。

「松屋の屋上から、若い女が、飛び降りようとしているとの知らせが入りました。私は、これから行ってみますが、警部も来て頂けませんか」

「あそこの屋上には、高い金網が張ってあった筈《はず》だよ」

「そうなんですが、どうやら、その金網を、よじ登ったらしいんです」

「わかった。僕も行く」

電話を切ると、十津川は、舌打ちをした。どこの女か知らないが、人騒がせなと思う。春先になると、必ず、こんな事件が、一つか二つ起きる。

身仕度をして、マンションを出ると、松屋デパートに向って歩いて行った。寒い日が続いていたのが嘘のように、暖かい陽差しだった。

松屋の前の通りは、もう、集まった野次馬で一杯になっていた。

十津川は、上を見た。なるほど、屋上の金網の外側に、女が一人、へばりついているのが見える。

吹きあげる風が、時々、女のスカートをまくりあげ、そのたびに、彼女の身体も揺れた。

「わあッ」と、野次馬の間から、悲鳴とも歓声ともつかぬ声があがる。

十津川は、エレベーターで、屋上にあがってみた。

屋上には、亀井が先に来ていた。

「近づくと、飛びおりると女はいっています」

と、亀井が、小声でいった。

一五、六メートル先の金網の向うに、若い女が、しがみついている。足元は幅が殆《ほと》んどないから、手を放せば、とたんに落下してしまうだろう。

二十四、五歳の女だった。顔色は、蒼《あお》いというより白茶けている。コートとブーツは屋上に脱ぎ捨てて裸足《はだし》だった。手に、血がにじんでいるのは、金網を乗り越える時に傷ついたのだろう。

「ハシゴ車は？」

「頼んでありますから、間もなく来ると思います」

「どこの誰かわかっているのかい？」

「まだ、わかりません」

「じゃあ、何と呼びかけたらいいんだ？」

と、十津川は、舌打ちした。が、黙っていたら、女は、手がしびれてきて、落下してしまうだろう。

「お嬢さん」

と、十津川は、呼びかけた。

女が、ヒステリックに叫んだ。

「近寄らないで！」

その時、強い風が吹きあげてきた。ぱあッと、女のスカートがまくれ上った。

瞬間、まっ白いその太股《ふともも》に、赤いバラの刺青《いれずみ》が見えた。

あの刺青と同じだった。

「あッ」

と、思わず、十津川が声をあげ、そのとたん、女は、金網から手を放してしまった。

第四章　一人の詩人

1

　一瞬、その場に立ちすくんだ十津川と亀井だったが、次の瞬間、金網に向って突進した。

　金網に頭を押しつけて下を見た。

　直下の道路に、女は、無残に叩《たた》きつけられている。道路に溢《あふ》れていた野次馬たちが、わあっと殺到してくるのを、警官が、必死に制止している。

「行ってみよう」

　と、十津川がいい、二人は、屋上からエレベーターで階下へおりて行った。

　新聞記者が、四人、五人と駆けつけて来て、カメラマンが、写真を撮りまくっている。

　十津川と亀井は彼等を押しのけるようにして、舗道の上に俯《うつぶ》せに倒れている女の傍に近寄った。

　血は、ほとんど出ていなかった。だが、あの高さから落ちては、内臓破裂を起こしただろう。心臓は、すでに止まっている。

　亀井が、死体を仰向《あおむ》けにした。身体に触ったとき、妙な音がしたのは、強打したために身体の骨が、何ヵ所も折れてしまったのだろう。

眼は閉じたまま死んでいる。屋上から落下する途中で、気を失ったに違いない。

十津川は、軽く合掌してから、そっと、スカートをめくってみた。

屋上で、ちらりと見えた太股の刺青を、今度は、ゆっくりと見つめた。

赤い墨で描かれたこぶし大のバラの刺青。

下手な刺青のくせに、妙に生々しい感じのする刺青だった。

「カメさんは、どう思うね？」

と、十津川は、刺青に眼を向けたまま、亀井の意見をきいた。

「よく似ていますね。イヴの太股にあったものとそっくりです」

と、亀井がいう。

二人の間で、首尾木明子は、本名で呼ばれたり、時には、イヴという綽名《あだな》で呼ばれたりしていた。それは、そのまま、警察の戸惑いを示しているともいえる。まだ、彼女が首尾木明子として殺されたのか、イヴとして殺されたのか、わからないのである。

十津川は、スカートを下してから、近くにいる警官に屋上へ行って、女のコートや靴を持って来てくれと頼んだ。

「若いですな。二十四、五といったところでしょうね」

亀井が、痛ましそうにいう。

確かに、若い娘だ。何故、こんな若さで死に急ぐのだろう。

その痛ましさとは別に、今、十津川と亀井の心を捕えているのは、この自殺者の刺青が、イヴのものと同じかどうかということだった。

もし、同じ人間が、刺青をほどこしたのだとしたら、犯人を捕える手掛りになるかも知れない。

さっきの警官が、コートとブーツを抱えて戻って来た。

コートのポケットには、赤い革の財布が入っていた。中身は一万円札三枚と、千円札が六枚。だが、身元がわかるようなものは見当らなかった。

「ハンドバッグはなかったかね?」

十津川は、その警官にきいてみた。

「屋上は、くまなく探してみましたが、これ以外のものは、何もありませんでした」

「おかしいな。若い娘が、ハンドバッグを持たずに外出するだろうか」

十津川は、相手にいうというより、自分に向って質問するように、小さい声で呟《つぶや》いた。

妙子は、どこに行くにも、ハンドバッグを持っていたような気がする。飛び降り自殺をしたこの娘も、同じではないだろうか。死顔は、きちんと化粧しているから、化粧道具の入ったハンドバッグを持って来たのではあるまいか。それとも、この近くに住所があって、何も持たず、ただ、飛び降りて死ぬために、デパートにやって来たのか。

「野次馬の中に、この娘を知っている者がいないか、訊《き》いてみてくれ」

と、十津川は、警官に頼んでから、亀井を促して、もう一度、デパートの中に入って行った。

女が、ハンドバッグを持っていたに違いないという考えには、亀井も賛成した。

「彼女は、屋上へ出る前に、化粧を直していますよ」

と亀井はいった。

「強い香水のかおりがしましたから、身だしなみを整えてから、飛びおりたに違いありません」

「あれは、多分、ミツコという香水だよ」

「警部は、よくご存じですね」

亀井が、微笑した。十津川は、黙っている。彼が、ミツコという香水を知っているのは、それが、妙子の愛用していたものだったからである。あの金のブローチと同じく、彼が、パリから送ったものだった。それ以来、彼女は、ミツコを使ってきた。

（妙子は、どこへ消えてしまったのだろうか？）

十津川は、何回となく繰り返してきた疑問が、また胸に浮び上って、自然に重苦しい気分になった。時間がたつにつれて、妙子が、すでに死んでしまったのではないかという不安と恐れが、否応なしに強くなってくるからだ。

エレベーターで、もう一度、屋上に上る。死んだ娘が、どこかにハンドバッグを置き忘れたとしたら、それはどこだろうか？

「デパートに入ってから、化粧を直したとしたら、化粧室でしょう」

と、亀井がいった。

十津川も同感だった。

屋上に一番近い化粧室から調べていくことにした。

男二人が、婦人化粧室へ入って行ったのでは、妙な誤解を受ける恐れがあるので、デパートの女店員に頼むことにした。

七階、六階、五階と、順番に調べていったが、ハンドバッグは、見つからなかった。死んだ女は、ハンドバッグを持たずに来たのか、それとも、彼女が置き忘れたハンドバッグを、どさくさにまぎれて、客の一人が持ち去ってしまったのだろうか。

ハンドバッグが見つかったのは、一階の化粧室だった。女は、デパートに入るとすぐ、自殺するために、化粧を直したのだ。

2

国産の黒いハンドバッグを開けると、口紅やハンカチに混じって、ミツコの香水瓶が見つかった。十津川には、見覚えのある瓶だった。これと同じものを、妙子も、ハンドバッグに入れて持ち歩いていた。

何か遺書のようなものが入っていたらと思ったのだが、それは見つからなかった。その代りに、小さな手帳が見つかった。七センチ四方ぐらいの四角い手帳である。住所、氏名、それに血液型などを書く欄があり、そこに、高田礼子と、名前だけが書き込んであった。

手帳の頁を繰ってみる。何も書いてない白い頁が続いた。

失望が、十津川の顔に浮ぶ。バラの刺青《いれずみ》を発見した瞬間から、この女は、十津川たちにとって単なる自殺者ではなくなっていたからである。どうしても、身元が知りたかったし、交際していた人間のことも知りたい。

十津川は、もう一度、頁を繰ってみた。ぱらぱらと、めくっていた手が、急に止まった。何か黒い字のようなものを見た気がしたからだった。

今度は、一枚ずつ、丁寧にめくってみた。白い頁が続いたあと、まん中近くの頁にだけ、字が書き込んであるのが見つかった。

詩だった。

帰っておいで
美しい私の仔猫《こねこ》よ
薔薇《ばら》の花の似合う恋人よ
物憂い都会の夜を
私とまた
肉慾《にくよく》という悪魔の快楽の中に
共に溺《おぼ》れようではないか

十津川の顔色が変った。これは、まぎれもなく、妙子のところに来た手紙に書かれてあったと同じ詩ではないか。

それに、筆跡も似ているような気がする。

（これは、どういうことなのだろうか？）

十津川が、じっと考え込んだとき、亀井が、ふと、

「今、ちょっと思いついたんですが」

と、いった。

「何だい？」

「今度の自殺者ですが、どことなく、殺されたイヴに感じが似ていませんか」

「そうかな」

と、十津川が珍しく生返事をしたのは、手帳に書かれた詩のことが、あまりにも強烈に、彼を捉《とら》えていたからだった。

「美人にも、いろいろと型がありますが」

と、亀井がいった。

「イヴこと首尾木明子も、今度の自殺者も、優しい感じの美人に見えるんですよ。冷たく、理智的な型の美人とは違って――」

「それならわかるよ」

と、十津川は、いってから、

「こっちのことは、カメさんに頼む。身元の割り出しに全力をあげてくれ。僕は、署に戻る」

「どうかされたんですか？」

「思いついたことがあるんで、それを確かめたいんだ」

十津川は、詩の書かれた手帳をポケットに入れ、あとは、ハンドバッグごと亀井に渡して、デパートを出た。

遺体は、すでに運び去られていたが、それでも、野次馬は、立ち去らずに、屋上を見上げて騒いでいる。

十津川は、その雑沓《ざっとう》を抜けて、浅草署に戻った。

「とうとう、飛び降りてしまったそうですね」

という井上刑事に向って、十津川は、早口で、

「君に渡した便箋《びんせん》を見せてくれ」

と、いった。

井上は、あわてて、机の引出しをあけ、折りたたんだ便箋を取り出した。

十津川は、便箋を広げ、それと、持ち返った手帳とを、机の上に並べた。

横からのぞき込んだ井上が、

「同じ詩ですね。どうなさったんですか？」

「ついさっき飛び降り自殺した女が持っていた手帳だよ。問題は、筆跡だ」

「そういえば、よく似ていますね。同じ人間が書いたものでしょうか？」

「多分、そうだろう」

「しかし、そちらは、彼女自身の手帳に書いてあるわけでしょう？　そうなると、どういうことになるんでしょうか？」

「男が、詩を書いて、その手帳を彼女にプレゼントしたんだろう」

「そうなりますね」

「あとで、この二つを、筆跡鑑定に廻《まわ》してくれ」

「わかりました」

「ところで、長田史郎のことが、何かわかったかね？」

「それが――」

と、若い井上が、頭をかいたところをみると、調査が、はかばかしく進んでいないのだろう。

「だめかね？」

「草加のアパートに、岩井妙子さんの写真を持って行って来たのですが、管理人は、見たことがないといっています。当人の長田史郎も、行方不明のままです」

「誰も彼も行方不明か」

十津川は、唇を嚙《か》んだ。ひょっとすると、失踪《しっそう》した妙子は、今、長田史郎と一緒にいるのかも知れない。

「よし。僕を、そのアパートに案内してくれ」

と、十津川は、いった。

3

東武線の草加駅でおりた。

昔は、「草加、越谷、千住の先」といわれて、田舎の感じで、草加せんべいぐらいしか知られていなかったが、今は、完全な住宅地になっている。

駅前の商店街も賑《にぎ》やかだ。

建売住宅、マンション、アパートなども、続々と建っている。

十津川が案内されたのも、アパートがやたらに建ち並んでいる一角だった。

「小林第一アパート」と書いてあるところをみると、持主の名前でもあるのだろうか。

痩《や》せた中年の管理人は、詮索《せんさく》好きの感じで、明らかに、刑事が来たことを楽しんでいた。

十津川は、こういう男は、個人的には好きになれないが、向うから、べらべら喋《しゃべ》ってくれるから、ものを訊《き》くには便利だ。

「長田さんは、まだ帰って来ないんですよ。どうしちまったんですかねえ」

管理人は、二階の部屋に案内してくれながら、男にしては、やや甲高い声でいった。

「電話も、かかってきませんか？」

「ええ。全然ですよ」

六畳一間の部屋は、井上がいったように、驚くほど、何もなかった。

普通の独身の男が持っているようなものが、何もないのだ。テレビ、ラジオ、カメラ、そんなものは、どこにもない。衣裳《いしょう》ダンスもない。背広一着と、セーターが、壁にぶら下っているだけだった。

部屋の真ん中に、電気ごたつが置いてある。ストーヴがないところをみると、これだけで、暖をとっていたのだろうか。

本だけは、沢山あった。

本箱が、壁際に並べてあるのだが、本が溢《あふ》れて、収め切れなくなったものが、畳の上に積んであった。

ボードレールや、ランボウといった詩人の全集の他に、ドストエフスキーの全集も並んでいる。

「この長田史郎は、何をして暮らしていたんですか？」

と、十津川は、管理人を振り返ってきいた。

「さあ」

と、管理人は、首をひねった。

「何もしてなかったんじゃないですか。お勤めはしていなかったみたいですよ。いつも、ぶらぶらなさっていたし――」

「じゃあ、どうやって暮らしていたんですか？」

「送金があったんだと思いますよ」

「どこから？」

「それはわかりませんが、二度ばかり、郵便屋さんが、『現金書留です。印鑑を下さい』って、廊下でいっているのを見たことがあるんです。だから送金で暮らしていたんじゃありませんかねえ」

「いい身分だね」

「そうですねえ」

管理人は、ニヤッと笑った。

「彼と話をしたことはありますか？」

「口をきいたことはありますよ。部屋代を持って来てくれたときに、二言か三言、口をききますからね。でも、世間話はしたことがありませんよ」

「何故です？」

「長田さんという人は、刑事さんもお会いになればおわかりになりますが、なんとなく、近づきにくいところがあるんですよ。眼つきがおかしいっていうんですかね。あの人が笑っているのを見たことがありませんよ。いつも、蒼白《あおじろ》い顔で、他人《ひと》の顔色を盗み見るようなところがありましてね。何というんですかねえ。自分の心に鎧《よろい》を着ているというんですか。そんな感じがするんですよ」

「何かを怖がっている？」

「でしょうかねえ。よくわかりませんが、気難しくて、偏屈なんですよ。長田さんが、人殺しでもしたんですか？」

「それは、まだわかりません」

十津川は、管理人に首を振って見せてから、井上に向って、

「部屋の中を調べてみよう」

「この小さな部屋は、調べるところなんかありませんよ。押入れは、先日来たときに調べましたが、布団しか入っていません」

「一日がかりでも、大変なところが残ってるじゃないか」

「どこにですか？」

「本だよ。長田史郎は、本の頁に何か書き込みをしているかも知れないからだ」

「どの本を調べますか？」

「全部だ。彼は、ボードレールに心酔していたようだから、まず、ボードレール全集から調べていこうじゃないか」

十津川は、自分で、全集を本棚から抜き出して、第一巻を繰っていった。

最初の書き込みは、すぐ見つかった。それは、たった一つの文字だった。

〈死〉

と、そこに、大きく書き込んであった。

4

十津川は、次々に頁を繰っていった。

他の頁にも、ところどころに、「死」という文字があったり、フランス語で、“La Mort”（死）と書いてあったりした。

朱で、二重に傍線を引いた詩があった。

「旅」という長い詩の最後の部分である。

十津川は、その部分を、手帳に写し取った。

おお死よ、老船長よ、
時が来た！　錨《いかり》をあげよう！
空も海も　インキのように、黒いとしても
おまえの知っているぼくらの心は
光にあふれている！

ぼくらを元気づけるために
おまえの毒をそそげ！
ぼくらは　その炎で
ぼくらの脳髄を激しく焼かれ、
地獄でも天国でも
かまわず深淵《しんえん》の底に飛び込みたい、
未知の奥深く
「新しいもの」を探し出すために！

「どうも、妙な男ですね」

と、井上刑事が、首を振った。

「死に憧《あこが》れていたんでしょうか？」

「それとも、死を異常に恐れていたかのどちらかだな」

「僕だって、死ぬのは怖いです」

二十四歳の若い井上が、そんなことをいった。

十津川だって、死ぬのは怖い。ピストル強盗と、五、六メートルの距離で向い合った時のことを、十年近い昔のことだというのに、今でも、昨日のように思い出すことがある。

相手は、拳銃《けんじゅう》を構えていた。人間を二人も殺した拳銃だった。相手が、引金をひいていたら、間違いなく、十津川は死んでいただろう。ところが相手は、何を思ったか、急にくるりと背を向けて逃げ出したのだ。そして、他の刑事に射殺された。

その瞬間、十津川の脳裏をかすめたのは、死ぬということだった。凍りつくようなあの時の恐怖は、なかなか忘れられない。

長田史郎も、そんな経験があるのだろうか？

あるのかも知れない。

だが、それにしても、死という言葉が、多過ぎはしないだろうか。これでは、まるで、「死」とたわむれているようだ。

十津川は、別の本をとって、頁を繰ってみた。

何冊目かの詩集を手にとり、ぱらぱらとめくっていった十津川は、頁の間から、一枚の紙片が、畳の上に落ちたのに気がついた。

写真だった。いわゆるサービス・サイズのカラー写真だ。

夏姿の男女が写っている。

十津川の顔が、急にこわばった。

女の方が、間違いなく、恋人の妙子だったからである。

妙子の横に、若い、長身の男が立っていた。男の手が、彼女の肩に廻《まわ》されている。

二人の顔が、やや、硬いのは、セルフタイマーで撮ったからだろう。シャッターがおりる瞬間、ちょっと緊張するものだからだ。

去年の夏だろうか。

そうなら、十津川が、ICPOの一員として、パリにいる時だ。

妙子が、間違いを犯したという相手は、この写真の男なのだろうか？

「どうされたんですか？　警部」

という井上の声で、十津川は、われに返った。

十津川は、照れかくしに、小さく咳払《せきばら》いをしてから、写真を、井上に渡した。

「管理人に、それを見せて、男が、長田史郎かどうか訊《き》いてみてくれ」

「はい」

と、井上は、勢い良く返事をしてから、やっと気付いた顔で、

「この女性の方は、確か――」

「岩井妙子だ。男のことを、早く訊いて来い」

十津川は、怒ったような声を出した。

5

井上は、あわてて部屋を出て行き、すぐ戻って来た。

「写真の男は、長田史郎だそうです」

「やっぱりな」

「それから――」

「それから、何だ？」

「岩井妙子さんが、ここに来たことがあるかと、念のため管理人に訊いてみたんですが、見かけたことはないという返事でした」

「そうか」

「余計なことだったですか？」

「いや。よく訊いてきてくれた」

十津川は、狭い六畳の部屋を見廻した。うら寂しい部屋だ。こんなところへ、妙子が来たことがないというのは、十津川にとって救いだった。

「どうやら、長田史郎という男は、女性を、ここには連れて来ないみたいです」

と、井上がいった。

「どういうことだ？　そりゃあ」

「別に、どうってことはありませんが、写真で見ると、背は高いし、なかなかの美男子です。それに詩人なんて、若い女にとって、魅力的な存在だと思うんです。現に――」

「岩井妙子も、彼に参っていた――か？」

「申しわけありません」

「いいさ。先を続けろよ」

「つまり、長田史郎は、若い女性にもてる筈《はず》だと思うのです。それなのに、管理人は、女性を連れて来たことは一度もないといっています。これは不自然です」

「だから、他のどこかへ連れて行っていたというわけかね？」

「はい」

「貧乏詩人が、他に、豪華な隠れ家でも持っているというのかね？」

「その辺のところはわかりませんが、例の文学サークルの集まりで、長田史郎のことを訊いたとき、妙な話を耳にしたことを思い出したんです」

「どんなことだ？」

「長田史郎は、妙な男で、うす汚れたジャンパーを着て来るかと思うと、英国製の高価な三つ揃の背広を着、イタリア製の靴をはいて、出席したりしていたというのです」

「面白いな。そんな英国製の背広や、イタリア製の靴なんて、どこにも見当らないのだ」

「ですから、とっぴな考え方かも知れませんが、他に隠れ家を持っているんじゃないかと。私のこの考えは、馬鹿げていますか？」

「いや。そうでもないさ。あり得ないことじゃない。この長田という男は、いったい何をして暮らしているんだ？」

「それが、皆目、見当がつかないのです。今いった文学サークルの仲間も、長田史郎が何をやって暮らしているか、知らないといっていました。私生活は全く話さなかったそうですから」

「謎の人物というわけか」

十津川は、もう一度、妙子と長田が並んでいる写真を眺めた。

どこかの屋上らしく見える。二人の背後に、ぼんやりと山が見えるが、かすんでいて、どこの山かわからなかった。

（ホテルの屋上か）

と考えて、あわてて、その考えを打ち消した。

どこかのホテルに、妙子が、長田史郎と一緒に泊ったと考えるのは、何としても、腹立たしかった。

「他の部屋の住人に、長田史郎のことを訊いてみておいてくれ」

と、十津川は、井上刑事にいい残し、写真を内ポケットにおさめて、彼一人、浅草署に戻った。

6

十津川が、捜査本部に入ると、亀井刑事が、駆け寄って来て、

「たった今、身投げした女の身元がわかりました」

と、いった。

「そうか。どこの誰なんだ？」

「これから、彼女の住んでいたアパートへ行くんですが――」

「僕も行こう」

「では、途中でお話しします」

二人は浅草署を出ると、パトカーに乗った。

「女の名前は、堀正子。二十五歳。アパートは、向島です」

走り出した車の中で、亀井が早口に説明した。

パトカーは、隅田川を渡って、対岸の向島に入った。

「結婚しているのかね？」

「いいえ、独身です」

「仕事は？」

「国際通りのNというバーのホステスです」

「ホステス仲間が、知らせてきたのかね？」

「いいえ。堀正子は、昔、松屋で一年ばかり働いていたことがあったそうで、当時一緒に働いていたという女子従業員が、電話して来たのです」

「それで、松屋の屋上から飛び降りたというわけか」

「そのようです。デパートに勤めていた頃が、なつかしかったのかも知れません。それからもう一つ、遺体を解剖した医者から報告が入りました」

「睡眠薬を飲んでいたのかい？」

「いえ。薬類の反応はなかったそうです」

「ああ、そうか。妊娠中絶をした痕跡《こんせき》があったんじゃないのかい？　カメさん」

「そうです。よくおわかりになりましたね」

「イヴのことを思い出したんだよ。彼女も、確か、中絶をしているということだった。だから、何気なくいってみたんだ」

「いやな共通点ですな」

亀井が、暗い眼をしていった。

木造の2DKのアパートだった。

管理人に、二階の部屋をあけさせ、二人は中に入った。

独身の若い女の部屋といえば、華やかなものという先入観があったのだが、堀正子の部屋は、少し違っていた。

確かに、色彩は豊かだった。派手なドレスが、何着も、ぶら下っていた。玄関には、今はやりのブーツが三足、眼に入った。だが、乱雑をきわめていた。三足のブーツは、玄関一杯に脱ぎ捨ててあり、ドレスは、壁にかかっていたり、畳の上に投げ捨ててあったりする。

こたつ板の上には、ウイスキーの空びんが横倒しになっていた。灰皿の中は、口紅のついた吸殻が山になっている。

「だいぶ荒れた生活をしていたようですね」

亀井は、足元に放り出されているドレスを、片付けながら、十津川に向って、苦笑して見せた。

「男に捨てられたために、自棄酒《やけざけ》を飲んでいたということかな。そして、自殺した――」

「その男とは、彼女が、松屋で働いていた頃、知り合ったのかも知れませんね。だから思い出のデパートへ行き、屋上から飛びおりたんじゃないでしょうか」

「その頃への思い出と、自分を捨てた男への抗議の両方を籠《こ》めたということかな。その男となると、長田史郎だが」

「例の詩人ですか」

「そうだ」

「井上刑事と草加へ行かれて、その男のことで、何かつかまれましたか？」

「いや、どこへ消えたか、行方がわからないんだ。写真があったので、明日中に、コピーをとろうと思っているんだがね」

十津川は、写真を、亀井刑事に見せた。

亀井は、すぐ、一緒に写っている女が、妙子と気付いたようだったが、そのことは何もいわず、

「なかなか、いい男ですな」

といった。

「井上刑事は、この男なら、女が何人いてもおかしくないといっていたよ」

「この堀正子も、その一人だったんでしょうか」

「それを調べてみようじゃないか」

十津川は、状差しにあった手紙の類や、洋ダンスの引出しに入っていたアルバムを取り出して、亀井と一緒に調べていった。

長田史郎からの手紙か、彼と一緒の写真でもあれば、関係がはっきりとすると思ったのだが、調べ出してすぐ、失望に襲われた。

長田史郎からの手紙も、彼の写真も、一枚も見当らなかったからである。

アルバムからは、何枚かの写真が、引き剝《は》がされていた。

そこに、どんな写真が貼ってあったかわからないが、十津川は、長田史郎の顔が写っていたと確信した。

恐らく、堀正子は、長田への憎しみと、悲しみから、彼や、彼と写っている写真を、焼き捨ててしまったのだろう。

ハンドバッグに、長田史郎の詩の書かれた手帳が入っていたのは、彼を恨みながら、やはり、彼に未練があって、あの手帳だけを、捨てずに持っていたということなのかも知れない。

隣室には、去年の春に結婚したという若夫婦が住んでいた。その小柄な若妻に、十津川たちは、堀正子のことを訊《き》いてみた。

彼女は、すでに、堀正子が、デパートの屋上から投身自殺したことを知っていて、いくらか蒼《あお》ざめた顔で、十津川たちの質問に答えてくれた。

十津川が、まず、長田史郎の写真を見せると、彼女は、しばらく見つめてから、首を横に振った。

「時々、酔っ払って、男の人と帰って来ることがありましたけど、こんな素敵な男の方じゃありませんわ」

「店の客ですか？」

「ええ、太って、頭の禿《は》げた人とか、若い学生みたいな人とかいろいろ」

「堀正子さんと話をしたことがありますか？」

「ええ。あの人が、お店に行く前なんかに、時々」

「どんな話をしました？」

「世間話かしら。時々、お説教されました」

「どんなお説教です？」

「男に用心しろって。私の主人も、今は優しいだろうが、その中、子供が出来ると、冷たくなるに決まっているって」

「そんなお説教は、たびたび、したんですか？」

「ええ。子供のことは、よくおっしゃってましたわ。きっと、子供のことで、何か傷を負っていらっしゃったんじゃないでしょうか」

「かも知れませんね。彼女から、長田史郎という名前を聞いたことはありませんか？」

「ナガタ・シロウさん？　聞いたことはありません。ただ――」

「何です？」

「詩を書く人は嫌いだって、よくいっていました。あたしには、何のことかわかりませんでしたわ。あたしには、詩なんてわからないから」

若妻は、いかにも幸福そうに、クスクス笑った。

死んだ堀正子は、この若妻を、どんな気持で見ていたのだろうか。十津川は、ふと、そんなことを考えたりした。

十津川は、いったん捜査本部に帰った。

机の上に、メモがのっていた。


〈岩井文江さんから電話がありました〉


と、書いてある。

十津川は、受話器を取った。文江は、故郷《くに》に帰らず、娘の妙子のアパートに残っていた。

「あッ、十津川さん」

と、文江は、すがりつくような声になって、

「妙子から手紙が来たんです」

「本当ですか？」

十津川の声も、自然に大きくなった。

「すぐ行きます」

と、いい、電話を切ると、捜査本部を飛び出した。

待っていた文江が、封筒を差し出した。

宛名は、文江宛になっていた。裏を返してみる。

岩井妙子と名前が書いてあったが、住所はなかった。

「故郷の方へ来たのを、親戚《しんせき》の者が、届けてくれたんですよ」

「拝見しますよ」

と、十津川はいい、中身の便箋《びんせん》を取り出した。白い便箋一枚に、たった一行、こう書いてあった。

〈お願いです。私を探さないで下さい〉

7

妙子の字に間違いなかった。彼女の筆跡を見違える筈《はず》はない。

だが、探さないでくれというのは、どういうことだろうか。

「どういうことなんでしょう？」

と、文江が、きいた。

「彼女の意志とは考えられませんね」

「じゃあ、あの子は、誰かに脅されているんでしょうか？」

「誰かに強制されて書かされたことは確かですね。だが、あなたは、あまり心配しない方がいいですよ」

「でも、あの子は、危険なんでしょう？　今」

「本当に危険なら、筆跡が乱れている筈ですが、この筆跡は、落ち着いている。それに、彼女は、頭のいい女性です。こちらが探し出すまで、何とか、自分を守ってくれると考えています」

「警察が、あの子を探し出してくれるんですね？」

「もちろん」

「でも、これには、探さないでくれと、書いていますけど」

「それは、母親のあなた宛に書いたものです。だから、僕が探す分には構わんでしょう」

と、十津川は、文江を安心させるように、微笑してみせた。

妙子は、何者かに監禁されているに違いない。その犯人が、この手紙を妙子に書かせて、母親の文江宛に送った時、当然、これが警察の眼にも触れると考えていただろう。だから、犯人は、この手紙によって、文江にだけでなく、十津川たち警察にも、妙子を探すなと、警告しているのだ。

「僕が探す分には構わんでしょう」といった時、十津川は、それが、彼にとっても、妙子にとっても、危険なゲームになることは覚悟していた。

十津川は、封筒に視線を戻した。指紋は、多分、妙子のものしかついてはいまい。消印は、東京中央郵便局のものだった。だからといって、妙子がいる場所が東京都内とは決められない。どっか遠い町で、この手紙を妙子に書かせ、犯人は、わざわざ、東京中央郵便局まで投函《とうかん》しに来たかも知れないからだ。

十津川の頭には、自然に、長田史郎という名前が浮び上ってくる。

長田と妙子が一緒に写っている写真は、合成されたものではない。あの写真を見る限り、単なる文学サークルの知り合い以上のものを感じないわけにはいかないのだ。

松屋デパートの屋上から飛び降りて死んだ堀正子も、長田史郎が書いたと思われる詩のある手帳を持っていた。

彼女は、長田史郎との愛に破れたことで、自殺したのだろうか？

イヴこと首尾木明子は、どうだろうか。彼女を殺したのも、長田史郎なのだろうか？

彼女と、長田史郎を結びつけるものは、今のところ、何もない。彼女の豪華なマンションには、長田史郎の書いた詩集もなかったし、他の詩人の詩集もなかった。ただ、彼女の太股《ふともも》に、堀正子と同じバラの刺青《いれずみ》があったことだけは、はっきりと覚えている。

長田史郎が、あのバラの刺青に関係があれば、首尾木明子は、必然的に、長田史郎と結びついてくる。

十津川は、それを確認したくなった。首尾木明子と、長田史郎が、どんな関係にあったのかがわかれば、自然に、長田が、どんな男かもわかってくるだろう。そして、妙子が、今、何処にいるかもわかるかも知れない。

8

首尾木美也子から預かった三通の封筒。死んだ明子が、三年の間に、三ヵ所から妹の美也子に出した封書の封筒だけである。その中の一通については、すでに調べた。

他の二通についても調べることになっていたときの飛び降り自殺騒ぎだった。

十津川は、その調査を再開することにした。

二通目の封書には、上野公園近くのマンションの住所が書いてあった。名前は、沢木由紀となっていたが、筆跡は、もちろん、同じだった。消印の日付は、彼女が、新宿左門町の1Kのアパートから姿を消した十ヵ月後になっている。その十ヵ月間に、首尾木明子の身に、何があったのだろうか？

不忍《しのばず》スカイマンションは、不忍池から二、三〇メートルの距離に建っていた。七階建の中古マンションで、首尾木明子は、ここの六〇九号室に住んでいた筈だった。

中年の管理人夫婦は、幸い、彼女のことを覚えていてくれた。

「沢木さんのことなら、よく覚えていますよ」

と、管理人は、十津川にいった。

「初めてここに来たときのことを、覚えていますか？」

十津川がきくと、管理人夫婦は、顔を見合せてから、眼鏡をかけた細君の方が、

「あの時は、男の方と一緒に見えたんですよ。二年前の暮れでしたね」

「この男ですか？」

十津川は、長田史郎の写真を見せた。が、相手は、言下に、「いいえ」と、否定した。

「こんな若くて、ハンサムな方じゃありませんでしたよ。五十五、六歳で、狐みたいな、油断のならない眼つきの男の人」

「それは、少しひどいんじゃないか」

と、夫の方が、あわてて、たしなめた。

「沢木由紀さんとは、どんな関係の男の人だったんですか？」

十津川がきいた。

「どこかの支配人じゃなかったかな」

と、管理人はいってから、その時の賃貸契約書を見つけ出してくれた。

借主は、沢木由紀になっているが、その筆跡は、首尾木明子のものだった。

保証人のところに、「平井靖之助」という名前があった。これが、五十五、六歳の男な

のだろう。

〈台東区千東町××丁目　東亜興業株式会社〉

これが、その男の住所になっている。

（東亜興業？）

と、口の中で呟《つぶや》いてみたが、はっきりした姿は、頭の中に浮んでこない。

「沢木さんは、ここに、どのくらいいたんですか？」

「一年ちょっとですかね。あの人が、どうかしたんですか？」

管理人がきく。首尾木明子のことは、かなり大きく新聞に出たのだが、この管理人夫婦は、それが、自分のところに一年ちょっといた沢木由紀と同一人とは、考えもしなかったようだ。世間というものは、こんなものかも知れない。

「殺されましたよ」

「え？」

「誰かに殺されるような感じはありましたか？」

「そんな感じは、全然ありませんでしたよ」

と、細君の方が、いった。

「とても、優しくて、いい人でしたからね」

「何をしていたか、わかりますか？」

「仕事ですか。水商売じゃなかったですかねえ。普通のお勤めじゃありませんでしたよ。朝早く出勤なさるってことは、ありませんでしたから」

「バーかキャバレー？」

「それはわかりませんよ。沢木さんが、お勤めのことは、あまり話したがらないので、こちらも、お訊きしませんでしたから」

「泥酔して帰って来たことは？」

「めったにありませんでしたねえ」

「水商売らしかったのに？」

「お酒が飲めなくたって、今は、バーのホステスになれますからねえ」

管理人が、ニヤッと笑ったところをみると、この近くのバーによく遊びに行くのかも知れない。

「男が訪ねて来たことは？」

「見たことはありませんね」

「さっき見せた写真の男もですか？」

「ええ。でも、うちは、非常階段がありましてね。そっちから上れば、管理人室の前は通らなくてすむんです」

「彼女が使っていたのは、どんな部屋ですか？」

「2DKのいいお部屋ですよ。ガス風呂《ぶろ》つきで、部屋代は七万円です。今は、別の人が入ってますけど」

細君の方が、上を見上げるようにしていった。六畳一間に小さな台所という部屋から見れば、2DKの住いは、大きな出世かも知れない。

十津川は、彼女の保証人になった平井靖之助という男に会ってみることにした。

夕闇の迫って来た浅草に戻り、十津川は、千束町に足を運んだ。

（おや？）

と、首をかしげたのは、この辺り一帯は、有名なトルコ地帯だったからである。

昔、吉原遊廓《ゆうかく》のあった場所で、遊廓が全てトルコ風呂に変ってしまっている。道の両側は、全てトルコである。

丁度、ネオンが輝き始めたところで、トルコの三文字の赤、青のネオンが林立しているさまは、華やかというより、圧倒されるような壮観さだった。

トルコ風呂ばかりで、東亜興業の看板は、なかなか見つからない。

仕方なく、十津川は、近くの派出所にいた警官にきいてみた。

その警官は、「東亜、東亜興業――」と、口の中で呟きながら、調べてくれていたが、

「王宮トルコのことじゃありませんか」

「王宮トルコ？」

「第一、第二と二つの王宮トルコがここにありますが、それを経営しているのが、確か東

亜興業という会社の筈です」

「トルコか」

十津川の気持が、自然に重くなった。岐阜から東京に出てきた首尾木明子が、最初に得た仕事は、フランス語の翻訳だった。六ヵ月間、彼女は、その仕事をしていた。そして、突然、彼女は姿を消し、次に突き止めた時は、トルコ風呂にいるというのは、どういうことなのだろうか？　首尾木明子の身に、何があったのだろうか？

9

第一王宮トルコへ足を運んでみた。別に、建物が王宮風というわけではなかった。

十津川が、入口で警察手帳を示し、平井靖之助に会いたいというと、すぐ、奥の支配人室に案内された。

狭い部屋に、五十五、六歳の男が、机に向って、帳簿に何か書き込んでいたのが、顔を上げて、「支配人の平井です」といった。

「うちは、警察に注意されるようなことは、やっていない積りですが」

「そうだろうね」

と、十津川は、苦笑した。トルコでの本番は常識だが、それを取り締るのは、十津川の仕事ではない。

「ここで働いていた沢木由紀という女のことを訊《き》きに来たんだ」

「沢木由紀？　はてね」

「あんたが、保証人になって、上野の不忍スカイマンションを借りた女だよ。知らない筈はないだろう？」

「ああ、あの娘《こ》ですか。彼女なら覚えていますよ。あの娘が、どうかしたんですか？」

「一月十二日に、浅草寺境内の池に死体で浮んでいたんだ。知らない筈《はず》はないだろう？」

十津川が、決めつけるようにいうと、平井は、眼鏡の奥の小さな眼を、ずるそうに、ぱちぱちさせてから、

「やっぱり、あの娘だったんですか」

「わかっていたんなら、何故、警察に連絡してこなかったのかね？」

「まさか、同一人とは思わなかったもんですからねえ。うちにいた時は、太股にバラの刺青なんかしていませんでしたし、第一、イヴなんて名前じゃありませんでしたからね」

「ここにいた時は、本当に、バラの刺青をしていなかったのかね？」

「ええ。きれいな身体をしてましたよ」

「彼女は、どうして、ここで働くようになったのかね？」

「飛び込みでやって来たんです」

と、平井は、煙草に火をつけた。

「二年前の十二月頃でしたよ。夕方でしたね。突然、飛び込んで来ましてね。働かせて欲

しいというんです」

「それで？」

「若いし、すごい美人でしたからね。わたしとしちゃあ、大歓迎でしたよ。トルコの経験はゼロだといってましたが、誰だって、生れつきトルコ嬢なんてのはいないわけだし、すぐ、働いて貰《もら》うことにしたんです。住む場所も世話して欲しいというんで、わたしが保証人になって、不忍池の近くに、マンションを借りてやりましたよ」

「ここに来た時、どんな感じだったね？」

「と、いいますと？」

「金に困っていたようだったかね？」

「すぐ十万円貸して貰えないかといいましたよ。マンションの権利金や礼金なんかとは別にです。服装も、あんまりいいものは着ていなかったから、金に困っていたんじゃないですかねえ」

「ここでは、何と呼ばれていたのかね」

「沢木由紀という名前なんで、ユキちゃんということになっていましたよ」

「働いていた期間は？」

「一年くらいでしたかね」

「どうしてやめたんだ？」

「それが、突然、やめてしまったんですよ。いい娘だったし、お客の評判もよかったんで、他のトルコに引き抜かれたのかと思って、調べてみたんですが、どこのトルコにも移っていませんでしたねえ。マンションの方も、急に、姿を消したというんで、いったい、どうしたんだろうかと、心配もしていたんですよ」

と、平井は、さして心配していなかった顔でいった。

「この男が、彼女を訪ねて来たことはなかったかね？」

十津川は、長田史郎の写真を、平井にも見せた。平井は、

「やっぱり、男がいたんですか」

と、いいながら、写真を見た。

「やっぱりというのは、どういうことだい？」

「同僚の娘が、わたしにいったことがあるんですよ。ユキちゃんには、好きな男がいるみたいだってね。なんでも、その男の子供を生みたいみたいなことをいってたそうです。あんな風に突然、やめたのも、その男の差し金だと思うんですがねえ。彼女を殺したのは、そいつじゃありませんかねえ」

「その写真の男かね？」

「さあ。わたしは、お客の顔を見てるわけじゃありませんからねえ。この男は、仙台の生れですか？　それとも、仙台に住んでいる男ですか？」

「仙台？」

十津川の眼が、きらりと光った。仙台という地名を、彼は、二度、別の男から聞いてい

る。いずれも、首尾木明子の姿を、仙台で見たという証言だった。

一人は、サン翻訳工房をやっている宮坂敏広。もう一人は、歌手の中山英次である。そして、同じように、首尾木明子は、仙台へ行ったことを隠そうとしていたと証言した。

今、また、平井靖之助というトルコ風呂の支配人が、仙台という地名を口にした。これで、三度目である。

「何故、仙台なんだね？」

と、十津川は、平井にきいた。

「あの娘の男が、仙台にいるっていう噂がありましたからねえ。彼女が、時々、仙台に会いに行ったって噂も聞いていましたからね」

「その噂は、誰がしていたんだね？」

「仲間のトルコ嬢の一人が、わたしにしてくれたんですよ。わたしは、彼女たちのプライバシーは尊重する方だから、何もいいませんでしたがね」

「そのトルコ嬢に会いたいね」

「今日は、休みじゃないから、会えますよ。しかし、彼女は、ここでは売れっ子でしてね。それに、がめつい娘だから、刑事さんだからって、金を払わない客に、素直に喋《しゃべ》るかどうか。刑事さんと喋っている間は、一円にもならないんですからねえ。一時間で、一万五千円は確実に稼ぐ娘ですよ」

「わかったよ」

と、十津川は、苦笑した。

「何という娘なんだ？」

「ここでは、カオルという名前でしてね。二十歳を過ぎたばかりのピチピチしたいい娘ですよ」

「会いたいね」

十津川は、財布から五千円札を一枚抜き出して、平井の前に置いた。

「ここの入浴料は、確か五千円だったな。これで、彼女に会わせて貰えるかね？」

10

カオルは、九時頃になって、やっと出勤して来た。

おかしないい方だが、十津川が、この日、彼女の最初の客だった。

意外に小柄な彼女は、ちょっと酔っていて、ご機嫌が悪かった。

「刑事さんに、用なんかないわよ」

と、カオルは、風呂《ふろ》の縁に腰を下し、天井に向って、生あくびをした。

「恋人と喧嘩《けんか》でもしたのかね？」

十津川が笑いながらきく。

「まあ、そんなとこね。昨日は飲み明かして、まだ二日酔いが続いてるわ」

「こちらの質問に答えてくれるかね？」

「駄目ね。あたしは、お金にならないお喋りはしないことにしてるのよ。黙秘権てものがあるんだって、聞いたことがあるわ」

「その通りさ。誰にも、黙秘権がある」

「それに、あんたを営業妨害で告訴してやるわ」

「営業妨害だって？」

「そうじゃないの。あたしが一時間いくら稼ぐと思うの？　こうしている間にだって、あんたがお客なら――」

「一万五千円は、稼ぐんだろう」

十津川は、財布から一万円札と五千円札を抜き出して、鏡台の前に置いた。

「これで、一時間は、話してくれるんだろう？　それとも、正味四十五分かな」

「本当に、そのお金くれるの？」

「ああ。いいさ」

「本当に、あんたは刑事さんなの？」

「そうらしいね」

「気の変らないうちに、貰っとこっと」

カオルは、素早く、二枚の札をつまみあげると、ハンドバッグの中にしまい込んでしまった。

そのあと、カオルは、ブラジャーをとり、パンティもぬいで、素裸の上にタオルを巻きつけた。

「それはいいんだ」

と、十津川は、苦笑しながらいった。

「でも、料金を払って貰ったんだから、何かしなきゃあ」

「その分、質問に答えてくれればいい」

「オーケイ。何でも喋ってあげるわ」

カオルは、機嫌を良くして、十津川の横に腰を下した。

部屋が蒸し暑い。十津川は、ハンカチで額に浮んだ汗を拭《ふ》き取った。

「ここで、ユキという娘《こ》が働いていた筈なんだがね」

「じゃあ、やっぱり」

カオルは、ふうッと、小さな溜息《ためいき》をついた。

「何が、やっぱりなんだ？」

「浅草寺の境内で死んでいたのは、やっぱり彼女だったのね」

「わかっていたのなら、何故、今まで黙っていたんだ？」

自然に、十津川の眼が嶮《けわ》しくなった。この女も、支配人の平井も、どうして、こう、警察に非協力的なのか。

「そんな怖い顔をしないでよ」

と、カオルは、鼻の頭をこすった。そんな仕草をすると、急に、子供っぽく見えてきた。

「彼女かなと思ったけど、自信がなかったしね。それに、殺人事件だっていうし——」

「かかわり合いになりたくなかったというわけかね？」

「彼に相談したら、何もしない方がいいっていうもんだから」

「立派な彼氏だな。それで、彼女とは、親しかったのかい？」

「この部屋を、共同で使ってたわ。一緒に食事したこともあるし、彼女のマンションに遊びに行ったこともあるわよ」

「どんな話をしていたのかね？」

「たいてい、馬鹿話。あたしがお喋りして、彼女が、黙って聞いてることが多かったわね。あたしといると、彼女、気楽だったみたいね。あたしは、馬鹿なことばかりいってるから」

「何故、トルコで働くことになったか、いっていたかい？」

「そりゃあ、お金のために決まってるわ」

カオルは、手を伸ばして煙草を取ると、うまそうに、煙を吐き出した。

「何故、お金を欲しがったかをきいてるんだ」

「男のためね」

「君にそういったのか？」

「いわないけど、わかるわよ。こういうところで働く女はさ、男のためか、そうじゃなきや、自分で店でも持ちたいかのどちらかよ。彼女は、店を持つことには、全然、興味がないみたいだった。だから、男のためとしか考えられないじゃないの」

カオルは、自信満々ないい方をした。

「その男に会ったことは？」

「ないけど、彼女に男がいたことは確かよ」

「長田史郎という名前を、彼女から聞いたことはなかったかね？」

「長田史郎？　名前は聞いたことないけど、一度、芸術家だっていったことがあったわ」

11

やはり、詩人の長田史郎だと、十津川は思った。

「彼女が、恋人は芸術家だといったんだな？」

「あたしが、いろいろときいてやったのよ。あんたのいい男は、セールスマン？　サラリーマン？　運動選手？　それともヤーさん？　ってね。そしたら、笑いながら、芸術家なんだっていったわ。売れない芸術家に、彼女、いれあげてたのよ」

「その男の住所だがね――」

「仙台じゃないかな」

「東武線の沿線だということは？」

「聞いたことないわよ。仙台には、内緒で、何回も行ったみたいだけど」

「どうして、仙台へ行ったことがわかったんだね？」

「彼女に惚《ほ》れて通って来てたお客がいるの。田原町の大沢って電気屋のご主人だけどね。いつだったか、彼女が上野駅にいるのを見て、どこへ行くのかなと思って、後をつけてみたんですって。そしたら、仙台行の切符を買って、東北線に乗ったっていってたわ」

「それを、彼女に確かめてみたのかね？」

「次に会った時に、訊いてみたわ。そしたら、彼女、仙台なんて、一度も行ったことがないって、呆《とぼ》けてた。だから、余計、彼女の男は仙台にいるんだなって、確信を持ったのよ。もっとも、彼女の男がどこにいようと、あたしの知ったことじゃないけど。ねえ。本当に何もしなくていいの？　お風呂ぐらい入ったら？」

「仙台に、いったい何があるんだろう？」

「え？」

「彼女は、ここをやめる時、君に何かいわなかったかね？」

「なんにも。突然やめたから、あたしは、他の店に移ったか、仙台の男のところへ帰ったか、どっちかだと思ってたんだけど」

「ここにいる時は、太股《ふともも》に、バラの花の刺青《いれずみ》はしていなかったみたいだね？」

「うん。すべすべした身体をしてたわよ。いや、ちょっと待ってよ」

「どうしたんだ？」

「彼女がやめる二、三日前だったかな。彼女が、太股に大きな包帯を巻いてるのを見たわ。右の太股よ。どうしたのってきいたら、怪我をしたんだって、いってたけど。あのとき、刺青をしたのかも知れないわね。うん、間違いないわ」

カオルは、ひとりで肯《うなず》いてから、

「でもどうしてトルコをやめたのかな？　美事な刺青なら、裸商売で売り物にもなるのに

──」

「いや、あんな下手くそな刺青じゃあダメだね。だから恥ずかしがって、やめたんだろう。他に、彼女は、男のことで何かいってなかったかね？」

「彼女、無口だったからねえ」

「じゃあ、何か思い出したことがあったら、電話してくれないか」

「ねえ。本当に、何もしないでいいの？」

「いろいろと、話を聞かせて貰ったよ」

「じゃあ、今度は、本当のお客で来てよ。そうしたら、うんとサービスするわ」

そんなカオルの言葉を背中に聞いて、十津川は、苦笑しながら店を出た。

外は、まだ、寒い風が吹いている。むっとする暑さから、急に冷たい街に出て、十津川は、思わず、身ぶるいが出た。

もう夜の十時を過ぎている。が、このトルコ街は、これからが賑《にぎ》わうのだろう。店の前には、何台も車がとまっている。男たちが、一軒、一軒、のぞき込むようにして、歩いて

いる。

十津川は、わからなくなっていた。

岐阜を追われた首尾木明子は、何故、トルコで働くことになり、コールガールになったりしたのだろう？

カオルは、とても簡単に、好きな男に金を貢ぐために決まっているといった。そうかも知れないが、それなら、何故、男は、金の卵の彼女を殺したりしたのか。

首尾木明子と、長田史郎とを結びつけていたものは、何だったのだろうか？　愛情だけだったのか？　それとも、他に何かあったのか？

それに、仙台に、彼女は、何しに行っていたのか？

今のところ、何もかもわからない。

とにかく、長田史郎という男を見つけ出すことだ。

しかし、この売れない詩人は、何処へ消えてしまったのだろうか？

12

捜査本部に戻ると、亀井刑事が、笑いながら、

「トルコはいかがでした？」

「どうやら、風邪をひいたらしいよ」

十津川は、くしゅんと鼻を鳴らした。

「さっき、警部に電話がありました」

「誰からだい？」

「向島の彫達という彫師からです。警部に話したいことがあるから、来て欲しいと」

「例のバラの刺青のことだろう。すぐ行こう」

十津川は、亀井を促して、また、捜査本部を出た。

その刺青は、素人の彫ったものだと、彫師たちはいった。しかし、全く刺青の知識のないものには、彫れはしないだろう。十津川は、そう考え、浅草周辺の彫師たちに、ここ一、二年の間に、刺青のことを習いに来た者がいたら教えてくれと、頼んでおいたのである。

深夜の街を、二人は、車を、向島へ飛ばした。

六十歳になった彫達は、二階で、テレビの深夜劇場を見ながら酒を飲んでいた。

酒焼けした顔を、十津川に向けて、

「この間、あんたにいわれたことを思い出していたら、気がついたことがあってね。それで、電話したんだ」

「それは、どんなことです？」

「どうだい？　あんたも一杯飲まないかね？」

「一杯だけ頂きましょう」

十津川は、遠慮せずに、杯を受けた。普通なら、仕事中で断るところだが、相手が、昔気質《かたぎ》の老人だと、気を悪くして、話をしてくれなくなると困ると思ったからである。下町の老人というのは、妙に頑固なところがあって扱いにくい。

「一年半ぐらい前だったかな」

と、彫達は、煙管《キセル》に、きざみ煙草を詰めながら、話し出した。大きな徳用マッチで、火をつけて、うまそうに、煙を吐き出す。老人の話は、ゆっくりしている。

「おれのところに、彫り方を教えてくれって、男がやって来た。三十二、三歳の男だよ。とにかく、どうやって彫るのか、それだけを教えてくれればいいというんだ」

「この男ですか？」

十津川は、長田史郎の写真を見せた。

彫達は、煙管を置き、写真に眼を近づけて、じっと見ていたが、

「ああ、こいつだ」

「長田史郎という男です」

「そうだ。長田とか、長嶋とかいってたな」

「ここには、どのくらい来てたんですか？」

「おれは、弟子なんかとらねえといったんだ。断ったのさ。それでも、やっこさん、毎日、来て、おれが彫るのを見てたよ。そのうちに、道具を買い揃えて来やがって、バラの花の彫り方を、どうしても教えてくれといいやがった。バラの花だけでいいというんだ」

「バラの花ですか」

と、十津川は、亀井と顔を見合せた。長田史郎は、首尾木明子に刺青するために、ここで、彫り方を教えて貰《もら》ったのか。

「そうさ、バラの花さ」

といってから、彫達は、また煙管をくわえた。

「それを思い出したんで、あんたに電話したのさ。例の殺人と関係があるかも知れないと思ってな。何か役に立つかい？」

「立ちそうです。それで、長田は、何日ぐらい、ここへ通って来ていたんですか？」

「正味半月ってとこかな。これからってときに、来なくなっちまった。あれじゃあ、まともなバラは彫れねえよ」

「半月の間、毎日、来ていたんですか？」

「そうじゃねえな。十日ぐらい、ぶっつづけに来て、急に来なくなった。そして、三日間ほどして、また来たんだ。旅行してたといって、おれに、土産物をくれたよ。竹に雀の図柄のお盆だ」

「竹に雀――？」

「あんたは、物を知らねえなあ」

「――？」

「竹に雀といやあ、伊達《だて》の殿様の紋所じゃねえか」

「すると、仙台のお土産ということですね？」

「そうに決まってるよ。持って来て見せようか？」

「いや。何をしに仙台へ行ったのか話していましたか？」

「仙台に女でもいるのかってきいたら、友だちがいるっていってたよ。本当かどうかわからねえが、それ以上は訊《き》かなかった」

「その他、どんなことを話してました？」

「歌を作ってるんだとかいってたな。だから、都々逸《どどいつ》かってきいたら、ニヤニヤ笑っていやがった」

「刺青の道具を、自分で買ったといいましたね？」

「ああ、買い揃えて、持っていたよ」

彫達は、ぽんと煙管をはたき、新しいきざみ煙草を詰めている。

草加の長田のアパートに、刺青の道具はなかった。首尾木明子を殺したあと、足がつくのを恐れて、捨ててしまったのだろうか。それとも、どこかへ隠したのか。

「長田は、どんな男でした？」

と、十津川は、改めてきいた。

「おれには、そう悪い男には見えなかったなあ。どことなく、暗いところはあったがねえ。本当に、やっこさんが、殺したのかねえ？」

「そう見ていますよ。ところで、長田は、あなたには、何処に住んでいるといっていました？　草加といってましたか？」

「草加だって？」

「違いますか？」

「草加なんてことは、全然、いってなかったよ。この近くに住んでたんじゃないのかね？」

「この近くだといったんですか？」

「向島に住んでいるから、おれのところへ、通って来られるといってたよ」

「同じ向島ですか――」

「もっとも、やっこさんは、車を持ってたから、遠くたって、来られないことはなかっただろうがな」

「長田は、車を持ってたんですか？」

「やたらに、びっくりしてるじゃねえか」

と、彫達は笑った。

「ぴかぴかの新車だったぜ」

十津川は、もう一度、亀井刑事と顔を見合せた。

「どう思うね？　カメさん」

「長田は、もう一つの生活を持っていたのかも知れませんね」

「そうだな」

と、十津川も肯《うなず》いた。

首尾木明子は、トルコで働き、次には、コールガールをして、長田に貢いだとすれば、その長田が、六畳一間の安アパートに住んでいるのがおかしいのだ。首尾木明子だけではない。自殺した堀正子も、バーで働いて、彼に貢いでいたとすれば、なおさらだ。

「向島一帯を、徹底的に調べてみよう」

と、十津川は、いった。

第五章　愛と死と

1

岐阜県警の野崎警部は、地道な捜査を続けていた。

長良川で、溺死体《できしたい》で発見された山本鵜匠《うしょう》の捜査は、まだ、壁にぶつかっている。首尾木家の協力は、目下のところ期待できなかったし、事件当夜、山本を見た目撃者も見つからない。

死体のポケットに入っていた金のブローチは、東京の十津川警部が、恋人の岩井妙子にプレゼントしたものだというが、その後、十津川警部から、連絡は来ていない。彼にしても、岩井妙子の行方がわからなければ、あのブローチが、何故、山本の死体のポケットに入っていたのかわかりはしないだろう。

野崎は、事件が一挙に解決するなどとは期待していなかった。それに、東京の十津川警部からの助力も、あてにはしていない。それは、十津川を信頼していないというのではなく、山本鵜匠の事件は、あくまで、岐阜県警が、解決すべきものだと自覚しているだけのことだった。

野崎は、まず、山本が何処で殺されたかを解明することに全力をあげた。

山本の肺の中に入っていた水からフッソが検出されている。明らかに、長良川の水ではないのだ。

しかし、現在、どこの都道府県でも、水道にフッソは混入していないという。

捜査は、壁にぶつかっていたが、野崎は、へこたれなかった。

山本の肺に、フッソ入りの水が入っていた以上、彼が、何処かで、フッソ入りの水を飲んだ、飲まされたことは事実なのだ。それに、その場所は、まさか外国ではあるまいし、死体が発見された時間から考えて、岐阜から、そう遠くはない筈《はず》だ。

従って、その場所が見つからない筈はないと、野崎は、確信していた。

粘り強さだけなら、誰にも負けないという自負が、彼にはある。

都道府県の水道局は、現在、水道にフッソを入れていない。とすると、いったい、どんな場合に、フッソが入るだろうか。

個人の家庭で、水道の蛇口に、フッソを混入する装置をつけていたということが、まず考えられる。家族の虫歯に神経質で、フッソを水道に混ぜた方がいいと考えている家庭なら、考えられないことではない。

だが、野崎は、この説は捨てた。

第一、岐阜県内の全ての家庭にあたってみることは、不可能だし、もし、その家庭が犯人と親しければ、それを隠すに違いないからである。

第二、犯人が、ある家に山本鵜匠を連れ込み、そこで溺死させたとすれば、当然、その家と顔見知りに違いなく、水道にフッソを入れていることも知っていよう。馬鹿でない限り、すぐ足がつく、そんなフッソ入りの水道水を使用するとは思えないからである。

犯人は、その水に、フッソが混入されているのを知らずに、山本を溺死させるのに使用したのだ。野崎には、他には考えられなかった。

と、すれば、フッソは集団で使用されていたということだろう。

ある特定の市、町、村とか、工場とか、或いは学校で、管理者の意見で、水道にフッソを入れている場所があるに違いない。

野崎は、部下の刑事を総動員して、県下の工場、学校、村落などを、徹底的に捜査させた。

従業員四、五人の小さな町工場も、捜査の対象にした。そんな町工場の主人の中に、フッソの信奉者がいて、水道に、フッソを混入させていたりするからである。

学校は、小さな珠算塾まで、捜査した。

刑事たちが、電話して問い合せたり、自ら足を運んだりした工場は、大小合せて三百七十二カ所に及び、同じく、彼等が捜査した学校は、二百を越えた。

しかし、その中に、フッソを水道なり井戸なりに混入しているところはなかった。

この捜査に、一週間が費やされた。形の上で、一週間が無駄に過ぎてしまったのだ。

若い刑事の中に、当然、焦りの色が見え始めた。フッソの捜査は、無意味ではないかという声も出るようになった。が、野崎は、頑として、方針を変えなかった。一度決めた方針を、途中で変えるのが嫌いなのだ。それに、この一週間を、無駄に過ごしてしまったとも思っていなかった。県内の工場、学校が、フッソを使用していないとわかっただけでも、大きな収穫だと、野崎は考えていた。

捜査は、続行された。

残っているのは、市、町、村単位の集団だけである。

野崎は、市、町、村営の水道を持つ市や町や村を、重点的に調べさせた。市、町、村営ならば市、町、村長の意志で、水道にフッソを入れることも可能だからである。

十日目に、一つの町が浮び上ってきた。

長良川の上流、岐阜市から、国道一五六号線で、約三〇キロ北にあるK町である。

人口約千六百人のこの町は、町営水道を持っている。

K町で、水道にフッソを混入しているという噂を聞いて、野崎は、町役場に電話を入れてみたが、最初、町役場の返事は、そんな事実はないという否定の返事だった。

だが、町長の宮川郁夫が歯科医で、フッソ使用の信奉者だったことを確かめた野崎は、もう一度、自ら乗り込んで、K町を調べてみた。

町役場へ行く前に、まず、町民に会って、水道のことを訊《き》き、それから、町長の宮川に会った。

「私の町も、厚生省の指示に従っていますよ」

と、宮川は、太った身体をゆするようにした。

「水道には、フッソは入れていませんよ」

「しかし、町の人たちは、水道に、フッソが入っているといっていましたがね。他の町の水道とは、味が違うといっていましたよ」

野崎がいうと、宮川は、急に、笑い出して、

「それなら、もういいでしょう」

「ということは、水道に、フッソを混入しているということですか？」

「日本人、特に、幼児の虫歯率の高さは、驚くべきものですよ。ほとんど一〇〇パーセントといってもいい。それを防ぐには、水道にフッソを混入するのが、最上の方法です。副作用の心配はありませんよ」

「だから、町営水道に、フッソを混入したわけですか？　私は、別に、それを非難する気で来たわけじゃありません。だから、正直に話して頂けませんか」

「以前は、フッソを入れさせていましたが、今は、中止していますよ。嘘じゃありません」

「中止したのは、いつですか？」

「一週間前からです」

2

もちろん、念のために、県内の他の市、町、村も調べてみた。

その調査に、三日間が費やされたが、K町以外に、水道にフッソを混入しているところは見つからなかった。地方自治がいわれながら、やはり、中央の指示は尊重されているのだ。

野崎は、山本が、K町で殺されたと、確信した。

山本が、犯人によって、K町に運ばれたのか、それとも、K町へ会いに行ったのか、そのところは、まだ不明だが、K町のどこかで、水道の水を使って溺死させられたことは間違いないだろう。

浴槽が使われたか、それとも洗面器に水を入れ、それに力ずくで山本の顔を押し入れたか、とにかく、犯人は、山本を溺死させたあと、車で国道一五六号線を運んで、長良川に投げ込み、夜釣りをしていて事故死したと見せかけるために、上流の川岸に、彼の釣り道具を置いておいたのだろう。

K町から、死体の発見された地点まで、車を使えば、十五、六分で着く筈だ。

K町の戸数は、三百十八戸だった。野崎は、その一軒、一軒に、山本の顔写真を持って、部下の刑事に当らせた。

「もし、その中に、何等かの意味で、首尾木一族と関係のある家があったら、山本を知らないといっても、一応、チェックしておいてくれ」

と、野崎は、刑事たちにいった。

刑事たちは、野崎に負けぬ辛抱強さで、一軒、一軒、山本鵜匠の写真を片手に当っていった。

だが、山本を見たという町民には、なかなか、ぶつからなかった。

首尾木一族の関係者も見つからない。

ただ、K町も、過疎の波をかぶって、空家が何軒か見つかった。岐阜や、名古屋に移り住んでしまった家族である。

その中の、もっとも新しい家に、野崎は、注目した。

町の西外れの一軒屋で、狭い野菜畑と、内職で暮らしていた親子五人の家族が、借金を重ねた揚句、一カ月前に、家財道具をそのままに、一家五人が蒸発してしまったのである。

債権者は、家財道具を売却したが、家や土地は、この不景気で、いっこうに買い手がつかないままに、放置してあった。

二階建で、昔風のしっかりした造りである。

電気は止めてあったし、プロパンガスのボンベは、空になっていたが、水道の蛇口をひねると、ぼこッぼこッと、音がしてから、勢い良く、水が噴出してきた。

水は出るのだ。

明りの方は、懐中電灯の光で足りるだろうし、殺された山本自身、夜釣り用の明りを持っていた筈だ。

「この家を、徹底的に調べるんだ。髪の毛一本見逃がすな」

野崎は、部下にいい、彼自身も、床に這《は》いつくばるようにして、山本が、ここで殺された痕跡《こんせき》を見つけ出そうと努めた。

浴室には、タイル張りの浴槽があり、五〇センチぐらいの深さで、水が残っていた。

野崎は、その水を持ち帰って、分析させたが、その結果は、彼が推察した通りだった。

山本の肺の中にあった水と、同じパーセントのフッソが検出されたのである。

山本は、この空家で、浴槽に沈められて死亡したとみていいだろうと、野崎は、思った。

一階の八畳間の隅から、丸めた茶色い紙袋が二つ見つかった。

広げてみると、どちらも岐阜市内のスーパー・マーケットのマークが入っていた。二枚ともかなり大きな袋である。更に、その袋の中からは、食パンのかけらや、かたくなった餅《もち》菓子の食べ残し、みかんの皮などが見つかった。

誰かが、かなりの量の食料を、岐阜市内のスーパー・マーケットで買い込み、ここへ持ち込んで食べたのだ。

浮浪者とは考えられなかった。浮浪者が、盗んだ食料品を、ここへ持ち込んで食べたのだとしたら、スーパー・マーケットの袋には入れないだろう。それも、岐阜市内のスーパーの袋などには。

セブンスターの空箱も見つかった。スーパーの紙袋と同じように、ねじって捨ててあった。それに、吸殻が三本。どれも、セブンスターの吸殻だった。

二階の六畳から、丸められたハンカチーフが発見された。青、赤、白の三色の模様のハンカチだった。鼻に近づけると、かすかに、香水の匂いがした。

セブンスターの吸殻は、すぐ、鑑識に廻《まわ》された。だが、吸口についていたと思われる唾《だ》液《えき》は、乾き切ってしまっていて、それから、血液型を割り出すことは出来なかった。

ただ、山本が、いつも吸っていた煙草は、時たま吸うきざみの他はセブンスターだということも、彼の家族や友人の証言で明らかになった。それに、遺体のポケットにも、セブンスターが入っていた。従って、彼が、あの空家で、煙草を吸ったことは、十分に考えられた。

指紋は、家のどこからも見つからなかった。というより、消されていたという方が正確だった。柱や、壁や、戸などを、何者かが、きれいに拭《ふ》いた痕跡があったからである。

3

食料品が入っていた二枚のスーパー・マーケットの紙袋と、パンや餅菓子などのかけら。

セブンスターの空箱と吸殻。

香水の匂う三色模様のハンカチーフ。

これらは、全く無関係な品物なのだろうか？

野崎は、そうは考えなかった。関係があると断定して、捜査を進めることにした。それで壁にぶつかったら、その時は、また、別の考えをすればいいのだ。

しかし、この三つは、どう考えたら結びつくのか。

セブンスターは、殺された山本が吸ったものと考えていいだろう。彼は、家を出るとき、残りの少なくなったセブンスターの箱と、もう一箱持っていたのだ。空家で最初の箱が空になったので、新しい箱から出して吸ったのだ。だから、死体のポケットにも、セブンスターの箱が入っていたと考えられる。

だが、食料品の方は、山本が買って来たり、食べたりしたものではなさそうである。

山本は、夕食をすませて、午後八時頃夜釣りに行くといって、家を出ている。

解剖報告によれば、死亡推定時刻は、その夜の十一時から十二時の間である。午後八時から殺されるまでの三、四時間の間に、夕食をすませていた山本が、パンや餅菓子やみかんなどを食べたとは考えられないからである。

では、食料品は、犯人が食べたのだろうか。

野崎は、国鉄岐阜駅の近くにある問題のスーパー・マーケットに行き、パンや餅菓子、それにみかんなどの食料品を、発見された二つの紙袋に詰めて貰《もら》った。

もちろん、何を多くするかで、多少の違いは出るが、一人なら三日間、二人なら一日半の量の食料と、推定された。節約して食べれば、一人が四日、二人でも二日間は過ごせる量である。

食べたのが、犯人だとすると、どういうことになるのだろうか。

犯人が、山本を、空家に連れて行くか、呼び出すかして、浴槽で溺死《できし》させるだけのことなら、こんな多量の食料品は必要なかった筈《はず》である。

犯人が、二日なり、三日なり、空家で過ごしたのだとしたら、何のために、そんなことをしたのだろうか？

香水の匂いの残るハンカチーフも、山本の持物とは思えなかった。彼は、ダンヒルのライターを持っていたり、水晶発振《クオーツ》の腕時計をしたりしていたが、家人の話によれば、ハンカチより、手拭《てぬぐ》いを愛好していたからである。

ハンカチーフには、赤いしみのようなものがついていたので、鑑識に頼んで調べて貰うことにした。

一方、空家の周辺の聞き込みも、徹底的に行われた。

隣りの家まで二〇〇メートル近く離れていて、聞き込みは、難渋したが、それでも、問題の家の傍に、車がとまっているのを見たと証言してくれる人間が現われた。

ただ、六十歳を過ぎた老人で、車のことにくわしくなく、黒くて、大きな車だったということしかわからなかった。

「その黒い車を見たのが、何月何日だったか覚えているかね？」

と、野崎が訊《き》くと、老人は、眼をぱちぱちさせてから、

「わしの見たのは、先月の二十六日か二十七日だったよ。夕方だった。あの家を買った人が、中を見に来てるのかと思ったんだがね」

「車を見たのは、その日一日だけかね？」

「わしが見たのは、一日だけだよ」

「その近くに、人影のようなものは、見なかったかね？」

「いや」

「車のナンバーは覚えていないかね？」

「何しろ、もう薄暗くなっていたからね」

「二十六日か二十七日か、どちらかはっきりしないかね？」

「今、考えているんだが、どっちだったかねえ」

老人は、頼りなげに首を振っただけだった。

先月二十六日は、山本が殺された日である。もし、老人が車を見たのが二十七日なら、何者かが、その前日から、あの空家にいたことになるのだ。

4

東京でも、岐阜と同じ地道な捜査が、向島を中心に行われていた。

長田史郎の別の住居が、向島周辺のどこかにあるに違いない、と、十津川は考えていたが、推理は、あくまでも推理でしかないのだ。

捜査は、難航した。

時代を反映して、古い町並みの多かったこの辺りにも、高層マンションが、あちこちに建つようになっている。

その一つ一つを、しらみ潰《つぶ》しに洗っていくのは、骨の折れる作業だった。それに、都営住宅や公営住宅と違って、マンションの住人は、本名で入っているとは限らない。表札を出していない者も多い。管理人でさえ、全部の住人を把握しているとは限らないのだ。その上、賃貸マンションの場合は、住人の移動も激しい。一度調べたマンションを、四、五日してから、もう一度、調べてみる必要も出てきそうだった。

十四人の刑事が、長田史郎の写真を持って、これはと思われるマンションを探して歩いた。駐車場があるか、近くに駐車場のあるマンションである。それは、長田史郎が、ぴかぴかの新車を乗り廻していたと、彫達が証言していたからだった。

実りのない時間が、経過し、捜査範囲は、どんどん広がっていった。向島一丁目から五丁目まで調べ、北は、東向島まで足を伸ばし、南は、吾妻橋《あづまばし》、東駒形《ひがしこまがた》へと捜査の輪を広げていった。

十津川自身も、亀井刑事と一緒に、歩き廻っていた。

歩きながら、彼は、一つの疑問に取りつかれていた。

（長田史郎とは、いったい何者なのか？）

という疑問だった。

今度の連続殺人事件の重要容疑者というより、まず犯人に間違いない男である。

首尾木明子を殺し、堀正子を自殺させ、岩井妙子を連れ去ったに違いない男だ。岐阜で、山本鵜匠を溺死させたのも、長田だろう。

年齢は三十二歳ぐらい。なかなかハンサムで、詩人で、ボードレール好きで、車の運転が出来て、彫師から刺青《いれずみ》を習ったことがある。

いろいろとわかっているように見えて、よく考えてみると、肝心のことは、何一つわかっていない男なのだ。

どこの生れで、今度の事件の表面に浮び上ってくるまで何をしていたのか、それに、何故、首尾木明子を殺したのかもわかっていない。いや、長田史郎という名前さえ、本名か偽名かわからないのだ。

その日も、何の収穫もなく、十津川が捜査本部に戻ると、捜査本部長の本多に呼ばれた。

本多は、どちらかというと、口数の少ない男だった。

「まあ、坐《すわ》りたまえ」

と、十津川にいってから、しばらくの間、黙っていた。その間、十津川は、壁にかかっているカレンダーを見つめていた。事件が始まった時、そこには、一月のカレンダーがあったのに、今は二月のものに変っている。下手をすれば、三月のカレンダーになってしまうかも知れない。

「長田史郎は、見つかりそうかね？」

本多が訊いた。

「努力はしているのですが、まだ、見つかっていません」

十津川が答えると、本多は、また、黙って考えていたが、

「しばらく、休暇をとる積りはないかね？」

と、いった。十津川の顔色が変った。

「それは、この事件からおりろということですか？」

「そうじゃない」

と、本多は、手を振った。

「さっき、岩井文江さんが見えたんだ。そして、この手紙を持って来た」

本多は、一通の封書を、十津川の前に置いた。

宛名は、岩井文江になっている。差出人の名前はなかった。中身の便箋《びんせん》一枚に、次のような文字が並んでいた。


〈十津川警部に伝えよ。

これ以上、事件に首を突っ込むと、岩井妙子の命は保証できぬ。

すぐ手を引け〉

筆跡を隠すために左手で書いたのだろう。子供のような稚拙な字だった。だが、読み終ったとき、十津川の顔は、白っぽく変っていた。

「文江さんは、君に手を引いて貰いたいようだったよ」

と、本多がいった。

「そんなことは出来ません。私は刑事で、犯人を見つけだすのが仕事です。プライベートな理由で、事件から手を引くわけにはいきません」

「君の気持はわかるがね。その脅迫状は、単なる脅しとは思えんのだよ。犯人を逮捕するのも警察の仕事だが、生命の安全を考えるのも、警察の責務だからね。君が、しばらく休んでいれば、相手も、岩井妙子さんを殺さないんじゃないかと思ってね」

「それは、命令ですか？」

「いや。私は、君に命令はせんよ」

「では、今まで通り、捜査を続けさせて下さい。こんな脅迫に負けたくないんです。お願いします」

「妙子さんが危険にさらされるのは、覚悟の上だというのだね？」

それは、残酷な質問だった。だが、十津川は、まっすぐに、本多を見つめて、

「覚悟しています」

と、いった。

5

十津川が、蒼白《あおじろ》い顔のまま、部屋に戻ると、待っていたように、電話が鳴った。

「捜査本部の十津川だ」

と、荒っぽい口調で、彼は、その電話を受けた。

「岐阜県警の野崎です」

相手は、落ち着いた声でいった。

「ああ。あなたでしたか」

十津川の声も、自然に、柔らかくなった。小柄で、朴訥《ぼくとつ》な感じの野崎の顔を思い出すと、なぜか、心がなごむのだ。

「山本鵜匠《うしょう》が溺死《できし》させられた場所のことは、先日、お伝えしましたが――」

「また何かわかりましたか？」

「空家の二階で見つかったハンカチを検査したところ、口紅がついているのがわかりました。その口紅ですが、S化粧品が最近売り出した『愛のほほえみ』という名前の口紅だそうです。ひょっとすると、岩井妙子さんのものじゃないでしょうか？」

「確かに、彼女も、S化粧品の新製品を使っていたと思いますが、しかし、同じ口紅を使っている女性は、何人もいるでしょう？」

十津川がいうと、野崎は、逆らわずに、

「そうですな」

と肯《うなず》いた。

「ハンカチの方はどうですか？　フランスの国旗みたいに、赤、青、白の三色のハンカチですが」

「三色の――」

受話器を持ったまま、十津川は、唇を噛《か》みしめた。

「どうされました？」

「彼女のものです。僕が、パリで半ダース土産に買って来たものに間違いないと思います」

「そうですか。それで、岩井妙子さんの金のブローチが、山本鵜匠の死体のポケットに入っていた理由がわかりました。彼女も、あの空家に監禁されていたものと思います。山本も、同一犯人によって連れ込まれ、殺された。そして、犯人は、警察の捜査を混乱させようと、岩井妙子さんが身につけていたブローチを、死体のポケットに入れておいたものと思います。いかがでしょうか？　こういう考えは」

「同感です」

「問題の空家は、くまなく調べましたが、岩井妙子さんが殺されたり、傷つけられたりした形跡は見つかりませんでした。従って、どっかへ、移されたものと思います」

「何処へ？」

と、ききかけて、十津川は、その質問を呑《の》み込んだ。それは、野崎が調べてくれるに決まっていたからである。

電話を切ると、十津川は、小さく、「くそッ」と、呟《つぶや》いた。

今のところ、完全に、犯人に主導権を握られている。相手から脅迫状まで送りつけられているのに、こちらは、肝心の長田史郎が、今どこにいるのかさえわからない。ふと、十津川は、どこかで、せせら笑っている長田の顔を想像した。

「カメさん」

と、十津川は、大声で、亀井刑事を呼んだ。

「出かけるよ」

「大丈夫ですか？」

亀井が、心配そうに、十津川を見た。

「何がだ？」

「疲れていらっしゃるんじゃないんですか？」

「大丈夫だ」

十津川は、むっとした顔で部屋を出た。亀井が、あわてて、その後を追った。

外には、すでに、夜の気配が立ちこめている。

暗くなった夜空に、けばけばしいネオンが躍っていた。なんとなく、イヴという名が似合いそうな夜の雰囲気だった。

十津川は、黙って、言問橋《こととい》を渡る。並んで歩いている亀井も、黙っている。こんなとき、やたらに話しかけてこないから、十津川は、亀井が好きなのだ。

隅田川の川面《かわも》を渡ってくる風が、やたらに寒い。亀井が、歩きながら、大きく、くしゃみをした。

「大丈夫かい？　カメさん」

と、今度は、十津川が、声をかけた。

「単なる鼻カゼです。岐阜県警の野崎さんに教えた玉子酒を飲んでいるから大丈夫です」

「岐阜県警の方は、捜査が進展したようだ」

十津川は、野崎からの電話を、亀井に話した。

「岩井妙子さんが、岐阜に連れて行かれたとすると、犯人も、岐阜へ行ったということでしょうか？」

亀井は、コートの襟を立てながら、きいた。

「かも知れないし、共犯者が、向うにいるのかも知れん」

「長田史郎は、岐阜に何か関係があるんでしょうか？」

「それは首尾木家と、何か関係があるかということだろう？」

「そうです」

「それがわかれば、今度の事件の謎の大半がわかるんだがね」

と、十津川が、重い調子でいった。確かに、そこが解明されれば、事件の解決も早まるだろう。だが、今の状態では、まだ、予測も立たない。

「とにかく、長田史郎を見つけ出すことだ」

十津川は、自分にいい聞かせる調子で、いった。

橋を渡って墨田区に入ると、業平《なりひら》一丁目から二丁目にかけて、マンションを調べていった。

管理人に長田史郎の写真を見せる。管理人が留守の場合は、住人に写真を見せて、そこのマンションにいないかどうかをきく。何十回と繰り返してきた作業だった。

空振りが続いた。

五つめのマンションでは、管理人が、長田史郎の写真をじっと眺めてから、「この人なら三階にいますよ」と答えて、十津川たちを狂喜させた。

しかし、管理人に案内させて、問題の部屋に踏み込んでみると、ベッドで寝ていたのは、長田史郎とは、全くの別人だった。顔は多少似ていたが、平凡なサラリーマンなのだ。

勢い込んでいただけに、失望の方も大きかった。疲労が、急に深くなったような気がした。

「少し休みませんか」

と、亀井がいい、二人は、近くの喫茶店に入った。

冷えた身体に、店内のヒーターの温かさが心地よかった。亀井は、美味《うま》そうに、砂糖をたっぷり入れたコーヒーを口に含んだ。

「私は焼跡派のせいか、やたらに砂糖を入れて飲む癖が出来てしまいましてね。根がいやしいのかも知れません。タダだと思うと、沢山入れないと、損をしたような気になってしまうんですよ」

「甘過ぎて、コーヒーの味が消えてしまうんじゃないのかね」

「自分でもそう思うんですが」

と、亀井は、いった。

「性格は変えられませんな。古い男なんでしょう。こんな私には、今度の事件の犯人の気持がわかりませんね」

「あんな、若く美しいイヴを殺してしまう心理がかね?」

「そうです。特に、首尾木明子は、犯人のために、トルコ嬢やコールガールまでして、貢いでいたわけでしょう。彼の子を堕《お》ろした形跡もあります。そんな献身的な女性の肌に、バラの刺青《いれずみ》をしただけでなく、最後には殺してしまった。そんな神経が、私にはわかりませんね。愛する者を殺してもいいですよ。ただし、その場合は、自分も死ぬべきです。絶対に」

亀井は、きまじめにいった。それが、彼の倫理感なのだろう。

「君は、長田史郎を、どんな男だと思うね?」

十津川は、疑問に思っていたことを、亀井にぶつけてみた。

「彼が犯人としてですが、私には、奴《やっこ》さんの気持がわかりません」

「頭がおかしいと思うかね？」

「いや。逆のような気がしますね」

「どういうことだね？」

「頭が良すぎる男かも知れません。自分の頭の良さに対して、自信満々な男ではないかと、私は思うのです。世の中は、自分を中心に廻《まわ》っていると考えている。時々、そんな男がいるものですが、長田も、そうした種類の男じゃないでしょうか？」

「だから、女たちが自分に貢ぐのは当然だと考えていたというわけかね？」

「そうです。そして、自分にとって、相手が不必要になるか、邪魔になると、情け容赦なく殺してしまうんじゃないんでしょうか？」

「そんな男に、何故、女が惚《ほ》れるのだろうか？　しかも、頭のいい女が」

　十津川は、妙子の顔を思い浮べていた。たとえ、たった一度とはいえ、頭のいい彼女が、何故、こんな危険な男と関係を持ったのだろうか？　それほど、長田史郎という男は、女性にとって魅力があるのか？

「私は、そういう方には、あまり縁がない方なので」

と、亀井は、頭をかいてから、また、真顔になって、

「岩井妙子さんのことですが――」

「彼女のことは、いわないでくれ」

十津川は、強い調子でいった。自分が刑事で、この殺人事件を担当している限り、たとえ、妙子が危険になるとわかっていても、おりることは出来ない。おりれば、後悔するに決まっているからだ。妙子の母親の文江は、十津川を冷たい男だと非難するかも知れないが、それも止むを得ない。彼一人が、犯人の要求を入れて、事件から手を引いても、警察は、犯人を追いかける。追い詰められれば、犯人は、十津川がいなくても、人質を殺すだろう。

(とにかく、一刻も早く、長田史郎を見つけ出すことだ)

と、十津川は、改めて自分にいい聞かせた。

「もうひとふん張りしようか」

十津川は、カップを置き、亀井を促して立ち上った。

夜の街に出ると、新たに、数軒のマンションを調べて廻った。だが、長田史郎のいるマンションには、いぜんとしてぶつかることが出来なかった。

精神的にも、肉体的にも疲れ切って、十津川と亀井は、捜査本部に帰った。

時刻は、すでに深夜に近い。白い息を吐きながら、二人が、薄暗い浅草署の中に入ると、若い井上刑事が、

「警部!」

と、大声をあげて、部屋から飛び出して来た。

顔色が変っている。

「どうしたんだ？」

「奴が来ています！」

「誰が来ているって？」

「長田史郎が、向うから出頭して来たんです！」

「何だと？」

6

十津川は、階段を駆け上り、捜査本部のドアを押し開けて、中に飛び込んだ。

椅子に腰を下し、煙草をふかしていた男が、ゆっくり振り向いて、十津川を見上げた。

（こいつが、長田史郎か）

十津川も、立ち止まって、相手の顔を見つめてから、一呼吸おいて、向い合った椅子に腰を下した。

そのまま、黙って、煙草を取り出して火をつけながら、長田史郎を観察した。

年齢は、確かに、三十二、三歳に見える。

痩《や》せた長身の男である。妙子と一緒に写っていた写真より、痩せて見えた。整った顔が、蒼白《あおじろ》い肌なので、どこか退廃的な感じがする。それとも、そう見えるのは、女性的な眼のせいだろうか。

写真ではよくわからなかったが、長田の睫毛《まつげ》は、男にしては、長いのだ。

「長田史郎だね？」

と、十津川が、確認するようにきくと、相手は、細い指で、長い髪をかきあげるようにしてから、

「他の刑事さんに、そういいましたよ」

と、笑った。

「取調室へ来て貰《もら》おうか」

「ここでも、逃げたりはしませんよ」

長田は、また、皮肉な笑い方をした。

十津川は、妙子のことで、ともすれば感情が激してくるのを、じっと押さえつけて、

「ともかく来て貰おう」

と、立ち上って、相手の腕をつかんだ。

「やれやれ」

長田が、肩をすくめる。そんな小さな動作も、十津川の癇《かん》にさわってくる。

地下の取調室に入ると、十津川は、改めて、向い合って腰を下した。

「何故、出頭して来たか、その理由をきこうか？」

十津川は、まっすぐに、長田を見すえていった。

「まるで、化け物でも見るような眼で、僕を見ますね」

と、長田がいった。

「こちらの質問に答えたまえ」

「新聞で、警察が僕を探していると知ったから、こうしてやって来たんですよ。僕一人のために、国費が無駄に消費されるのはまずいですからね」

長田は、薄い唇を小さくあけて、女のようにクスクス笑った。

十津川の眉《まゆ》が動いた。もし、ここが警察でなくて、彼自身が刑事でなかったら、とっくに、長田を殴りつけていただろう。

「つまり、警察に自首して来たというわけだな？」

「ノン」

「じゃあ、何のために、出頭して来たんだ？」

「その質問は、僕の方こそ、あなたに進呈したいな。警察は、何故、売れない詩人の僕なんか探し廻っているんですか？　それさえわかれば、すぐ帰りますよ」

「呆《とぼ》けているのか？」

「別に。警察は、僕にいったい何の用なんです？」

「殺人容疑だ」

「殺人ですって？　これは驚いたな」

長田は、外人がやるように、肩をすくめ、大きく手を広げて見せた。

そんなゼスチュアが、また、十津川の神経を逆なでする。わきあがってくる怒りを押さえつけるように、十津川は、吸いかけの煙草を、灰皿で、ごしごしともみ消した。吸口の部分が、折れてははね飛んだ。

「君は、二人の人間を殺した容疑で追われているんだ。知らないとはいわせないぞ」

「知りませんね」

長田は、かげりのない声でいった。

「嘘をつくな！」

「別に嘘はついていませんよ。知らなかったから知らないといっているだけのことです。いったい、僕が誰を殺したというんです？　教えて貰いたいですね」

「まず、首尾木明子だ。彼女は知っているだろう？　え？」

「首尾木？　知りませんね」

「じゃあ、イヴといえばわかるのかね？　それとも、浅草のトルコで働いていた沢木由紀といえば思い出してくれるのかね？」

「彼女なら知っていますよ。あんな心の温かい、優しい女性はいませんよ。彼女が死んだんですか？」

「知らなかったとはいわせないぞ」

「知りませんでした。殺されたんですか？」

「絞殺されて、浅草寺境内の池に浮んでいたんだ。裸にむかれてな」

「ひどいことをする――」

長田は、眼を伏せ、机の上にのせた両手を、強く握りしめた。

「自分で殺しておいて、何をいうんだ？」

「僕じゃない！」

長田が、顔をあげて、大きな声を出した。

その眼に、うっすらと涙が浮んでいた。

7

十津川の顔に、一瞬だが、戸惑いの色が浮んだ。

だが、それは、あくまでも一瞬のことでしかなかった。

（こいつの涙は、空涙なのだ。演技なのだ）

涙ほど真実を語るものはないといった詩人がいたが、腹の中ではせせら笑いながら、涙を流して見せる人間だって、この世にはいるのだ。

十津川が前に逮捕した凶悪犯の中にも、そんな奴がいた。その男は、無実の罪を着せられたのが口惜しいと、肩をふるわせて泣いたのである。文字どおり、号泣したのだ。だが、結局、その男が犯人だった。

この長田史郎も、腹の中では、笑っているに違いない。

「無実だというのかね？」

「そうです。僕に人は殺せない」

「だから、口惜しくて涙が出たというのかね？」

「いや。そうじゃありませんよ。僕は下らない人間だし、生きていたって、世の役に立つ種類の人間でもない。だから、死刑台に送られたって、構わないと思っています」

「そいつは、殊勝なことだな」

「僕が悲しいのは、彼女のような心優しい人間が、無残に殺されたということですよ。いや、違うかな」

「何が違うんだ？」

「彼女は、心優しかったから、無残に殺されてしまったのかも知れない」

長田は、独り言の調子で言った。

「何をぶつぶついってるんだ？　いいたいことがあるのなら、はっきりいったらどうだ」

「心優しく、繊細な人間が、最後には必ず幸福になるというのは、映画や小説の上だけのことですよ。現実の社会では、そういう人ほど、不幸になっていく。僕は、それが悲しくて仕方がないが、僕自身は無力ですからね」

「自分で殺しておいて、よくそんなことがいえたもんだな」

「僕は殺していませんよ。彼女がいなくなったと思ってはいたけど、殺されていたのは、今、初めて知ったくらいですからね」

「新聞に、あれだけ大きく出ていたのに、知らなかった筈《はず》はないだろう」

「僕は、新聞は読まない主義なんです。僕は、国際情勢にも、社会の出来事にも興味がないんですよ。僕が興味があるのは、詩の世界だけです」

「もう、ボロが出たじゃないか」

と、十津川は、笑った。

「何がですか？」

長田が、不思議そうな顔をする。

「君は、さっき、新聞で警察が探しているのを知って、出頭したといった筈だ。それが、新聞は見ない主義というのはおかしいじゃないか？　そうだろう？」

「今日、たまたま、新聞を見たら、出ていたというだけのことですよ」

長田は、あっさりといった。

「首尾木明子を殺したことは、あくまで否定するのかね？」

「その名前の女性は知りません」

「じゃあ、イヴでいい。彼女は知っているんだろう？」

「ええ。知っていますよ」

「彼女に金を貢がせていたことは認めるかね？」

「彼女と愛し合っていたことは認めますよ」

「話をはぐらかすんじゃない」

と、十津川は、怒鳴った。

「彼女をトルコで働かせたり、コールガールをさせたりして金を稼がせ、その金で、ぜいたくをしていたんじゃないのか？」

「僕が無理にさせたわけじゃありませんよ。彼女自身の意志です。もし、僕に金があったら、喜んで、有金全部を彼女に捧《ささ》げたでしょうね。だが、僕の詩は金にならなかった。だから、彼女の方が、僕のために金を儲《もう》けてくれた。それだけのことです」

「コールガールまでして稼いだ金を、よく平気で使えたものだな。それでも、イヴを愛していたというのか？」

「僕は、娼婦の世界を、別に悪いとは思っていませんよ。いや、彼女たちの世界にこそ、真実があるのかも知れない。彼女たちに比べたら僕たちの生き方なんか、嘘でかためられているのかも知れないじゃありませんか」

「そんなものは、答えになっていない。君は、彼女の太股《ふともも》に、バラの刺青《いれずみ》をしたな？」

「ええ」

「それも、愛の表現だというのか？」

「そうです。いけませんか？　二人が合意の上ならば、刺青しても構わないでしょう」

「イヴは、あの下手くそな刺青を恥じていたようだったがね」

「そんな筈はありません」

と、長田は、強い声でいった。

「あの刺青は、むしろ、彼女が望んでやったことでしたからね」

「馬鹿なことをいうな。それなら、何故、刺青をかくそうと、彼女は、いつも太股に包帯を巻いていたんだ？」

「それは多分、あの刺青を、僕と二人だけの秘密にしておきたかったからでしょうね」

「そいつは、ロマンチックなことだな」

自然に、十津川の口調は、皮肉なものになった。何が二人だけの秘密だ。

「君は、ホステスの堀正子の太股にも、バラの刺青をした筈だ」

「ええ。しましたよ」

「それも、二人だけの秘密だというのかね？」

「違います」

「どう違うんだ？」

「あの女は、勝手に、僕に惚《ほ》れてきたんです。イヴの場合とは違いますよ」

「勝手に惚れたか。女によくもてるらしいな」

「僕は、別に、自慢しているわけじゃありませんよ」

「勝手に惚れてきた女にも、バラの刺青をしたのは何故なんだ？　愛の表現などとはいわせないぞ」

「あれは、僕にとって、詩の一つの表現なんです」

「今度は詩の表現か」

と、十津川は、苦笑した。

「彼女が、デパートの屋上から飛びおりて死んだことは知っているのかね？」

「それは知っています。みんなが、噂していましたからね」

「彼女が自殺したことに責任は感じないのかね？」

「もちろん、感じますよ。向うが勝手に惚れたといっても、彼女の愛に応《こた》えてやれなかったことに対して、責任を感じています。人間として、当然のことでしょう」

「イヴも、堀正子も、中絶している。二人とも、君の子供を身籠《みごも》ったのかね？」

十津川がきいた。

とたんに、今まで滑らかに動いていた長田の口が、急に、堅く閉ざされてしまった。

「今度は、黙秘権かい？」

「プライベートなことについては、話したくないだけのことです。故人を傷つけるだけのことですから」

「これは、殺人事件なんだぞ！」

十津川は、拳《こぶし》で、机を叩《たた》いた。

「そうかも知れませんが、僕は、犯人じゃありません」

長田は、ポケットから薬びんを取り出した。

「水をくれませんか」

「何の薬だ？」

「頭痛薬です。時々、頭が痛くなるんです」

「良心の苛責《かしやく》じゃないのかね？」

「関係ありませんよ」

長田は、ぶっきらぼうにいい、亀井刑事が持って来た水で、頭痛薬を飲んだ。

「岩井妙子のことを訊《き》こう」

十津川は、自分では冷静にいったつもりだったが、声が、かすかにふるえた。それが、彼自身にもわかり、一層、嶮《けわ》しい眼つきになっていった。

「彼女も、勝手に惚れたというつもりかね？」

「いえ。彼女が、あまり寂しげに見えたので、声をかけたんです。それが始まりです」

「それから？」

「ちょっと待って下さい」

「何だ？」

「ひょっとすると――」

長田は、じっと、十津川の顔をのぞき込むように見て、

「あなたは、十津川さんじゃありませんか？」

「だったら、どうなんだ？」

「彼女から、あなたの名前を聞きましたよ。どうやら、あなたは、刑事として優秀らしいが、人間的な優しさに欠けるようですね。だから、あんな優しい女性を寂しがらせ、僕と関係するところまで行かせてしまった。彼女が悪いんじゃなく、あなたが悪いんですよ」

「何だと！」

思わず知らず、十津川は、立ち上り、長田の顔を殴りつけた。相手がのけぞるところを、もう一度、殴りつけた。

長田の痩《や》せた身体が、椅子から転げ落ちた。床が鳴った。長田の頭痛薬が、床に散乱した。

「警部！」

ドアのところにいた亀井刑事が、あわてて、駆け寄り、十津川の腕を押さえた。十津川は、蒼《あお》ざめた顔で、床に倒れている長田を見下した。

長田は、血の吹き出た唇のあたりを、手の甲で拭《ぬぐ》いながら、のろのろと、立ち上った。

「代ってくれ」

と、十津川は、亀井にいった。

8

十津川は、取調室を出たところで、大きく溜息《ためいき》をついた。

訊問《じんもん》中に、相手の襟首をつかんで締めあげたことはある。だが、二度も殴りつけたのは初めてだった。

これが表沙汰《おもてざた》になったら、警察の拷問ということで、マスコミが騒ぎ立てるに違いない。

それがわかっていながら、あの瞬間、十津川は、自分を抑えることが出来なかった。

上の部屋に戻ると、若い井上刑事が、待ちかねていたように、

「長田は、自供しましたか？」

と、きいてきた。

「自供どころか、自分がいかに女にもてるかを、得意げに喋《しゃべ》っているよ」

十津川は、いくらか落ち着いた気分になって、井上のいれてくれたお茶を口に運んだ。

そのあとで、右手に視線をやった。長田を殴りつけた時、こちらに伝わってきた衝撃と痛みは、まだはっきりと、記憶に残っている。

それにしても、長田は、何故、自分から警察に出頭して来たのだろうか？

追い詰められて、仕方なく隠れ家から出て来たのではあるまい。警察は、まだ、彼の住んでいる家を見つけ出せずにいるからだ。

（とすると――）

ただ一つ考えられるのは、長田が、こちらの様子を探りに来たということである。いさか、とっぴだが、今のところ、他には考えられなかった。警察が、何処まで捜査したか、それを知りたくて、わざと出頭して来たに違いないと、十津川は、考えた。

逆にいえば、長田は、絶対に逮捕されないという自信があるからこそ、出頭して来たということになる。

状況証拠は、全て、長田が犯人であることを示していると、十津川は思う。殺されたイ

ヴこと首尾木明子、飛び降りて死んだ堀正子、それに行方不明の岩井妙子も、長田と関係があった。山本鵜匠《うしょう》が長田と関係があるという証拠はないが、首尾木明子が二人をつないでくれるだろう。

だが、長田が犯人だという具体的な証拠はないのだ。それが欲しい。

9

一時間ほどして、亀井刑事が取調室から出て来た。

「どうだね？」

と、十津川が、声をかける。

亀井は、小さく首を振った。

「妙な男です。こちらの質問に、すらすら答えるかと思うと――」

「肝心の点は、頑として否認かね？」

「その通りです」

「しかし、それは、犯人なら当然だろう？」

「かも知れませんが、おかしな点もあるのです」

「どんなところだね？」

「長田は、三人の女性との関係を、簡単に認めました。それどころか、三人が、どんな女かを、向うから細かく説明してくれましたよ」

「それは、僕に対してもだ」

「一回も否定せずにです」

「それも、証拠が揃っているからだろう。証人もいるし、写真もあるからね」

「かも知れません。だが、イヴを殺したことや、岩井妙子さんを誘拐したことは、否定しています。山本鵜匠との関係もです」

「認めたら有罪だから、当然だろう」

「そうなんですが、問題は、こちらが、アリバイを質問したときです。どんな犯人でも、一応、もっともらしいアリバイを主張するものですが、あの男には、全くそれがありません。イヴが殺された一月十二日、山本鵜匠が殺された一月二十六日のアリバイをきいたんですが、長田は、どちらに対しても、そんなことは知らないというばかりです。彼の言葉を、そのまま再現すれば、詩人の自分にとっては、興味があるのは、愛と死だけで、それ以外は興味がないから、覚えていないというのです。何月何日に、何をしたかなどということは、全く関心がないともいっています」

「じゃあ、アリバイは、二つの殺人《ころし》とも、ないというわけだね」

「アリバイがなければ、無実を証明できないぞと、脅してやったんですが」

「そうしたら、長田は、何と答えたね？」

「それで有罪にされるのなら仕方がないと、笑っていましたよ」

「笑っていたって？」

「そうです。笑っていました」

「アリバイが実証できないので、強がりをいっているんじゃないのかね？」

「私も、最初はそう考えたんですが、どうも違うようです。何となく、投げやりみたいに見えるのです。人生に対してです。いや、自分に対してといった方がいいかも知れません」

「ふむ」

十津川は、腕を組んで考え込んだ。亀井刑事の眼を、彼は信頼していた。何といっても、人生経験は、十津川より豊富だし、人間を見る眼も確かだ。

だから、亀井が、強がりをいっているようには見えなかったというのは本当だろう。

（だが、何故なのだ？）

長田史郎は、決して馬鹿な男ではない。馬鹿な男が、ボードレールの詩集を読む筈《はず》がないし、今日、彼に会った感じも、頭が悪くは見えなかった。

そんな男が、殺人を犯すのに、アリバイも考えずに、やみくもに突っ走るだろうか？

特に、山本鵜匠を殺した場合などは、岩井妙子の犯行に見せるためだろうか、十津川が彼女に贈った金のブローチを死体のポケットに入れておくことまでしている。それなのに、アリバイは考えておかなかったのだろうか？

証拠さえなければ、アリバイなんかなくても、有罪になる筈がないと、たかをくくっているのか？　警察を甘く見ているのか？

「彼の経歴をきいてみたかね？」

と、十津川は、亀井を見た。考えてみれば、長田史郎が、何処で生れ、何処の大学を出たかさえわかっていないのだ。

「それをきいてみたんですが、詩人にとって、過去の経歴は意味がないといいましてね。それ以上追及すると、黙秘権の行使です」

「警察を甘く見てやがるんだ。僕が、もう一度、訊問してみよう」

と、十津川が、席を立ったとき、捜査本部長が、彼を呼び出した。

10

署長室に入ると、本多の他に、ダブルの背広を着た三十五、六歳の男がいた。

「刑事弁護士の朝倉さんだ」

と、本多は、その男を、十津川に紹介した。

「君が、十津川君かね？」

朝倉は、強い眼で十津川を見た。

「そうです」

「長田さんに聞いたんだが、君は、無抵抗の長田さんに対して、二度にわたって暴行を働いたそうじゃないか？」

「そうなのかね？」

本多が、横からきいた。

十津川の顔が、蒼《あお》ざめた。一瞬、否定したい気持が生れたが、

「二度、殴りました」

と、正直にいった。

「けしからん」

と、朝倉は、いった。

「長田さんは、優しい人だから、不問にしたいといっているが、弁護士としての私は、君の人権無視の行動を許すことは出来ん。まず第一に、長田さんの即時釈放を要求する。第二に、暴行に対する謝罪を要求する。この二項目が実行されない場合は、君と、警察署長を、暴行罪で告訴するつもりだ」

「即時釈放ですって？」

「その通りだ。それとも、起訴できるような証拠を持っているとでもいうのかね？　持っているのなら、私に、それを示してみたまえ」

「…………」

「黙ったところをみると、これといった証拠はないようだね」

朝倉が、勝ち誇った顔でいった。十津川が、その顔を睨《にら》んだとき、本多が、決断を下す

ように、

「よし。釈放しよう」

　と、いった。

「しかし、状況証拠は、全て、彼がクロであることを示しています。それに、四十八時間の勾留《こうりゆう》許可もとってあります」

「いいじゃないか」

　と、本多は、十津川にいった。

「今釈放しても、逃げたりはしないだろう。そんなことをすれば、自ら犯人であることを告白するようなものだからな」

「第二の要求も、実行して貰《もら》いたいですな」

　朝倉は、本多に向っていった。

　十津川は、その朝倉に、

「殴ったのは事実だから、謝れというのなら、謝りますよ」

「君に謝って貰っても仕方がない。文書にして、署長に署名して貰いたい。警察の暴力を根絶するためには、そのくらいのことは、やって貰わなければならないからね」

「朝倉さん」

　と、本多が、眉《まゆ》をひそめた。

「何です？」

「われわれは、あなたの要求どおり、長田史郎を釈放することにしたし、十津川君も、殴ったことを認めて謝っている。それでいいんじゃありませんかね？」

「文書にすることは拒否するというわけですか？」

「そうです」

本多は、きっぱりといった。

「それなら、暴行罪で、この十津川警部を告発しますよ。それでもいいんですか？」

朝倉が、脅かすようにいった。

「いいでしょう」

「警官の暴行が、マスコミに取り上げられても構わんのですね？」

「朝倉さん。裁判ということになれば、当然、長田史郎が何をしたかということも問題になるし、マスコミにも取り上げられますよ」

「彼は、無実だといっている」

「その通りです。しかし、例えば、堀正子というバーのホステスに金を貢がせ、彼女の方は、妊娠中絶したあげく、長田の愛情が信じられなくなって、デパートの屋上から投身自殺しています。このことは、彼も認めているのです。立派な詩人が、そんなヤクザのヒモみたいなことをしていたと、新聞に書かれてもいいんですか？」

本多の言葉に、今度は、朝倉が、黙ってしまった。

朝倉は、しばらく考えていたが、

「わかりました。ただし、長田さんは、すぐ連れて帰りますよ」

「もう一度だけ、彼に質問させてくれませんか」

十津川は、本多と朝倉の二人に向っていった。

朝倉は、舌打ちした。

「また殴るつもりかね？」

「違いますよ。あなたの立ち会いのもとでいい。長田史郎に二つだけ訊《き》いておきたいことがあるんです」

「本人がいいといわなければ、弁護士としては許可できんね」

と、朝倉は、にべもない調子でいった。

長田史郎が、連れて来られた。長田は、朝倉の話を聞くと、ニッコリ笑って、十津川を見た。

「どうぞ質問して下さい。警部さん」

「君が生れたのは何処だ？」

「東京で生れ、育ったのも東京ですよ」

長田は、微笑しながら答えた。

「岐阜で生れたんじゃないのか？」

「いや。違いますよ」

「もういいだろう」

と、朝倉が割って入った。

十津川は、「あと一つだけだ」と、いった。

「投身自殺したホステスの堀正子は、ハンドバッグの中に、手帳を入れていた。その手帳には、君の筆跡で、甘い詩が書いてあった。その手帳は、君が彼女にやったものじゃないのか？」

「多分、そうでしょうね」

「その手帳の名前を書く欄には、堀正子ではなく、高田礼子という名前が書いてあった。高田礼子というのは、いったい何者なんだ？」

「高田礼子は、素晴らしい女流詩人ですよ」

長田は、ふと、遠くを見るような眼になり、唄《うた》うようにいった。

11

朝倉が、長田史郎を連れて捜査本部を出て行ったあと、十津川は、

「申しわけありません」

と、本多に頭を下げた。

本多は、「まあ、いいじゃないか」と、逆に、十津川をなぐさめた。

「長田を、一時泳がせたと考えればいい」

「殴るつもりはなかったんですが――」

「君の気持はわかるが、容疑者を殴るのはいかんな」

「その通りです」

「これからどうするね？　逮捕するには、よほど強力な証拠が必要だよ」

「わかっています」

「長田を訊問《じんもん》して、何かわかったかね？」

「残念ながら、ほとんど何もわかっていません。ただ、最後に質問したので、手掛りになるかも知れない名前を手に入れました」

「高田礼子という名前かね？」

「そうです。手帳にあったこの名前は、堀正子の別名かも知れないと考えていたんです。水商売の女性は、いろいろな名前を使うことがあるからです。しかし、長田の返事では、違うようです」

「有名な女流詩人だといっていたな」

「あの言葉が本当で、高田礼子という詩人が実在するのなら、明日にでも会って来るつもりです。長田史郎のことを知っているかも知れませんから」

と、十津川はいってから、

「朝倉という弁護士は、長田史郎とどんな関係なんですか？」

「友人だといっていたよ。これが、彼の置いていった名刺だ」

本多は、机の上から一枚の名刺を取って、十津川に渡した。

肩書きつきの名刺だった。

「お借りしていいですか」

「あの弁護士を調べてみるつもりかね？」

「もし、彼が岐阜の首尾木家と、何らかの意味で関係があれば、長田が、イヴだけでなく山本鵜匠《うしょう》まで殺した理由《わけ》も、わかってくるかも知れません」

「確かに、その通りだ。しかし、相手は弁護士だし、今日のことがあるから、君以外の人間にやらせた方がいいな。それも、慎重にだ」

「わかりました」

と、十津川は、肯《うなず》いた。

翌日、十津川は、亀井に、朝倉弁護士の調査を頼んだ。やはり、難しい仕事は、ベテランの亀井ということになってしまう。

十津川自身は、一人で、四谷にある日本詩人連盟の事務所を訪ねた。

五階建のビルの三階にある事務所には、三人の若い男女が、書類を作ったり、ガリ版を切ったりしていた。

十津川は、その中の二十七、八歳に見えるジャンパー姿の青年に、警察手帳を示した。

「ここで、日本中の詩人のことがわかりますか？」

「いや。ここでわかるのは、日本詩人連盟に加入している方だけです」

と、青年は、いった。

「高田礼子という女流詩人のことを訊きたいんですがね」

「ちょっと待って下さい」

青年は、会員名簿を取り出して、頁を繰っていたが、

「高田礼子という名前はありませんね」

「長田史郎という名前はどうですか？」

「その名前もありませんね。他の団体に所属している詩人じゃありませんか？」

「どこできけばわかりますか？」

「さあ」

青年は、当惑したように首をかしげていたが、丁度、部屋に入って来た老人を見つけると、ほっとしたように、

「小野先生」

と、声をかけ、十津川には、小声で、

「あの先生に訊いてみて下さい」

と、いった。
六十五、六歳の白髪の老人だった。厚手のトックリセーターに、下駄《げた》ばきという妙な恰《かっ》好《こう》をしていた。
十津川が、警察手帳を示すと、小野は、碌《ろく》に見もしないで、

「まあ、お坐《すわ》りなさい」

と、部屋の隅にある椅子をすすめ、自分も、

「よいこらしょ」

と、掛声をかけながら、空いている椅子に腰を下した。

女事務員が、二人に、お茶をいれてくれた。

小野は、「ここのお茶は、最近、美味《うま》くなくなったねえ」と、文句をいいながら、音をたてて飲んでいる。飲み終ってから、十津川に向って、

「NHKが、私に何のご用ですか？」

「NHKじゃなく、警察の者です」

と、十津川は、苦笑しながら訂正した。

「ほう。警察の方ですか」

小野は、珍しいものでも見るように、十津川を見た。

「あなたは、詩人の方を、沢山ご存じですか？」

「この年齢《とし》まで生きてきましたからね。おい。お茶をもう一杯くれんか」

小野は、女事務員に向って、大声でいった。

「高田礼子という詩人を、ご存じじゃありませんか？」

と、十津川はきいた。

「高田礼子か」

と、老人は、宙に視線を遊ばせた。

「どんな詩を書く人ですか？」

「わかりません。いや。ひょっとすると、ボードレール風の詩を書いている人かも知れない」

「うーむ」

と、小野は、しばらく考え込んでいたが、

「昔、そんな名前を聞いたような記憶があるんだが――」

「昔ですか？」

「だいぶ前ですよ。何処かに、天才的な女流詩人がいるというような噂を聞いたような記憶がある」

「何処です？」

「それは覚えていませんねえ」

「彼女は、今、どうしているんでしょうか？　出来れば会いたいんですが」

「その人は、死んだんじゃないかなあ」

「死んだ？」

「発狂して死んだという噂を聞いたような気がするなあ」

と、小野はいった。

第六章　第三の殺人

1

「高田礼子について、もっと詳しく話してくれませんか」

十津川がいうと、小野は、眼をしばたたいてから、

「詳しくもなんにも、私は、今いったことぐらいしか知らんのですよ」

「発狂して死んだというのは確かなんですか？」

「いや、それも誰かに聞いたことでしてね。正確ですかと聞かれても困るんだが」

口では困るといいながら、小野は、ニコニコ笑っている。のんびりした性格の老人なのだろう。

「誰から高田礼子のことを聞いたのか、思い出せませんか」

十津川は、食いさがった。今の時点で、長田史郎がどんな男なのかを知る唯一の手掛りが、高田礼子という名前かも知れなかったからである。

小野は、詩人たちのグループの中では、長老的存在らしい。その小野が、よく知らないという女流詩人を、長田史郎は、何故知っているのか。

これは、事件とは何の関係もないことかも知れない。だが、十津川は、高田礼子がどんな女なのか知りたかった。

小野は、「うーん」と、軽いうなり声をあげた。そのまま、じっと考え込むのかと思ったら、ゆうゆうと、茶碗《ちゃわん》に手を伸ばして、のんびりお茶を飲んでいる。

若い十津川は、次第に、いらいらしてきて、

「誰から、高田礼子のことを？」

と、同じ言葉を繰り返した。

「今、それを思い出そうとしているところですよ。あんた、煙草を持っていませんか？」

「セブンスターなら持っていますよ」

十津川は、老人に一本すすめ、自分もくわえて火をつけた。

小野は、美味そうに煙を吐き出したが、いっこうに、思い出してくれそうにない。

「どうなんですか？」

と、十津川は、もう一度、催促した。

「どうも、年齢をとると、記憶力が衰える。これは悲しいことですなあ。一面、忘れ易いことは、救いでもあるわけだが」

「長田史郎という男から、高田礼子のことを聞かれたんじゃないんですか？」

「長田史郎？　何者ですか？　それは」

「年齢は三十二歳。自分では詩人だといっています」

十津川は、長田の写真を取り出して、小野に見せた。小野は、眼鏡を取り出して掛け、しばらくの間、写真を眺めていたが、

「知らない男ですな。何かした青年ですか？」

「殺人事件の容疑者です」

「ほう。そんな悪人には見えませんがね。いい眼をしている」

「悪人だから、人を殺すとは限りませんよ。理由さえあれば、どんな人間だって、人を殺すんです」

「それは、あなたのいう通りだ。だが、この写真の男には、会ったことがありませんね。本当に詩人ですか？」

「ボードレール風の詩を作っている男です。われわれには、彼の詩が上手《うま》いのか下手なのか、皆目、見当がつきませんが、詩を書いていることだけは、確かです」

「詩というのは、本来、自分が書きたいように書けばいいものですからな。その意味では、誰もが詩人であるわけです」

「高田礼子のことは、思い出して頂けましたか？」

「武藤君に聞いたのかも知れん」

「武藤というのは、どういう人ですか？　どこに行けば会えますか？」

「私の友人でしてね。だが、考えてみたら、彼は、今、イタリアに行っていたんだ――」

「いつ帰国されるんですか？」

「さあねえ。気まぐれな男だから、明日、ひょっこり帰って来るかも知れないし、半年、いや、一年ぐらい向うにいるかも知れんし」

「…………」

十津川は、黙って、唇を嚙《か》んだ。この老人と話をしていると、どうしてもいらいらしてくる。

彼が、むッとした顔で、椅子から立ち上ろうとすると、小野は、

「まあ、まあ、そうあわてんで。武藤君の奥さんに会われたらどうですか？」

「奥さんも、高田礼子のことを知っている可能性があるんですか？」

「それはわからないがね。武藤君が、奥さんに話をしているかも知れん。会ってみますか？」

「奥さんは、イタリアに行っていないんですか」

「奥さんは、知子さんていいましてね。画家です。今、銀座の画廊で個展を開いているので、東京に残っています。訪ねてみますか？」

「ええ」

「新橋駅に近いD画廊です。お会いになったら、私がよろしくいっておったと伝えて下さい」

小野は、相変らず、ニコニコ笑っている。

「会えたら伝えましょう」

と、十津川は、怒ったような声でいった。

2

外へ出ると、十津川は、捜査本部に電話を入れた。

井上刑事が電話口に出た。

「長田の尾行は、上手くいっているか？」

と、十津川は、きいた。

「木村刑事と、石井刑事の二人が、尾行しています。さっき連絡が入りましたが、今、長田は、朝倉弁護士の新宿にある事務所に入ったまま、まだ出て来ないそうです」

「朝倉弁護士のことを調べているカメさんからは、まだ、連絡がないか？」

「まだ、ありません」

「木村刑事たちから連絡が入ったら、絶対に、長田から眼を離すなといっておいてくれ」

十津川は、それだけいうと、電話を切り、地下鉄四ツ谷駅に向って歩き出した。

新橋でおりて、歩いて五、六分のところにあるD画廊に向った。

小さな画廊だった。

入口のところに、「武藤知子個展」という看板が出ていた。

中には、五、六人の客が入っている。

十津川は、受付のところにいた二十歳ぐらいの女性に、

「武藤知子さんは？」

と、きいてみた。

その女性が、「先生！」と呼ぶと、奥で話し込んでいた女性二人のうち、和服姿の方が、え？　という顔で振り返った。
五十二、三の女だった。
十津川の方から、近づいて行った。

「武藤さんですか？」

「ええ」

「小野さんから、あなたのことを紹介されました」

と、十津川は、警察手帳を示した。

「どんなご用でしょうか？」

武藤知子は、表情を硬くしてきいた。

「僕は、殺人事件を調べています。凶悪な殺人事件です。その解決のために、どうしても、一人の女性のことを知らなければならないのです。高田礼子という女流詩人ですが、ご存じありませんか？」

「私が――？」

「そうです。小野さんは、高田礼子のことを、武藤君から聞いたように思うといってお

れましてね」

「それなら、私でなく主人でしょう。主人は、今、イタリアに行っておりますけど」

「それも存じています。われわれとしては、ご主人の帰国を待ってはいられないのです。ぐずぐずしていると、新しい殺人が起きないとも限らないからです」

喋《しやべ》りながら、十津川は、妙子のことを考えていた。

今度、殺されるとしたら、妙子だろう。それとも、彼女は、もう殺されてしまっているのか？

「困りましたわね」

と、知子は、本当に弱ったという顔になった。

「高田礼子という方のことは、私は、何も主人から聞いていませんのよ」

「本当に、何もですか？」

「ええ」

「高田礼子という詩人は、発狂して死んだんだそうです」

「まあ。お気の毒に――」

「そんな女流詩人のことを、ご主人からお聞きになったことはありませんか？」

「ちょっと、待って下さいな」

知子は、じっと、宙を見つめていたが、

「高田礼子という名前のことは知りませんけれど、いつだったか、惜しい女流詩人が死んだよと、主人がいったのを思い出したんです。ほとんど、中央では無名の人だそうですけど。もしかすると、その人が、あなたのおっしゃっている高田礼子さんかも知れませんわ」

「いつ頃のことですか？」

「さあ、ずいぶん前だったと思いますけど」

「一年前？」

「もっと前のような――」

「二年前？　それとも三年前？」

「さあ、そういわれても」

「どんな時に、ご主人は、その話をされたんですか？」

「夕食の時でしたかしら？　それも、よくは覚えていませんの」

頼りない話になってきた。だが、十津川は、諦《あきら》めなかった。

「ご主人は、何故、そんな無名に近い詩人のことをご存じだったんでしょうか？」

と、十津川は、きいてみた。

「主人は、五、六年前から、自分で詩を作ることより、野にかくれた詩人を発掘することに力を入れるようになったんです。それでだと思いますわ」

「なるほど。しかし、どうやって、無名の詩人を見つけ出されるんですか？」

「全国に、詩の同人誌が沢山あります。そういう同人誌を、お金を払って送って貰《もら》って、熱心に読むんです」

「その同人誌は、とってありますか？」

「ええ。主人は、そういう点、神経の細かい人ですから、きちんと整理して、とってあります。私も、その仕事を手伝わされることがありますわ」

「ぜひ、見せて頂きたいですね」

「でも、大変な量ですよ。五、六年にわたって、全国から集めたものですから」

「構いませんよ」

「それなら、午後の三時に、上北沢の家へ来て下さい。書庫にご案内致しますから」

と、知子は、いってくれた。

3

十津川は、いったん捜査本部に戻った。

長田は、朝倉法律事務所に入ったままだったし、その朝倉についての亀井の調査も、あまり進んでいないようだった。

時間が来るのを待って、十津川は、若い井上刑事を連れて、上北沢の武藤邸を訪ねた。

すぐに、知子が、庭に建てられた書庫に案内してくれた。そこには、地方から送られて来た詩の同人誌だけが納められているのだという。

十津川たちは、中に入ってみて、その厖大《ぼうだい》な量に驚いてしまった。三段に分かれた棚に、ぎっしり詰っているのだ。何百冊あるのか、それとも千冊を越しているのか。

「これを全部調べるんですか？」

井上刑事が、溜息《ためいき》をついた。

「そうだよ」

「これ全てが、詩の同人誌だとすると、日本という国は、詩人だらけなんじゃないですかねえ」

「文句をいわずに、一冊ずつ調べていこうじゃないか。目次にのっていなくても、中に、高田礼子の名前が出ているかも知れないから、一頁ずつ、丁寧に眼を通してくれ」

「わかりました」

「よし。やるぞ」

と、十津川は、掛声をかけて、最初の一冊を手に取った。

いろいろな同人誌があった。ちゃんと活字印刷されているものもあれば、ガリ版刷りの薄っぺらなものもある。

床に腰を下し、積み上げた雑誌を一冊ずつ見ていく。

眼が痛くなり、ついで、腰や背中が痛くなってきた。

一時間、二時間と過ぎたが、高田礼子の名前にぶつからない。

知子が、茶菓子を持って来てくれたのをしおに、十津川と井上は、ひと休みすることにした。

「高田礼子という女流詩人は、長田とは、どんな関係だったんでしょうか？」

井上が、凝った首筋を、こぶしで叩《たた》きながら、十津川にきいた。

「長田が、尊敬していた女流詩人らしい」

「あの男は、発狂して死んだ詩人を尊敬していたんでしょうか？」

「発狂したかどうかは、まだわからんよ。小野という詩人だって、それらしいことを聞いたといっただけのことだからね。さて、始めるか」

十津川は、茶碗を片付け、また、雑誌を手に取った。

また、時間がたっていく。

たちまち、五時、六時を過ぎ、窓の外には、夜のとばりが下りていった。

知子が、顔をのぞかせて、

「お食事は？」

「要りません」

と、十津川が、いった。高田礼子の名前を見つけ出すまでは、食事をとる気がしなかった。

それでも、知子は、近所から寿司《すし》を取ってくれたが、十津川と井上は、それを、書庫の隅に重ねて置いたまま、調べを続けた。少しずつ、残部が少なくなってくる。それが励みだった。

「見つからんなあ」

と、十津川は、呟《つぶや》いた。ふと、見過ごしてしまったのではないかという不安に襲われたりもした。いつまでも、高田礼子の名前が見つからないと、そんな不安も感じてしまうのだ。

もし、見過ごしてしまったのだとすると、もう一度、最初から調べ直さなければならない。

（あと少しだ）

と、十津川が、自分にいい聞かせたとき、突然、井上が、「あった！」と、叫んだ。

「ありましたよ。警部」

「本当か？」

「ここを見て下さい」

井上は、眼をキラキラ光らせて、薄っぺらな同人誌の中程を開いて、十津川の前に差し示した。

〈高田礼子さんの死を悼む〉

という活字が、そこに並んでいた。十津川は、その雑誌を奪い取るようにして、小さな囲み記事に眼を走らせた。

〈われわれが、注目していた一人の詩人が亡くなった。高田礼子さんの詩は、われわれ詩を作る者にとって、絶えず一つの衝撃であった。あの狂気の底に流れるものはいったい何だったのか。それを解明する間もなく、彼女は亡くなってしまった。

もはや、われわれは、彼女の詩に接することは出来ない。合掌〉

これだけの記事だった。これでは、高田礼子について、何もわからないに等しい。

表紙には、「エトアール」と書いてある。これが、同人誌の名前なのだろう。

十津川は、最後の頁を見た。そこに、編集責任者として、堀木卓二という名前と、名古屋市内の住所、電話番号が印刷してあった。

十津川は、その同人誌を持ち、書庫を出ると、武藤知子に電話を借りた。

堀木卓二の電話番号を廻《まわ》した。

「堀木ですが」

という男の声が聞こえた。

「エトアールという同人誌のことをお訊《き》きしたいんですが」

「あれは、資金難で一年半前につぶれましたよ」

「いや。現在のことじゃなく、三年前に出た第五号のことでお訊きしたいのですよ」

「どんなことです？」

「これに、高田礼子さんの死を悼むという囲み記事があるんですが、覚えていますか？」

「ええ。よく覚えています。僕が書いたんだから」

「この高田礼子というのは、どういう人なんですか？」

「僕も、素晴らしい彼女の詩しか知らないんですよ」

「何処の人ですか？」

「確か、岐阜の人ですよ」

「岐阜？」

十津川の顔が、赧《あか》く染った。

4

「もっと詳しく話して下さい」

十津川は、受話器を強く握りしめて、大きな声を出した。

やっと、高田礼子という無名の女流詩人が、今度の事件に結びついてきたのだ。岐阜という地名しか、まだ共通点はないが。

「詳しくといっても、困りましたね」

と、堀木がいった。

「僕にとって、高田礼子は、いわば、幻の詩人だったんですよ」

「それは、どういうことですか？」

「会ったことがないからです」

「しかし、岐阜の人間ということは、わかっているんでしょう？」

「高田さんは、たった一人の詩集を作って、時々、送ってきていたんです。だから、岐阜の人だとは、わかっていましたよ。僕も、僕の仲間も、その詩に感動しましてね。一度会いたいから、ぜひ、名古屋に出て来て下さいと手紙を書いたんですが、お会い出来ないうちに亡くなってしまわれたんですよ」

「じゃあ、住所はわかっているんですね？」

「ええ。しかし、もう亡くなった人のことを、何故、いろいろと調べられているんですか？」

「ある殺人事件と関係があるかどうかを知りたいのです。亡くなったのは、確か三年前でしたね？」

「そうでした。三年前です。僕は、どうしても高田さんに会いたくなりましてね。三年前の春先でしたよ、お会いしに岐阜へ伺っていいかという手紙を出したら、折り返し、亡くなったという返事が来たんです」

「その返事というのは、高田礼子の家族から来たわけですか？」

「いや。高田さんは、一人でアパートに暮らしていたとかで、その管理人さんから返事が来たんです」

「狂死したということを聞いたことがあるんですが」

「管理人さんの手紙には、ただ、病死としか書いてありませんでしたね」

「何故、狂死という噂が出たんでしょうか？」

「多分、こういうことでしょうね。高田さんは、一時、精神病院に入っていたことがあるんです。だからじゃないかな」

「それは、彼女自身が、そういったんですか？」

「いや。彼女の詩の中に、精神病院のことをうたったものがいくつもあるからです。あれは、実際に精神病院に入ったことのある者でなければ詩に出来ないような素晴らしいものです。また、他の詩にも、狂気のようなものを、僕は感じましたね」

「では、彼女が住んでいた住所を教えて下さい」

「ちょっと待って下さい。今、調べますから」

と、堀木はいい、十津川は、しばらく待たされた。
五、六分して、堀木が教えてくれたのは、「岐阜市朝日町」の若葉荘というアパートだった。
岐阜の玉井町でなかったことに、十津川が軽い落胆を覚えながら受話器を置いた時、井上刑事が、飛び込んで来て、

「本部から連絡が入っています」

と、いった。

5

十津川は、車のところに戻った。

車に備え付けてある無線電話に、本多本部長の声が入っていた。

「長田史郎が動き出したぞ」

と、本多がいった。

「弁護士の事務所から出て来たんですか？」

「そうだ。今、木村君から連絡が入った。長田は、朝倉法律事務所を出て、自分の車で、何処かへ出かけるらしい。木村君と石井君が尾行中だ」

「今、八時半ですね」

「正確にいえば、八時二十九分だ」

「この時間に、遠出をするとは思えませんが、自分の家へ帰るんじゃないでしょうか？」

「長田の第二の隠れ家へかね？」

「そうです」

「かも知れんな。何処へ行くかは、すぐわかるだろう。君の方はどうだ？」

「また、岐阜へ行かなければならないようです」

「やはり、事件の根は、岐阜ということかね？」

「その通りです。これは、私の個人的な考えですが、事件の根は岐阜、それも岐阜で三年前に起きた事件にあるような気がします。例の高田礼子という詩人も、岐阜で三年前に死んでいます」

「そして、三年前に、イヴこと首尾木明子が岐阜から何かの理由で立ち去っている、か」

「そうです」

「しかし、それだけでは、連続殺人の理由というには、いかにも弱過ぎるじゃないか。三年前に、無名の女流詩人が死んで、若い女が郷里を出た。それだけのことだろう。そのくらいのことで、三年後に、連続殺人が発生するというのは、どうも納得ができないがね」

「私もそうです。だから、余計、三年前に何があったのか知りたいと思っているのですが」

「ちょっと待ってくれ。今、木村君から連絡が入った」

本部長の声が、いったん消えたあと、すぐ、また、無線電話に戻ってきた。

「やはり、君のいう通りだった。長田は、マンションに入ったそうだ」

「場所は、どこです？」

「浅草橋三丁目だ」

「川向うじゃなくて、隅田川のこちら側だったんですか」

「そうだよ。向島周辺をいくら探しても見つからなかった筈《はず》さ。蔵前橋《くらまえばし》通りに面したシャトー・アサクサというマンションだ」

「われわれも、そちらへ廻《まわ》ってみます」

「それはいいが、長田に何かするなよ。今度、彼を殴りでもしたら、君に辞職を勧告しなければならなくなるからな」

「わかっています。長田には、手も触れません」

十津川は、苦笑しながらいい、運転席にいる井上刑事に向って、

「浅草橋三丁目にやってくれ」

と、いった。

二人を乗せた覆面パトカーは、サイレンを鳴らさず、夜の街を浅草橋に向った。

鳥越神社近くで車をとめると、五、六メートル先に停まっている車から、木村刑事がおりて、こちらに近づいて来た。

「あのマンションです」

と、木村は、通りの向う側にそびえる十一階建のマンションを指さした。

レンガ色をした洒落《しゃれ》たマンションだった。

「九階の一番左端の部屋です」

「電気がついているな」

「一時間前に部屋に入ったままです」

「彼の車は？」

「地下駐車場です。濃紺のニッサンスカイラインGT-Rです」

「濃紺なら、夜は黒く見えるな」

と、十津川は、いった。岐阜で、犯人が乗っていたと思われる車は、黒っぽい車という証言があったのを思い出したからである。もし、同一の車なら、長田が岐阜に行ったことが、はっきりしてくる。山本鵜匠《うしょう》を殺すためと、妙子を誘拐するために、岐阜に行ったのだ。

「長田は、何処かへ行く様子があるかね？」

「明朝早く、遠出をするものと思われます」

「何故だね？」

「この近くまで来て、ガソリンスタンドに寄り給油しています。そこの係員に訊《き》いたところ、長田の車は、まだ、半分以上ガソリンが入っていたということです。つまり、明日、まだガソリンスタンドが閉まっている中《うち》に、遠出するために満タンにしたものと思われます」

「なるほど」

十津川は、肯《うなず》いてから、車をおりると、通りを渡って、マンションの中に入って行った。

入ってすぐの所に、郵便箱《レター・ボックス》がずらりと並んでいる。九一〇号室の箱に、「長田」と書いた紙片が貼りつけてあった。

そのまま、九一〇号室に上って行き、長田を殴り倒して、部屋の中を調べてみたかった。

長田が犯人である証拠が、妙子が何処に連れ去られたかを示す何かが、その部屋にあるかも知れなかったからである。

だが、十津川は、エレベーターには乗らなかった。

自分が、警察を馘《くび》になるのが怖かったからではない。長田が犯人だという証拠を握り、妙子を助け出すことが出来れば、自分が刑事を辞めなければならなくなっても、後悔はしないだろう。

十津川が恐れたのは、警察全体が、長田に手を出せなくなることだった。

十津川は、エレベーターに乗る代りに、管理人室をノックした。

窓ガラスが開いて、中年の男が顔を出した。片手に競馬新聞を持っているところをみると、次の日曜日のレースの予想でも立てていたのか。

十津川は、相手の眼の前に、警察手帳を差し出した。

管理人は、びっくりしたように、眼をしばたたいた。

「九一〇号室の長田さんのことだが」

と、十津川は、管理人にいった。

「あの人が、どうかしたんですか？　いい人なんですが」

「いい人かね？」

「物静かで礼儀正しいし、旅行に行けば、お土産品を買って来て下さるし――」

「よく旅行に行くのかね？」

「ええ。時々、お留守のことがありますからね」

「岐阜に行くことは？」

「さあ。行先については、訊いたことがありませんから」

「しかし、土産品で、何処へ行ったかわかるんじゃないかね？」

「それはそうかも知れませんが、どんなものを頂いたか、よく覚えていませんしね。いつか、ういろうを頂きましたよ。しかし、あれは、岐阜じゃなくて、名古屋の名物じゃなかったですか？」

「岐阜でも売っているよ」

と、十津川はいった。そのういろうが、どちらで買われたかはわからないが、長田が、名古屋方面に出かけたことだけは、確かになった。

「長田さんは、いつからここに住んでいるのかね？」

「二年ほど前からですよ。確か」

と、管理人は、指を折りながらいった。丁度、首尾木明子が、浅草のトルコで働き始めた時と一致する。

「九一〇号室は、借りているのかね？」

「そうです。2LDKで月十二万円です。まあまあじゃないですか」

その部屋代は、首尾木明子が、いや、イヴが、払っていたのだろう。それだけでなく、生活費も与え、車も買い与えていた。何故、彼女は、そこまで長田に尽くしていたのだろうか？

（愛だろうか？）

いや、単なる愛だけでは、首尾木明子は、あそこまではやるまい。他に、何かがあったに違いない。それは、いったい何だったのだろうか？

「長田さんを訪ねて、若い女性が来なかったかね？」

「来ましたよ」

と、管理人は、ニヤッと笑った。

「長田さんは、なかなか、もてるんですねえ。美人と一緒のところを、何回か見ましたよ」

「同じ女性だったかね？」

「違う女の人でしたね。わたしが見たのは二人でした」

「その一人は、この女性かね？」

十津川は、妙子と長田史郎が並んで写っている写真を見せた。

「ああ、この人ですよ。この写真は、ここの屋上で撮ったものですね」

「屋上？」

「そうです。屋上です」

その言葉に、十津川は、新しい当惑を感じた。古傷が、よみがえってきたといってもよかった。妙子は、彼がパリにいる間、ここの九一〇号室で、長田の腕に抱かれたのか。

「この女性を見たのは、いつ頃かね？」

「確か、一年ぐらい前だったと思いますが」

それなら、やはり、十津川が、パリにいたときだ。

「ごく最近も、彼女は、長田史郎に会いに来た筈なんだが、見かけなかったかね？」

「見かけませんでしたね」

管理人は、首を横に振った。

十津川に置手紙した妙子が、ここへ訪ねて来なかったということだろうか？　いや、そうではあるまい。管理人は、妙子の姿を見なかっただけで、彼女は、もう一度、ここへ長田を訪ねて来たに違いない。

イヴの死が、新聞で伝えられたとき、特に、彼女の太股《ふともも》のバラの刺青《いれずみ》のことが新聞記事になったとき、妙子は、長田史郎のことを思い出したに違いない。

長田は、ひょっとすると、妙子にも、バラの刺青をしようとしたのかも知れない。彼女は、それを思い出し、ここへ訪ねて来たのだ。

長田は、妙子と関係を持ったあとも、手紙を出していた。キザな詩を書いた手紙だ。妙子は、それで、長田が以前どおり、このマンションにいるのを知ったのだ。それで、住所の書かれた封筒だけを持って、ここへ訪ねて来たのだろう。

もし、十津川が、妙子の過ちにこだわらなかったら、彼女は、長田史郎のことや、バラの刺青のことを話してくれていたかも知れない。十津川が、こだわっていたために、妙子は、彼に黙って、ここへ来たのだろう。自分の力で犯人を見つけ出し、十津川の役に立つことで、過ちを償う気で。

（妙子が殺されたら、それは、おれの責任かも知れない）

と、十津川は、思った。

6

マンションを出て、車のところに戻ると、十津川は、木村と石井の二人に向って、

「長田が、何処かへ出かけるようだったら、まず、君たちが、あとをつけてくれ」

と、いった。

井上が、十津川に、

「われわれは、どうするんです？」

「長田が出かけたあと、彼の部屋を調べることにする」

「しかし、警部。令状もなしに、そんなことをしたら、あの弁護士が、今度こそ、警部のことを告訴しますよ」

「構わんさ」

と、十津川は、ぶっきらぼうにいった。

「十津川個人として、調べるんだから文句はないだろう。君は、部屋の外にいればいい。

嫉妬《しっと》に狂った男が、恋敵の部屋を調べるんだ。彼女の匂いが、部屋のどこかにないかと思ってな」

十津川は、それだけいうと、無線電話で、本部に、連絡を取った。

「朝倉弁護士のことで、わかったことがあるよ」

と、本多がいった。

「どんなことですか？」

「本籍地は、岐阜市内だ」

「やっぱり、そうですか。それで、首尾木家の遠縁か何かに当るんじゃありませんか？」

「いや。それは違うようだ。だが、亀井君が面白いことを見つけて来たよ」

「どんなことですか」

「朝倉は、貧困家庭に生れた。父親を早く亡くして、母親の手一つで育てられている。苦労して弁護士になったんだが、旧家の首尾木家では、岐阜市生れの秀才で、恵まれない人間に、育英資金のようなものを出してきた。朝倉も、首尾木家の援助を受けた人間の一人だということだよ。どうだね？　なかなか面白いだろう？」

「確かに、興味があります」

「そちらは、どうするんだ？」

「長田が動いたら、まず、木村君と石井君が尾行します」

「君は？」

「私も、長田が、何処へ行くか調べるつもりです」

と、十津川はいった。長田の部屋を調べるつもりだとはいわなかった。

九一〇号室の明りが消えた。

長田は、ベッドに入ったのだろうか？

7

朝が来た。

イヴが死体で発見された頃、午前六時は、まだ暗かったのに、今は、すでに明るい時刻になってしまった。

十津川は、そこに、月日の経過を感じて焦燥にかられた。

だが、犯人は、眼の前のマンションにいる。あとは、長田史郎が犯人だという証拠をつかめば、この事件も終る。いや、十津川自身についていえば、妙子を救い出すことが、それに付け加えられなければならない。

十津川たち四人は、二台の車の中で、朝を迎えた。

食事は、井上刑事が、近くにある二十四時間営業のスーパーで、パンと牛乳を買ってきて、車の中ですませている。美食家がいないだけに、こんな時は楽だった。

七時を二、三分過ぎた頃、見覚えのある車が、地下駐車場から、ゆっくりと出て来るのが見えた。

濃紺のスカイラインGT-Rである。運転しているのは、間違いなく長田だ。

木村と石井の車が、すぐ、その後をつける。

十津川は、井上を車に残して、マンションに入って行った。

管理人に、九一〇号室を開けるようにいった。

「長田さんが、人殺しをしたなんて、どうしても信じられないんですがねえ」

管理人は、相変らず首をかしげながら、十津川を九階に案内した。

十津川は、黙って、管理人がマスター・キーで開けてくれた部屋に入った。

洒落《しやれ》た調度品を揃えた部屋だった。全てが、ブルーで統一されている。だが、十津川の眼を最初に引きつけたのは、テーブルの上の大きな灰皿にあった燃えかすだった。水をかけ、押し潰《つぶ》してあるが、かなりの量だった。

さらに、浴室をのぞくと、ステンレス製の屑《くず》入れがあり、それにも、多量の燃えかすが残っていた。

どちらも、真新しい。多分、昨夜、何かを多量に燃やしたのだろう。

十津川は、室内にあった新聞紙を床に敷き、その上に、燃えかすを広げた。

完全に燃え切っているものもあれば、かたまりをほぐしてみると、手紙の端や、折れた写真が、生のまま、飛び出してきたりした。

（昨夜の中《うち》に、身辺整理をしたのだろうか？）

どうもそうらしい。部屋の中の状差しには、一枚のハガキもなかったし、机の引出しに入っていたアルバムは、全ての写真が引きはがされていた。

殺人の証拠になるようなものを焼き捨てたということなのか。そうならば、長田は逃亡の旅に出たのだろう。

だが、ただ単に、身辺整理をしたのだとしたら、新しい犯行の旅に出た可能性の方が強くなってくる。

燃えかすの中から、絵葉書の端も出てきた。全体の四分の一ぐらいが、燃え残っている。美しい南の島の絵葉書だった。「石垣島川平《かびら》湾」という字が読み取れた。

十津川は、首尾木明子が、妹の美也子に出した三組の手紙の一つに、石垣島からのものがあったのを思い出した。明子が何のために、一時期、石垣島にいたのか、その理由も、事件と関係があるのだろうかと思いながら、十津川は、絵葉書の裏を返してみた。

〈――ふっと、死を考えます。E〉

そう読めた。

その前が、どんな文面になっていたのか、焼けてしまっていて、読むことが出来ない。

Eというのは、恐らく、Eve のことだろう。

明子は、コールガールになってから、イヴという名で呼ばれるようになったと、十津川は考えていたのだが、それ以前から、明子は、長田との間で、自分のことを、イヴと呼んでいたらしい。それとも、長田が、彼女をイヴと呼んでいたのか。

明子が、死を考えると、絵葉書に書いたのは、どういう意味だろうか。

或いは、自殺するために、石垣島へ出かけたのか。

それにしても、長田と明子の間で、何故、こうも、死という言葉が使われているのだろうか。

日記の燃えかすと思われるものも見つかった。燃え残った紙片に、「七月六日」といった日付が読み取れたからである。しかし、それが、何年の七月六日かわからなかったし、そこに、どんなことが書かれてあったのかも、他の部分が燃え尽きてしまっているので、わからなかった。

長田は、少なくとも、日記、手紙、そして、写真を焼いてから出かけたのだ。

もう二度と、長田は、ここへ帰って来ないつもりなのかも知れない。

8

十津川は、マンションを出て、車のところへ戻った。

「木村君たちからの連絡は？」

と、井上にきくと、

「長田の車が、二分前に東名高速に入ったと知らせてきました」

という、緊張した声が、はね返ってきた。

「やはり、岐阜へ行く気だ。われわれも、岐阜へ行こう」

十津川は、無線電話で、捜査本部に、岐阜へ行くと知らせてから、井上を促した。

井上が、車をスタートさせた。

「向うに追いつくようにしますか？」

スピードメーターを見ながら、井上がきいた。

「その必要はない」

と十津川はいった。

「木村君たちが、まかれることはあるまいし、長田の行先も、だいたい想像がつくからな」

「岐阜の何処でしょうか？」

「まず考えられるのが、高田礼子が住んでいたというアパートだ」

「しかし、彼女が死んだのは、三年前じゃなかったですか？」

「その通りだよ。だが、長田の高田礼子に対する尊敬は異常だ。だから、行くことも、十分に考えられる。そうでなければ、岐阜市玉井町の首尾木家か」

「長田は、首尾木家と、関係があるんでしょうか？」

「わからないが、少なくとも、死んだイヴを通しての関係だけは、あるわけだよ」

「他に、長田が行きそうな場所がありますか？」

「山本鵜匠《うしょう》が殺されたK町の空家かも知れない」

「今、ちょっと考えたんですが――」

井上が、運転しながら、十津川にいう。

「どんなことだね？」

「長田が、たまたま岐阜に遊びに行ったとき、首尾木明子と知り合ったんじゃないでしょうか？　たまたまじゃなくて、女流詩人の高田礼子に会いに行って、首尾木明子に会ったと考えてもいいです。それが、今から三年前ということです。二人は、熱烈に愛し合った。しかし、旧家の首尾木家が、無名の詩人との関係を許す筈《はず》がありません。しかし、明子は、長田との愛を貫くために故郷を捨てた。怒った首尾木では、彼女を勘当した。どうでしょうか？　この推理は」

「なかなか面白《おもしろ》いがね」

「駄目ですか？」

「駄目だな」

と、十津川は、いった。

「それじゃあ、まるで駆け落ちだ。駆け落ちするほど愛し合った二人なら、女が、トルコで働いたり、コールガールになるのを、男が黙って見ているのはおかしいじゃないか。それに、首尾木明子は、最初一人で上京し、約半年間、新宿左門町のアパートに住み、翻訳の仕事をしていたんだ。その間、男が訪ねて来た気配もない。駆け落ちしたにしては、不自然だよ」

「やっぱり、駄目ですか」

若い井上刑事は、がっかりしたように、肩を落した。

世田谷区、砧《きぬた》から東名高速に入った。

窓の外の風を切る音が、急に強くなる。

十津川は、腕を組み、シートに背をもたせかけて、考えに沈んだ。

長田は、何をしに、岐阜へ行くのだろうか？

全てを清算するために、岐阜に行くのだろうか？

それとも、妙子が、岐阜のどこかに監禁されていて、彼女さえ殺してしまえば、自分を犯人とする証拠は全く消えてしまうと考え、これから、彼女を殺しに行くのか。

妙子は、すでに殺されていて、彼女を殺した共犯者を消しに行くのかも知れない。

休息を取らずに走り続け、十二時少し過ぎに、一宮インターチェンジを出て、国道二二号線に入った。

これを北上すれば、二、三十分で岐阜市内である。

「岐阜の何処へ行きますか？」

と、井上がきいた。

「やはり、県警の野崎警部に、まず挨拶《あいさつ》すべきだろうな」

と、十津川は答えた。ここまで運転してきた井上を休ませたいという気持もあった。

岐阜市内に入り、北警察署で、車を止めた。

「鵜匠殺人事件捜査本部」と貼紙された部屋に入ると、野崎警部が、笑顔で十津川を迎えてくれた。

「二十分ほど前に、おたくの木村という刑事から電話が入りましたよ。あなたが来たら伝えて欲しいということで」

「どんな電話でした？」

「長田史郎は、岐阜グランドホテルに入ったそうです。長良川沿いの大きなホテルですよ」

野崎は、市街地図を出し、そのホテルの場所を示してくれた。首尾木家のある玉井町に近い場所だった。もちろん、死んだ山本鵜匠宅にも近い。

「この長田史郎が、首尾木明子や、山本鵜匠を殺した犯人に間違いないのですか？」

野崎は、強い眼で十津川を見た。

「僕は、間違いないと思っています。犯人と確信しています。しかし、証拠がないのです」

「彼が犯人だとして、何をしに岐阜へ来たのでしょうか？」

「わかりません。証拠を消しに来たのか、それとも、新しい殺人をしに来たのか。いずれにしろ、何かすれば、今度こそ、首根っこを押さえてやります」

「私も協力します」

「頼みます。ところで、朝日町というのは、どの辺ですか？」

「市の南の端です。誰かに案内させましょう」

「いやタクシーで行きます。それから、井上刑事は、しばらく休ませて下さい」

十津川は、それだけ野崎に頼むと、外に出てタクシーを拾った。

9

朝日町で、若葉荘というアパートを見つけた頃、どんよりした空から、とうとう雨が降り出した。

幸い、細かい雨足だった。

十津川は、コートの襟を立てて、木造二階建のアパートへ入って行った。

かなりくたびれた建物だった。壁のしっくいが、ところどころ、剝《は》げ落ちている。廊下は、子供の自転車や、洗濯機が占領していて歩きにくい。

管理人は、中年の女で、廊下にしゃがみ込み太い膝《ひざ》小僧のあたりを、ボリボリ掻《か》きながら、

「高田さんなら、とっくに死にましたよ」

と、十津川にいった。

「死んだことは知っているんだ。確か三年前だね？」

「そうですよ」

「どの部屋に住んでいたのかね？」

「二階の東の端の部屋でしたけど、もう他の人が住んでいます」

「病気で死んだんだったね？」

「ええ」

「何の病気？」

「さあ」

「さあって、ここで亡くなったんじゃないのかね？」

「高田さんは、旅先で亡くなったんですよ」

管理人は、煙草をくわえて火をつけた。

「旅先？」

「ええ。三年前のまだ寒い頃でしたよ。高田さんが出かけたまま、一週間しても、十日しても帰って来なかったんです。そのうち、電話が掛って来ましてね。高田の親戚《しんせき》の者だが、旅先で急病にかかって、昨日亡くなったというんです」

「電話して来たのは、男？　それとも女かね？」

「女の人でしたよ。心臓病とかいっていましたね。葬式その他は、こちらで全てやる。アパートの品物は適当に処分してくれということでした」

「その女は、名前はいわなかったのかね？」

「きいてみたんですけどねえ。ちょっと事情があって、勘弁して欲しいというもんですからねえ。それに、高田さんは、ここに住民登録してなかったみたいなので、深く訊《き》きもしなかったんですよ」

「住所がここでなかったとすると、本当の住所は、どこだったのかね？」

「さあ、訊いたことがないんで、わかりません」

「どんな人だったのかね？」

「年齢は五十二、三歳じゃなかったですか。細面の美しい人でしたよ。いつも、きれいに手にマニキュアし、香水をつけていたのを覚えていますよ。若い頃は、相当派手に遊んだんじゃないかしら」

「ここでは、どんな生活をしていたのかね」

「近くの公園に散歩に行くのと、買物に行く以外は、たいてい部屋に籠《こも》っていましたねえ。詩を書いているとおっしゃっていましたよ」

「生活費は、どうしていたのかね？」

「よく知りませんけどねえ。困っていたようには見えませんでしたよ」

「誰かが、訪ねて来たことは？」

「誰も。でも、時たま、盛装でお出かけになることがありましたから、外でどなたかに会っていたんじゃないのかしら」

「あんたが、部屋にある品物を処分したんだね？」

「ええ」

「どんな物があったかね？」

「本が一杯ありましたよ。それから、ガリ版刷りの機械かしら」

「手紙は？」

「一通もありませんでしたよ。あったら、焼く積りだったんですけどね」

「ここに、どのくらい住んでいたのかね？」

「十カ月ぐらいですよ」

「その間に、一通も手紙が来なかったというのは、おかしくないかね？」

「そういえば、そうですがねえ。あの人、持病があったから、身辺整理をしてから旅に行ったんじゃないですか」

「持病というのは？」

「何とか恐怖症といってましたよ」

「高所恐怖症？」

「いえ」

「じゃあ、閉所恐怖症かな？」

「その反対で、人の大勢いる所に出て行くと、おかしくなるんですってよ。あの人、前に精神病院に入ってたっていうから、本当は治っていなかったのかも知れませんねえ」

「普段でも、おかしなところがあったのかね？」

「よく、独り言をいってましたね。歩きながらでも」

それは、高田礼子が、自分の世界に閉じ籠っていたということだろう。その世界とは、いったい、どんな世界だったのだろうか。

その世界を覗《のぞ》き見ることが出来たら、何か、今度の事件を解明するためのヒントが得られるのだろうか？

十津川は、高田礼子が書いたものだというガリ版刷りの詩集を、一冊、管理人から貰《もら》って、アパートを出た。

「わたしには、読んでもわかりませんから、差し上げますよ」

と、管理人は、笑いながらいった。

外に出て、北警察署の野崎に電話を入れた。長田の動きを聞きたかったからだが、十津川が、それをいい出す先に、野崎が、沈痛な声で、

「まずいことになりました」

「何があったんですか？」

「今、若い女の死体が発見されたという知らせが入りました。それがどうやら、岩井妙子さんらしいのです」

10

十津川は、自分の顔から、血の気が引いていくのがわかった。背筋を冷たいものが走る。

だが、「そうですか」と、いう言葉は、ふるえてはいなかった。来たるべきものが来たという意識があったからだろうか。

「場所は何処ですか？」

「岐阜羽島へ行く途中の雑木林の中です。今、朝日町においでですか？」

「そうです」

「では、これから、私が車で迎えに行き、そのまま、現場へご案内しますよ」

と、野崎は、いった。

すぐ、野崎の乗ったパトカーがやって来て、十津川を拾いあげてくれた。

「大丈夫ですか？」

野崎が、心配そうにきく。

「もちろん、大丈夫ですよ」

と、十津川は、必要以上に大きな声で答えた。

「まだ、岩井妙子さんと決まったわけじゃありません」

野崎は、走り出した車の中で、なぐさめるように、十津川にいった。

「しかし、彼女によく似ているワケでしょう？」

「そうです。ただ、今、連絡してきたところでは、右の太股《ふともも》に、バラの刺青《いれずみ》があるということでした。妙子さんには、刺青はなかったんじゃありませんか？」

「もちろん、ありません」

「それなら、別人の可能性が大きいですよ」

と、野崎がいった。

果たして、そうだろうか。犯人の長田は、イヴにも、堀正子にも、太股にバラの刺青をした男だ。それなら、監禁した妙子にも、無理矢理、バラの花の刺青をしたかも知れない。犯人に偏執狂的なところがあればあるほど、刺青をしてから殺すということも、十分に考えられるのだ。いや、殺しておいてから、刺青することだって、十分に考えられる。

「長田の動きは、どうですか？」

と、十津川がきいた。

「まだ、あのホテルにいるようです」

と、野崎が答えた。

岐阜から、岐阜羽島への道路は、目下、拡張工事中だった。周囲には、まだ、田、畠《はたけ》が多いが、将来の発展を見越してか、真新しいモーテルや、食堂が、突然、視界に入ってきたりする。

畠の真ん中に、大きなパチンコ屋があったりもした。客は、車でやって来るのだろうか。

十五、六分走ったところで、車は、右に折れた。
両側は、冬枯れの畠で、前方に、雑木林が見えてきた。

雨が止んで薄陽が差し始めている。

すでに、パトカーが二台止まっていた。

十津川と野崎は、車をおりると、濡《ぬ》れた地面の上を、雑木林に入って行った。

葉の落ちた雑木林の中は、意外に明るかった。
五、六〇メートルも奥に入ったろうか。忙しく歩き廻《まわ》っている刑事の姿や、フラッシュを焚《た》く鑑識課員の姿が眼に入ってきた。
「死体は、五、六〇センチの深さに埋められていたそうです」

と、野崎がいった。

その死体は、湿った土の上に、仰向《あおむ》けに横たえられていた。

全裸だった。

白い肌が、泥で汚れている。髪の毛もだ。

十津川は、じっと、見すえてから、一瞬、眼を閉じた。

「岩井妙子です」

と、十津川は、野崎にいった。

11

「何と申し上げたらいいか——」

人の好い野崎警部は、それだけいうと、絶句してしまった。

「僕が殺したようなものです」

と、十津川はいった。

彼が、あれほど、妙子の過去の過ちにこだわらなかったら、彼女も、危険に飛び込んで行くようなことはしなかったろう。その思いが、容赦なく、十津川を苦しめた。

「仏さんには、これがかぶせてありました」

と、刑事の一人が、泥まみれの毛皮のコートを、広げて見せた。

赤狐のコートだった。

確か、イヴこと首尾木明子が殺されたとき、着ていた筈《はず》だと思われたコートが、赤狐の毛皮だった。

恐らく、同じものだろうと、十津川は思い、それを、野崎に話した。

「これで、同一犯人だということが、はっきりしましたね」

と、野崎がいった。

十津川は、死体の傍に屈み込んだ。反対側から、野崎も、死体をのぞき込む。

「ロープを使っての絞殺ですね」

と、野崎がいった。

のど首に、はっきりと、ロープで絞めた痕《あと》がついていた。

十津川は、黙って肯《うなず》いた。殺されたのは、いつ頃だろうか。泥で汚れた肌に触れてみる。死後硬直の程度からみて、半月は経過しているだろう。

右の太股には、野崎がいったように、下手くそなバラの刺青がしてあった。

妙子が、自ら刺青をする筈がないから、長田がしたに決まっている。十津川は、改めて、長田に対する怒りがこみあげてくるのを感じた。あの男は、ただ単に妙子を殺したのではない。彼女の肌を、刺青で傷つけてから殺したのだ。

顔に苦痛の表情は、残っていなかった。それが、唯一の救いだった。犯人は、睡眠薬を飲ましておいて殺したのかも知れない。

おくれて、井上刑事も駆けつけて来たが、被害者が岩井妙子と知って、遠くから十津川の様子を眺めている。

「今朝、この雑木林の持主が、犬を散歩に連れて来たところ、この場所で、犬が激しく吠《ほ》えたため、シャベルを使って掘り、死体を発見したそうです」

県警の刑事が、野崎と十津川に説明した。

「問題は、何処で殺されたかということですね」

と、野崎が、相変らず、沈痛な眼でいった。

「K町の空家はどうなんですか？」

「あそこは、発見されてから、犯人が立ち戻る可能性を考えて、常時、見張りをつけています。ですから、その後、犯人が、あの空家を利用した筈はありません」

「空家が発見されてから、今日で何日目ですか？」

十津川は、妙子の死体から眼をそらせてきいた。

「今日が十二日目です」

と、野崎がいう。

とすると、妙子が、K町の空家で殺されてから、ここへ運ばれて埋められた可能性も無視できない。問題は、解剖の結果、死亡推定時刻が、いつと出るかである。

車が来て、死体が運ばれていった。警察にとって、生命のない死体は、単なる物体でしかない。だから、たいていトラックで運ばれていく。今まで、それについて何の疑問も持たなかったのだが、妙子の遺体が、毛布に包まれ、無造作にトラックの荷台にのせられるのを見ると、痛ましさが胸を貫いた。多分これは、感傷に過ぎまい。

十津川は、死体が埋められていた穴を見た。

浅い穴だった。もしこれが、二、三メートルの深さに掘られていたら、彼女の遺体は、まだ発見されずにいたかも知れない。

浅いが、広さは十分だった。そのため、死体は、折り曲げられたりはせず、仰向けに寝かされ、その上に、赤狐のコートをかぶせてあったと、県警の刑事が、説明してくれた。

それは、犯人のせめてもの情けなのだろうか。

もう一度、泥で汚れた赤狐のコートを手にとってみた。泥を叩《たた》き落したあとに、ところどころ、茶褐色の機械油が附着していることに気がついた。

「恐らく、車のものでしょうね」

と、野崎がいった。

「死体を、車のトランクに入れて運んだとき、死体を包んでいたコートに、油が附着したんだと思いますね」

十津川も、その考えに賛成だった。

「長田の車を調べてみたくなりました」

と、十津川は、野崎にいった。

12

十津川は、井上刑事を連れて、長良川沿いにある岐阜グランドホテルに廻った。

タクシーをおりると、十津川は、サングラスをかけて、ロビーに入って行った。

吹き抜けになったロビーは、広々としている。

フロントでは、三十人ほどの団体客が、がやがやと喋《しゃべ》りながら、チェック・インをしていた。

それを横眼に見て、喫茶室の方へ歩いて行くと、ソファに腰を下して新聞を読んでいた木村刑事が、立ち上って、十津川の傍にやって来た。

「若い女の死体が見つかったそうですが」

「ああ。岩井妙子だったよ」

「そうですか」

「長田はどうしている？」

「部屋に入ったまま、出て来ません。昼食も、ホテルの中のレストランでとっています」

「石井君は？」

「駐車場で、長田の車を見張っています」

「長田は、ここには、偽名で泊っているのかね？」

「長田史郎の名前で泊っています。東京で予約したようです。ツインの部屋をとっていますから、あとから誰か来るのかも知れません」

「女がかい？」

「それがわかりません。カムフラージュのために、わざとツインルームをとったのかも知れませんし。それから、フロントで訊《き》いたところ、長田は、市内に三回電話をかけています」

「市内のどこにかは、わからないのかね？」

「自動なので、そこまではわからないそうです」

「市内に三回か」

岐阜市内に、長田の共犯者がいて、その人間に電話したのだろうか。

「君は、ここにいて、引き続き、長田が出て来るのを見張っていてくれ」

「警部は？」

「僕は、長田の車を見てくる」

十津川は、井上もそこに残し、一人で、ホテルの横にある駐車場に足を運んだ。

広い駐車場に、十二、三台の車が並んでいる。

その中の一台に、石井刑事が、乗っていた。

十津川は、運転席にいる石井に、「ご苦労さん」と、声をかけた。

「長田の車は？」

「斜め向うです」

と、石井は、フロントを壁に向けて駐車しているスカイラインGT-Rを指さした。

十津川は、その車に近づいて、トランクに手をかけた。当然のことながら、鍵《かぎ》がかかっていた。

十津川は、覆面パトカーに戻り、助手席に身体を入れた。

「長田の車を調べたいのだがね」

十津川がいうと、石井は、フロントガラス越しに、相手の車に眼をやって、

「しかし、鍵がかかっていますよ」

「ああ、ロックされているな」

「ここの警察に頼みますか？」

「今の状態じゃあ、捜索令状をとるのも難しいだろう。東京の容疑者が、岐阜に来て、ホテルに泊っただけのことだからね。長田は、ここでは、まだ何もやらかしていないんだ」

「カー・ラジオで聞いたんですが、雑木林で若い女の死体が発見されたそうですね」

「ああ、そうだ。恐らく、長田か、彼の共犯者が殺したんだと思うね。だが、これも、今のところ、証拠は全くないから、彼の車を強制捜査する理由には出来ん」

「じゃあ、市内のニッサン車の販売店に頼んで、何とか開けて貰《もら》いますか？」

「そんな悠長なことはしていられないんだ。今すぐ、あの車のトランクの中を調べる必要があるんでね」

「まさかな。君は、長田自身に開けさせるわけにもいかんでしょう？」

「まさかな。君は、長田に顔を知られていなかったな？」

「その筈《はず》です」

「免許証は？」

「持っています」

「じゃあ、この傍にあるレンタ・カー営業所で、車を一台借りて来てくれ。車種は、何でもいい」

「そんなことをして、どうするんです？」

「ここへ持って来て、あの長田の車にぶつけて貰いたいんだ」

「ぶつけるんですか？」

石井刑事が、びっくりした顔になった。

「ハンドル操作を誤ったふりをして、向うの車のうしろのバンパーにぶつけて貰いたいんだ。上手《うま》くいけば、それで、トランクがあくかも知れん。この車でやってもいいが、何しろ、これは警察の車だし、東京ナンバーだからね。事態がこじれて、いろいろなところに迷惑をかける恐れがある」

「わかりました」

と、石井は、ニッコリ笑った。

「やってみましょう。ぶつければ、トランクのふたは、簡単に開くんじゃありませんか」

「責任は僕が持つ。それに、修理費もだ」

と、十津川は、いった。ぶつけた場合、どのくらいの修理費をとられるかわからないが、現在、十津川がしている百二十万円の預金で間に合うだろう。

石井が、駆け足で駐車場を出て行った。

十津川は、彼に代って運転席に腰を下し、じっと、待った。

石井が、レンタ・カーを借りて戻る前に、長田が出て来てしまったら、十津川のプランは、駄目になってしまう。

十津川は、じりじりしながら待った。

十五、六分して、石井の運転する白いカローラが姿を見せた。

幸い、駐車場に人影はなかった。あとになって、東京の警官が、わざと車をぶつけたといわれたくはなかったからである。

石井は、いったん車を駐車させてから、次に、アクセルを一杯にふかして、いきなり、発進させた。

「ガシャッ」

という大きな音を立てて、カローラのフロントが、長田の車の後部に衝突した。

スカイラインGT-Rの車体が、大きくゆらいだ。が、トランクのふたは、まだ開かない。

石井が、カローラをバックさせて、もう一度、ぶつけた。

カローラのライトが、粉々に砕け散った。

とたんに、ぱかッと、スカイラインGT-Rのトランクが開いた。

十津川は、車から飛び出して、スカイラインGT-Rに向って駆け出した。

石井も、カローラからおりて、十津川の傍に駆け寄った。

「何を見つければいいんです?」

「赤狐の毛だ。正確にいえば、赤狐のコートの毛だ。雑木林で発見された死体は、赤狐のコートで包まれていた」

十津川は、トランクの中に首を突っ込み、機械油と、埃《ほこり》と、鉄の匂いのする内部を探した。

たちまち、指先が汚れた。スペアタイヤと、機械工具箱などを押しのけて、その下も調べてみた。

左の隅をこすった指先に、薄茶の短い毛が、五、六本附着してきた。

十津川の顔が輝いた。その毛を、ハンカチで包むと、

「ここの始末は、君に頼むぞ」

と、いい残し、駐車場の外に向って走った。

ホテルの前に止まっていたタクシーに飛び乗った。

「北警察署へやってくれ」

と、十津川は、運転手に、大きな声でいった。

この毛が、問題の赤毛のコートのものと一致すれば、妙子の遺体が、長田の車で運ばれた可能性が強くなってくるのだ。

第七章　遺書

1

赤狐の毛の鑑定は、県立大学に委嘱された。

その結果を待つ間、十津川には、しなければならない仕事があった。

妙子が死んだことを、母親の文江に知らせるという辛《つら》い仕事だった。

電話で話すだけの勇気がなかなか起きず、十津川は、国鉄岐阜駅横にある岐阜中央郵便局に行き、文江宛に電報を打った。


「ギ　フニテタエコサンノイタイミツカルスグ　ギ　フキタケイサツシヨニコラレタシ」トツガ　ワ

用紙にこんな片仮名を並べると、いやでも、乾いた、非情な感じになってしまう。だが、今更、妙子の死を悼む大げさな言葉を並べたところで、それが何になるだろう。そう考え、十津川は、必要なことしか書かない電報を打って、郵便局を出た。

今必要なのは、妙子の死を徒《いたず》らに悲しむことではなく、犯人を逮捕することだ。

翌二月二十四日は、日曜日だった。

朝から快晴で暖かく、行楽地には人出が多くなるだろうと、テレビのニュースでアナウンサーが伝えている。

十津川は、朝早く、岐阜グランドホテルへ出かけた。昨夜、徹夜で、長田の監視に当っていた石井刑事と交代するためだった。ホテル内に張り込んでいる井上と木村の二人は、交代で休息をとっただろう。

ホテルの駐車場に入ると、石井が、車からおりて、十津川を迎えた。

「あれから、どうなったね？」

と、十津川がきくと、石井は、笑って、

「ホテルのフロントに申告したら、長田を連れて来ましたよ」

「それで？」

「長田は、いやに鷹揚《おうよう》でしてね。トランクはこわれても、走行に支障がないんだから、修理の必要はないと笑っていました。ただ、レンタ・カーの営業所からは、その中《うち》に、請求書が警部のところに行くと思いますね」

「それは構わんさ」

十津川は、駐車場にある長田の車に眼をやった。

昨日、口をあけてしまった後部トランクは、多少ゆがんでいたが、ふたを閉じている。

修理の必要がないと、長田がいったのは、彼の寛容さを示しているのか、それとも、自分に後暗いところがあるために、寛容なのか。

「君は、しばらくリア・シートで眠りたまえ」

と、十津川は、石井にいい、自分は、運転席に腰を下して煙草に火をつけた。

フロントガラスを通して入ってくる陽差しが暖かく、春が来たという感じで、気を引き締めていないと眠くなってくる。十津川は、無残な死体で発見された妙子のことを考えることで、眠気を退けた。

午後二時近くになって、ホテルのロビーで見張っている木村の声が、トランシーバーに飛び込んできた。

「長田が外出します」

「駐車場の方へ来るのか？」

「いや。ホテルの玄関でタクシーを拾うようです。黄色い個人タクシーを拾いました。ナンバーは岐阜の×××です」

「よし、僕があとをつける」

十津川は、エンジンをかけ、車を駐車場から出した。

リア・シートで寝ていた石井も、眼をさまして、前方を注視している。

長田の乗ったタクシーは、すぐ見つかった。

十津川は、一二、三メートルの間隔をあけて、ぴったりと、そのタクシーのあとについた。

「どこへ行く気でしょう?」

と、石井がきく。

「自分の車を使わずに、タクシーを拾ったところをみると、そう遠出はしないだろうね」

長田を乗せたタクシーは、長良橋を渡り、岐阜公園の方へ曲がった。

動物園の近くで、タクシーをおりた。十津川と石井も、車からおりた。

ここから、標高三二八・九メートルの金華山の山頂に向って、ロープウェイが動いている。山頂からは、岐阜市街や長良川が一望の下に見渡せるので、行楽客が多い。

今日も、若いカップルや家族連れが、ロープウェイの方に歩いて行く。

長田も、その流れの中に入っていった。

(呑気《のんき》に、金華山見物でもする積りなのか?)

十津川は、首をかしげながら、石井と肩を並べて、ロープウェイの発着所に向って歩いて行った。

歩いていると、汗ばんでくるような暖かさである。

そのせいか、かなりの人出である。

長田は、サングラスをかけ、楽しそうに周囲の景色を眺めながら歩いて行く。鼻歌でも唄《うた》っている感じだ。

長田は、人波に押されるようにして、ゴンドラに乗り込んだ。

十津川は、石井を同じゴンドラに乗せ、自分は、次のにすることにした。さして大きくないゴンドラだし、まして、十津川は、刑事として長田に知られていたから、二人で乗り込んだら、相手に気付かれ、警戒されてしまう危険があったからである。

五、六分おくれて、十津川は、山頂にあがった。

ここからは、尾根沿いに散歩道が作られ、その道は、岐阜城に達している。ゴンドラからおりた人々は、ぞろぞろと、岐阜城の方向へ歩いて行く。

長田と石井の姿は見当らなかったが、十津川は、人波の中を、岐阜城に向って歩いて行った。

「警部！」

と、その人波の中から、狼狽《ろうばい》した石井の声が飛んできた。

「どうしたんだ？」

「長田を見失いました」

と、石井が、蒼《あお》ざめた顔でいった。

「向うが、のんびり歩いていたんで、つい油断していたら、ふいに姿が見えなくなってしまったんです」

（くそったれ！）

と、胸の中で、ののしりながら、十津川は、素早く、人の流れを見廻《みまわ》した。

「君は、岐阜城の方を見て来てくれ。僕は、引き返してみる」

言葉の途中から、十津川は、人波をかきわけるようにして、ロープウェイの方へ引き返していた。

長田の姿は、なかなか見つからない。十津川の眼が、次第に血走ってくる。長田は、わざと人混みの中に十津川たちを誘い出し、まんまと尾行をまいたのではないのか。

ロープウェイの発着地へ着いた。ちょうど、下り客を乗せたゴンドラが、ゆらりと揺れて、動き出すところだった。

数人の客が、そのゴンドラに乗っていた。

その中の一人、十津川からは、背中しか見えない男は、どう見ても、長田だった。

（長田だ！）

と、思ったとき、その男の隣りにいた若い女が、くるりと振り向いた。

サングラスをかけてはいたが、十津川は、その顔に見覚えがあるような気がした。

（イヴの妹の首尾木美也子ではないのか？）

と、思い、眼をこらしたが、そのときには、女は、ゴンドラの中で、十津川に背を向けてしまい、ゴンドラ自体も、彼の視界から消えていった。

2

十津川は、引き返して来た石井と一緒に、下りのゴンドラに乗った。

下に着いたが、長田の姿は、どこにも見当らなかった。

「どうしますか?」

と、石井がきいた。

「玉井町に行ってみよう。どう考えても長田と一緒に乗っていた女は、首尾木美也子のような気がするんだ」

「長田の連れだったんですか?」

「ゴンドラの中で並んでいたよ。偶然かも知れないが、金華山で落ち合ったのかも知れない。電話でしめし合せてだ」

二人は、車に戻ると、石井が運転して、玉井町に廻った。

首尾木家の近くに車をとめると、十津川は、石井をホテルに帰し、一人で、首尾木家の呼鈴を鳴らした。

若い女の声が、インターホーンから聞こえた。

「どなた様ですか?」

声に聞き覚えがあった。首尾木美也子の声だ。

「先日お会いした東京の十津川です。貴女に会って、どうしてもお訊《き》きしたいことがあるのです」

「私の方には、お話しすることは何もありませんけど」

美也子の声が、硬くこわばるのがわかった。

「貴女のお姉さんのことで、わかったことがあるのですよ。それを話したいし、それに関連して、お訊きしたいこともある」

「どんなことでしょうか？」

「微妙な問題ですからね。こんな形では、お話しできませんね」

「ちょっと待って下さい」

相変らず、切口上であったが、二、三分して玄関が開き、スラックスにセーター姿の美也子が出て来た。金華山で見たときとは、服装が変っている。

前に会ったときと同じように、美也子は、強い眼でまっすぐ十津川を見つめて、

「外でお話ししましょう」

と自分から先に立って、長良川の方向に歩き出した。

「さっき、金華山にいましたね」

十津川は、美也子と肩を並べるようにして、いった。

返事はない。十津川は、構わずに、言葉を続けた。

「ロープウェイのゴンドラの中で、ある男と、貴女《あなた》が話をしていたのを見ました。長田史郎という男です。あの男は、われわれが、連続殺人事件の犯人と見ている人間なのですよ」

「犯人なら、なぜ、警察は逮捕なさらないんですか？」

美也子の声が、はね返ってきた。

「間もなく逮捕しますよ」

と、十津川はいった。

川岸に出た。釣り人の姿が見える。平和な景色だった。

「長田史郎と貴女とは、いったいどんな関係なんですか？」

「知りません。そんな人」

「でも、ゴンドラの中で、貴女は、長田史郎と話をしていましたよ。僕がいっているのは、あの男のことなんですがね」

「ああ、あの人なら、偶然、私に話しかけて来ただけです。東京から遊びに来たとかで、市内の地理をきかれたんです。ですから、名前も知りませんわ」

「ゴンドラの中でですか？」

「ええ」

「おかしいな。その前から、貴女と長田が話しているのを見たんですがねえ。それどころか、貴女と長田が、金華山の山頂で、落ち合って、ゴンドラに乗るのを目撃したんです。貴女のような旧家のお嬢さんが、何故、凶悪犯人とデイトなんかしているのか不思議な気がしましてね」

「そんな人は、知らないと申し上げている筈《はず》です」

「貴女は、知らない人間と、デイトをするんですか？」

「何の証拠もないのに、変ないいがかりは止めて下さい」

「いいがかりですか——」

十津川は、苦笑した。気の強い娘だと、改めて思った。最初に会ったときにも感じたことだが、この娘は、ひとりで、旧家の名誉を守っているような気質がある。

しかし、美也子は、明らかに嘘をついている。十津川も嘘をついたが、彼女が、長田を知らないといったのは、明らかに嘘だ。

最初に、ゴンドラの中で、地理を訊かれたというのも、考えてみればおかしい。十津川が見たゴンドラの中の二人は、そんな感じではなかったし、長田が、わざわざ、地理を訊くために、ロープウェイで金華山にのぼったみたいではないか。

「いいがかりじゃありませんか」

と、美也子は、きッとした顔でいった。

十津川は、川面《かわも》に視線を投げた。

「貴女も、もうニュースで知ったと思うんだが、僕の結婚する筈だった女性が、死体で発見されました。貴女のお姉さんと同じように、絞殺されてです。われわれは、犯人は、長田史郎だと確信していますが、証拠がないし、本当の動機も知りたい。それには、貴女の協力が必要なのです」

「お気の毒とは思いますけど、私に何の関係もない人のことを、関係があるんじゃないかといわれても困ります」

「長田史郎という名前に、全く心当りがないというんですか？」

「ええ」

「じゃあ、高田礼子という名前はどうです？」

十津川は、川面に眼を向けたままいったのだが、彼の横で、一瞬、美也子が息を呑むのがわかった。

「知りません」

と、間を置いて、美也子がいった。それは、まるで、よく知っていますといっているように、十津川には聞こえた。

「貴女は、高田礼子さんを知っていますね。長田史郎もだ」

「知りません」

美也子が、かたくなに首を横に振ったとき、

「警部！」

と、呼ぶ声がした。十津川が振り向くと、東京にいる筈の亀井刑事が、こちらに向って駆けて来るのが見えた。

3

「どうしたんだ？　カメさん」

と、十津川が声をかける。その間に、美也子は、玉井町の方に走り去ってしまった。が、

十津川は、そのままにしておいた。あれ以上追及しても、美也子が、正直に話してくれるとは思えなかったからである。

亀井は、美也子の後姿を眼で追って、

「イヴの妹ですね？」

「ああ。彼女は、どうやら長田史郎を知っているようだ。女流詩人高田礼子もね。君の方は？」

「例の朝倉弁護士が動き出したんで、尾行したところ、岐阜へ来てしまったんです。今、彼は、岐阜グランドホテルに入っています」

「それなら、長田の泊っているホテルだ」

「そうです。ロビーで、木村君たちに会いました。長田も、ホテルに戻っていました」

「長田が、朝倉弁護士を呼んだのかな？　いや彼は、ホテルに入ってから、岐阜市内にしか電話していないんだ。とすると、弁護士を呼んだのは、首尾木家の人間かも知れないな」

「それはつまり、首尾木と長田史郎との間に、イヴを通してということじゃなく、昔から、何等《なんら》かの関係があったということを意味しているんじゃありませんか？」

「同感だね。だから、イヴが殺されて発見された時、首尾木家が、首尾木明子であることを認めようとしなかったのは、イヴが、首尾木一族にとって恥になるような存在だったからばかりではなかったんだ。彼女を殺した犯人の長田史郎も、首尾木家に関係があるので、二重の恥になると考えたからだったんだ」

「すると、朝倉弁護士は、善後策を講じるために、首尾木家が呼んだのかも知れませんね」

「多分、君のいう通りだろう」

「どんな善後策を講じるつもりなんでしょうか?」

「二つ考えられるね。一つは、長田を説得して自首させることだ。二つめは、秘密を守るために、何とかして、長田を逃亡させることだよ」

「もう一つ考えられるんじゃありませんか?」

「どんなことだい?」

「首尾木という旧家の名誉を守るために、長田史郎を殺してしまうということも、考えられるんじゃないでしょうか?」

4

夕方になって、妙子の解剖の結果が出た。

死因は、やはり、頸部《けいぶ》圧迫による窒息死だったが、これは予測どおりで、捜査にとってプラスになるものではなかった。

十津川や、野崎が注目したのは、死亡推定時刻だった。

大学病院からの報告によれば、一月下旬から二月上旬頃に殺されたと見られるが、正確な日時は確定できないという。

だが、それでも、報告は重要な意味を持っていた。K町の空家で殺された可能性も出て来たからである。

「もう一度、あの空家を調べてみましょう」

と、野崎がいった。

「これから行きますが、十津川さんもどうですか？」

「同行したいのですが、間もなく、妙子の母親が着きますので」

十津川は、重い気持でいった。

「そうでしたな。忘れていました。申しわけありません」

「いや。僕の代りに、亀井刑事を連れて行って下さい」

十津川は、そういい、夜に入ってから、国鉄岐阜駅に、岩井文江を迎えに出かけた。辛《つら》い仕事だったが、他の人間に頼めることではなかった。

文江の姿を見ると、十津川はまず、「申しわけありません」と、頭を下げた。

「僕の力が足りなかったために、妙子さんを殺してしまいました」

「これが、あの娘《こ》の寿命なんでしょう」

文江は、小声でいった。そんないい方をされると、十津川は、余計に辛くなった。

その夜、大学病院から渡された遺体を前に、通夜が行われた。北警察署の片隅を借りての通夜だった。県警の刑事も、参列してくれたが、寂しい通夜であることは否めなかった。

翌日、近くの火葬場へ、妙子の遺体は運ばれて行った。

十津川も、文江に同行するつもりだったが、直前になって、鑑定を依頼していた赤狐のコートについての結果が出たという知らせが入った。

長田の車のトランクから、十津川が見つけた数本の毛は、死体を包んでいた赤狐のコートの毛と同一のものだという結果だった。更に、コートに附着していた機械油は、自動車に使われるモーター・オイルで、K石油が、一年前から販売しているものであるという。

K石油のモーター・オイルは、トヨタ、ニッサンという大手の車が使用しているということもわかった。当然、長田の車、ニッサンスカイラインGT-Rも、このオイルを使用している筈《はず》だった。

捜査本部に詰めていた刑事たちは、興奮した。

「これで、長田史郎に対する令状がとれますよ」

野崎が、眼を輝かせて、十津川にいった。

「令状は、どのくらいで貰《もら》えます？」

「遅くとも、一時間以内には、貰える筈です」

と、野崎がいったとき、電話が鳴った。

受話器を取った野崎の顔色が変った。

「長田が、ホテルを出た。車でだ」

「木村や、石井は？」

十津川がきくと、野崎は、受話器を置いて、

「車による尾行を開始したといっています」

5

木村と石井の乗る覆面パトカーは、二〇メートルの間隔をあけて、長田のスカイラインGT-Rを尾行していた。

長田の車は、岐阜市内を走り抜け、国道二二号線を南下して行く。

「やけに飛ばしやがるな」

と、運転している木村が、メーターに眼をやった。八〇キロ近く出ている。

「一宮インターチェンジから、東名高速に入るつもりらしいぞ」

助手席の石井が、長田の車に眼をやったままいった。

車の無線電話が鳴った。

石井が、受話器を取る。

「長田に逮捕令状が出たぞ！」

「オーケイ」

木村は、赤色灯をつけると、サイレンを鳴らした。アクセルを思いっきり踏みつける。

チューン・アップされたエンジンが唸《うな》りをあげ、二人の乗る車は、猛烈な勢いで加速された。

とたんに、前を行く長田の車も、加速された。

「逃げるぞ！」

石井が叫んだ。

「畜生！」

木村が怒鳴る。

長田の車は、必死になって逃げる。他の車は、サイレンに驚いて、脇に寄って停止する。広がった道路を、二台の車が、猛スピードで走り過ぎる。

その時、前方に、四、五歳の男の子が、ふらふらと飛び出して来た。

長田の車が、急角度で左に曲がった。

そこに、コンクリートの電柱が立っていた。まるで、その電柱に体当りするように、スカイラインGT-Rの濃紺の車体が、激突した。

凄《すさ》まじい音がした。

木村が、あわててブレーキを踏んだ。

二人の刑事を乗せた車は、斜めに横すべりしていき、歩道の敷石にぶつかって、やっと止まった。

二人の刑事は、ドアを蹴破《けやぶ》るようにして車の外へ飛び出した。

スカイラインGT-Rの傍へ駆け寄る。

フロントのエンジン部分が押し潰《つぶ》された車から、猛烈な勢いで、蒸気が噴出している。

運転席の長田は、血まみれになって、倒れていた。

「救急車だ！」

と、木村が叫ぶ。石井が、無線連絡のため自分たちの車に駆け戻った。木村は、長田の身体を引きずり出した。

救急車とパトカーが、数分後に到着した。

長田は、意識不明のまま、救急車に乗せられ、近くのN病院に運ばれた。

十津川と、野崎が、N病院に着いたときも、長田は、まだ、意識を回復していなかった。

「話を聞こうか」

と、十津川は、病院の廊下で、木村と石井の両刑事にいった。

「長田は、一宮インターチェンジから東名高速に入るつもりだったんだと思います」

木村が、同意を求めるように、石井を見た。

「私も、そう思いました」

と、石井もいう。

「それから？」

「突然、男の子が、車道に飛び出して来たんです。それを見て、長田が、自分の車を、電柱にぶつけたんです」

「そうとしか思えません。急ハンドルを切れば、電柱か、家にぶつけるのは眼に見えているのに、長田は、左に急ハンドルを切ったんですから」

「ブレーキは踏まなかったのかね？」

「踏んだ形跡は、全くありません」

「何故かな？」

「急ブレーキを踏んでも間に合わないと、とっさに判断したからじゃないでしょうか。彼の車から二〇メートル離れていたわれわれの車が、急ブレーキを踏んで、やっと間に合ったくらいですから。それに、長田が急ブレーキをかけていたら、間違いなく、われわれの車が追突して、もっと大きな惨事になっていたと思いますね」

木村は、蒼《あお》い顔でいった。

「君も同感かね？」

と、十津川は、石井にきいた。

「私も、木村君と同じ考えです。長田が、自分の車を電柱にぶつけていなかったら、あの男の子は死んでいたでしょうし、われわれも追突して、死なないまでも、重傷を負っていたことは間違いないと思います。長田が、左に急ハンドルを切ってくれたおかげで、われわれの前方に、ぽっかりと空間が生れて、急ブレーキが間に合ったんです」

石井が、首を振りながらいった。

「電柱にぶつけた？」

十津川は、顔をしかめた。

「君たちの話を聞いていると、まるで、長田は救世主みたいだな。自分を犠牲にして、子供を助け、その上、尾行していた君たちまで救った英雄だ」

「その通りです」

と、木村がいった。

「殺人犯の長田に感謝するのは癪《しゃく》にさわりますが、彼が、自分の車を電柱にぶつけてくれたおかげで、われわれも助かったのは事実です」

「男の子が飛び出したといったね？」

「そうです。あとでわかったところでは、大久保健一という四歳の男の子で、反対側の歩道に母親がいたので、ふらふらと、車道に飛び出してしまったらしいのです。可愛い男の子ですよ」

「どうもわからんな」

「長田が、自分を犠牲にして、子供を助けようとしたことがですか？」

「まあ、そうだ」

「根は善良なのかも知れませんね」

「どう思われますか？」

と、十津川は、野崎を見てきいた。

野崎は、小さく溜息《ためいき》をついた。

「長田も、やはり、一人の人間だったということじゃないでしょうか。前方に、男の子が飛び出して来たのを見て、とっさに、ハンドルを切って、電柱に激突した。木村刑事のいうように、根は善良な男だったのかも知れませんね」

「僕は、長田が、子供を嫌いだと思っていたんですよ。だから、今度の件では、面くらっているんです」

「何故そう思われたんです？」

野崎は、興味深そうにきいた。

「長田に関係した女は、三人います。高田礼子を入れると四人ですが、年齢も彼より上だし、三年前に死んでいますから、彼女は一応除外しましょう。最初に殺されたイヴ、首尾木明子は、子供を堕《お》ろしていました。デパートの屋上から飛び降りて死んだ堀正子も、中絶しています」

「なるほど、長田が、彼女たちに命令して、堕ろさせたというわけですな」

「そうです。堀正子は、中絶させられたことから、長田が信じられなくなって、自殺したのだと、僕は考えています。それで、長田は、子供は嫌いなのだと、考えていたのです。子供が嫌いで、自分の子供となると、なおさら、ぞッとしない。それで、二人の女に中絶させたのです。妙子も、もし彼の子を宿していたら、中絶させられていたと思います。そんな長田が、子供を助けるために、自分を犠牲にしようとした。そこがどうにもわからないのですよ」

「確かに、妙な点もありますな」

「もう一つ。長田が何処へ行こうとしていたのかということも、気になるんです」

「木村刑事と、石井刑事は、東名高速へ入るつもりだったろうといっているわけでしょう？」

「僕も、その点は、同感なんです。だが、東名に入ってから、何処へ行く積りだったのか、それを知りたいと思っているのです」

「東京へ帰る気だったんじゃありませんか？」

「いや、そうは思えませんね」

　と、十津川はいった。

「東京のマンションは、ここへ来る前に調べましたが、写真や手紙の類は、全て焼却し、身辺整理をしているのです。身辺整理をしてから、岐阜へ来たということは、二度と東京へ戻らないつもりと、僕は考えているわけです」

「すると、東京とは逆の、京都、西宮の方向へ行くつもりだったんでしょうか？」

「常識的にはそうなんですが――」

　十津川は、小さく首を振った。

「違うと思われるんですか？」

「長田のことは、ずいぶん調べましたが、京都や神戸、或いは、もっと西の地名は出て来ないのですよ。ひょっとすると――」

「ひょっとすると、何です？」

「長田が行こうとしていたのは、仙台だったのかも知れません」

「仙台？　何故です？」

「首尾木明子が、しばしば、仙台に旅行しているからです。もし、彼女が、長田に頼まれて仙台へ行っていたのだとしたら、長田が、仙台へ行く可能性も大きいわけです」

「仙台に、いったい何があるんですか？」

野崎にきかれて、十津川は、困惑した表情になった。同じ疑問を抱えてきたのだが、まだ、答えが見つからずにいるからである。

「首尾木明子が、何回も行っているところをみると、或いは、首尾木家と関係のある何かが仙台にあるのかも知れません」

と、十津川はいった。

「しかし、私は、首尾木家の動きに注目しているのですが、当主の大造夫婦も、美也子も、仙台に行ったという話は聞いていませんが――」

野崎は、首をかしげた。

病院の表に、車のとまる音がして、コートを羽織った朝倉弁護士が、あたふたと飛び込んで来た。

その顔色が蒼い。十津川たちを見ると、

「様子はどうなんですか？」

と、きいた。

「医者の話では、頭蓋骨《とうがいこつ》の複雑骨折、それに、胸部もやられていて、危篤状態だといっていますよ」

十津川が、答えた。

「手術は？」

「間もなく始まると思いますよ」

「運転の上手《うま》い長田史郎が、何故、事故を起こしたんですか？」

「飛び出した子供をよけようとして、コンクリートの電柱に激突したのです」

「子供を――？」

「ええ」

「そうですか――」

「彼は、何処へ行くつもりだったんですか」

十津川がきくと、朝倉は、首を振って、

「私は知りませんよ。ただ――」

「ただ、何です？」

「長田史郎から、手記を預かっています」

「手記？」

「そうです。自分に何かあった時、発表して欲しいといって、私に渡していった手記があるのです」

「何が書いてあるんですか？」

「さあ、私も、まだ中身は見ていないのです」

「今、それを見せて貰《もら》うわけにはいきませんか？」

「駄目ですね」

と、朝倉は、きっぱりといった。

「私は弁護士ですからね。依頼人の信頼を裏切るわけにはいきません」

急に、病院内に、緊張した空気が流れた。長田史郎の手術が始まったのだ。

十津川たちは、待合室で、じっと、その結果を待った。

十津川は、長田が助かって欲しかった。死体には、手錠がかけられないからだ。それに、訊《き》きたいことが、いくらでもあったからでもある。

朝倉弁護士は、両の拳《こぶし》を握り合せ、いらいらした様子で、待合室の中を、歩き廻《まわ》っている。

時間が経過していく。いやに長い、そのことが、十津川を不安にした。手術が上手くいっていないのではないのか。

緊張感から脱《の》がれるように、十津川は、「暑いな」と呟《つぶや》き、煙草をくわえた。が、待合室が禁煙になっていることに気がついて、苦笑し、また、しまってしまった。

二時間たった。

朝倉弁護士が、腕時計を見て、何か呟いている。

「助かって欲しいですな」

野崎が、ボソッとした声でいった。

十津川が、黙って肯《うなず》いた時、ふいに、待合室のドアが開いて、医者が入って来た。

三人の眼が、一斉に、医者に注がれた。

医者は、疲れ切っているように見えた。彼は、両手で顔をなでるようにしてから、黙って、首を横に振った。

「駄目だったんですか？」

十津川がきく。

「残念ですが、亡くなりました」

と、医者がいった。

十津川は、朝倉弁護士に眼をやった。これで、長田史郎の手記は、彼の遺書になったのだ。

6

十津川と野崎の二人だけが、朝倉弁護士と一緒に、彼の泊っている岐阜グランドホテルに足を運んだ。

二人だけに、長田の遺書を見せたいと、朝倉がいったからである。

ホテルに着くと、朝倉は、フロントの金庫から、黒い鞄《かばん》を出して貰い、それを持って、十津川たちと、ロビーに腰を下した。

朝倉は、鞄を開け、分厚い封筒を取り出した。

「私は、これに何が書かれてあるか知りません。従って、あなた方が、内容に疑問を持たれても、私には、その疑問にお答え出来ない。それを承知の上で、眼を通して下さい」

「それは、予防線ですか？」

十津川が、皮肉な眼つきをしたが、朝倉は、冷静な口調で、

「私は、事実をいっているだけです。お気に入らないのなら、これは焼却することにします」

「いや。見せて下さい」

十津川は、あわてて、封筒を受け取った。

表には、何も書いてない白い封筒である。

裏には、「長田史郎」と、ペンで書いてあった。

中身は、便箋《びんせん》五枚。その筆跡に、十津川は見覚えがあった。妙子のところにあった手紙と同じ筆跡だった。

「長田の筆跡に間違いありません」

と、十津川は、小声で野崎にいった。

二人は、一緒に眼を通した。

〈ここに書き記すことは、全て事実であり、また、何等の強制も加えられずに書いたことを、まず記しておきたい〉

遺書（もちろん、これを書くとき、長田は遺書になるなどとは思ってもいなかっただろうが）は、そんな文章で始まっていた。

〈私の生い立ちは、今度の事件とは無関係だし、さして面白くもないので、首尾木明子と知り合った時のことから書き記すことにしたい。

明子と初めて会ったのは、三年前だった。その頃の私は、今でもそうだが、いっこうにうだつのあがらない自称詩人で、岐阜を飛び出して来て、翻訳の手伝いで暮らしを立てていた。私たちは、最初、小さな喫茶店で、偶然会い、急速に親しくなっていった。愛が生れた。が、私を愛したことは、明子にとってこの上ない不幸だったということができる。

なぜなら、私という人間は、生来怠け者でその上、わがままで、彼女の重荷になるに決まっていたからだ。その通り、明子は、私の犠牲になった。

心優しい明子は、私にぜいたくをさせるために、トルコで働くようになり、コールガールにまでなった。もちろん、私が、それをすすめたわけではない。しかし、結果的に、私は、それを黙認した。いや、黙認しただけでなく、彼女が、身を売って稼いだ金で、ぜいたくな暮らしをしてきたのだ。

それだけではなかった。私は、明子の金でぜいたくをしながら、彼女が関係する男に嫉《しっ》妬《と》し、彼女を責めさえした。自分の女だという証拠にと、彼女の太股《ふともも》へ、バラの刺青《いれずみ》もした。私は、救いようのない男だ。更に、明子が、私の子供を生みたいといった時、子供の嫌いな私は、無理矢理、中絶させた。こんな私に、さすがの明子も愛想がつきたのだろう。今年に入ってから、別れたいといい出した。当然のことなのに、私は、怒り、彼女を絞殺してしまった。

彼女の身元が割れ、それから、私の名前が浮び上ってくるのを恐れて、私は、死体から衣服を剝《は》ぎ取り、裸にして、浅草寺境内の池に投げ込んだ。

しかし、警察は、明子が、岐阜の旧家の娘だということを探り出した。

明子は、私に、岐阜のことを話したことはなかった。多分、嫌な思い出しかなかったのだろう。

ただ、明子は、山本という親戚《しんせき》の鵜匠《うしょう》だけは信頼し、手紙で、私のことも知らせていたのだ。

ある日、突然、その山本から、私に電話が掛ってきた。殺された明子のことで、話を聞きたいというものだったが、言葉の端々に、私に対する強い疑惑がのぞいているのがわかった。相手が、何の証拠もつかんでいないにしろ、警察に、私と明子のことを喋《しらべ》られたら困ると思った。

私は、山本を殺さなければならないと思った。

もう一つ、私には、困った問題が起きていた。岩井妙子のことだ。

妙子は、ある文学研究会で知り合い、一度だけ関係した。彼女が、十津川という警部のフィアンセと知ったのは、後になってからだ。

私は、妙子にも、バラの刺青をさせろといったことがあった。彼女は、それを覚えていて、明子の死体にバラの刺青があったと知ると、それを私と結びつけ、確かめるために、私を訪ねてきた。私にとって幸いだったのは、妙子が、警察に話すより先に、私に確かめに来たことだった。

私は、妙子を監禁した。

私は、二人の人間を始末しなければならなくなってしまった。

だが、山本を東京に呼び出して殺すのは難しかった。相手が用心深かったからだ。

私は、まず、妙子を絞殺し、死体を赤狐のコートで包み、車のトランクに押し込んだ。

このコートは、明子が使っていたものだった。

私は、岐阜の生んだ女流詩人高田礼子を尊敬し、何回か足を運んだことがあったのでK町が過疎の町であり、犯行に利用できる空家があることも知っていた。

私は、K町の空家に車を走らせ、そこに、山本を呼びつけて殺すことにした。私にとって幸いだったのは、山本が、首尾木家には内緒で、夜釣りに行くふりをして外出し、私に会いに来たことである。

山本は、私に向って、明子を殺したろうと追及してきた。私は、のらりくらりとかわしながら、油断を見すまして、彼の後頭部を殴りつけた。山本が、ふらふらしたところを、バケツに汲《く》んだ水道の水に頭を突っ込んだ。山本は、多少は抵抗したが、すぐ動かなくなった。

私は、彼の死体を長良川まで運んで投げ込んだ。夜釣りをしていて、誤って川に落ち溺《でき》死《し》したことにしたかったのだ。

妙子の死体は、岐阜羽島近くの雑木林の中に埋めた。

もう一人、堀正子のことも記しておかなければならない。彼女は、私にとって、完全に遊びの対象だった。それなのに、彼女の方が真剣になり、私の子供を生むといい出した。私は、子供が欲しくなかったから、彼女にも、無理矢理、中絶させた。正子が、デパートの屋上から飛びおりて自殺したのは、恐らく、そんな私の冷たさに絶望したからだろう。

いろいろと考えてみると、私は、周囲の人間を傷つけるために生れ、生きて来たような気がする。生れて来たのが間違いだったのかも知れない。

長田史郎〉

7

「驚きましたな」

と、最初にいったのは、朝倉弁護士だった。

十津川は、疑わしげに、朝倉の顔を見つめた。

「本当に、内容をご存じなかったんですか？」

「ええ。長田史郎からは、自分に何かあったら、内容を公表してくれといわれていましたからね。多分、長田は、南米にでも逃げてから、私に、その手紙を公表してくれと伝えてくるつもりだったんでしょう」

「国外脱出を考えていたというんですか？」

「ええ。私は、彼に頼まれて、彼のパスポートを持って来て、ホテルで渡しましたからね」

「本当ですか？」

野崎が、首をかしげた。

「本当ですよ」

朝倉が、怒ったような顔でいった。

「しかし、死んだ長田の所持品の中に、パスポートはありませんでしたからね」

「そんな筈《はず》はない。ちゃんと、私は、長田に渡したんです。彼が、パスポートが欲しいというもんですからね」

「車の中にも、パスポートはなかったが」

と、十津川がいった。

「部屋に忘れていったのかも知れませんな」

野崎がいい、三人は、長田の泊っていた部屋に足を運んでみた。

丁度、客室係の女二人が、掃除をしているところだった。

「ここに、パスポートは、なかったかね？」

と、朝倉が、二人にきいた。

電気掃除機を使っていた方が、スイッチを切ってから、

「読みかけの週刊誌が二冊と、新聞しかありませんでしたけど」

「机の引出しは？」

「そこも掃除しました」

「パスポートはなかった？」

「ええ」

「あ、君。ちょっと待ってくれ」

と、十津川が、屑籠《くずかご》を持ち出そうとするもう一人の女を呼び止めた。

十津川は、その屑籠の中身を、床の上にぶちまけた。

小さく破られたパスポートが出てきた。

十津川は、それを、慎重に床の上で継いでいった。

間違いなく、長田史郎の写真が貼りつけてあるパスポートだった。

だが、名前は違っていた。そのパスポートに記入されていた名前は、「高田史郎」だった。

「この名前は？」

と、十津川は、眼を光らせて、朝倉を見た。が、朝倉は、パスポートが、破り捨てられていたことの方に気を取られていて、

「高田史郎は本名ですよ。しかし、何故、折角持って来てやったパスポートを破り捨ててしまったのかな」

「じゃあ、長田というのは、ペンネームなんですね？」

「そうですよ。長田は、本名より、長田史郎という名前の方を、いつも使っていましたがね。それにしても、何故、パスポートを破り捨ててしまったんですかねえ？」

「それは、要らなくなったから、捨てたんでしょうね」

と、野崎が、あっさりといった。

朝倉は、舌打ちをして、

「私が、わざわざ、東京から持って来たのに」

「長田が、電話であなたを東京から呼んだんですか？」

十津川が、考え込む表情で、朝倉にきいた。

「そうですよ。パスポートも、その時、持って来てくれと頼まれたんです。たまたま、私が預かっていたもんですからね」

「それはおかしいですね」

「何がです？」

「長田は、このホテルから、電話は三回しか掛けていないからですよ。その三本は、全て岐阜市内なんですがねえ」

「それはですね、ロビーの電話からでも、私にかけたから、記録に残っていないんでしょう」

「しかし、ロビーには、うちの刑事が張り込んでいましてね。長田が、ロビーで電話をかければ、見ている筈なんだが」

「とにかく、私は、彼から電話を受けて、ここへもって来たんですよ」

朝倉は、声を荒らげていった。

8

「あなたは、首尾木家に頼まれて、ここへやって来たんじゃないんですか？」

十津川がきくと、朝倉の顔が、赧《あか》くなった。

「私は、長田史郎に呼ばれてここに来て、この手記を預かったと申し上げた筈ですよ。長田が犯人だと見抜けなかったのは、私の不明ですが、これで、全てが終ったんじゃありませんか？　警察は、前から長田が犯人だと思っておられたようだし、その通りだったわけですから」

「確かに、われわれは、長田史郎が犯人だと考えてきたし、今も、そう思っていますよ」

と、十津川は、朝倉を、まっすぐに見た。

「それなら、これでいいんじゃありませんか。犯人が事故死してしまったのは、あなた方にとっては不本意かも知れないが、犯行を自供した手記もあるわけですからね。この手記は、長田が自発的に書いたものだということは、私が保証しますよ」

「別に、それを疑ってはいませんよ」

「じゃあ、何が不満なんですか？」

「何もかもです」

「何ですって？」

「いろいろな疑問が出てきたということです。この手記も、読み返すと、さまざまな疑問が出てくるし、長田史郎は、いったい何者かも、本当にはわかっていなかったことに気がついたのです」

「具体的に話してくれませんか」

朝倉が、いらだたしげに、十津川を睨《にら》んだ。

「じゃあ、一つ質問させて下さい。長田史郎の本名が高田史郎だとすると、高田礼子という女流詩人と関係があるんじゃありませんか？」

「そんな女流詩人のことは、私は知りませんね」

「じゃあ、長田史郎と首尾木家とは、どんな関係があるんですか？」

「それも、私は知りませんよ。私は、東京で、詩を書いていた長田史郎を知っていただけですからね」

「それは、私が調べましょう」

と、横から、野崎がいった。この男に頼んでおけば、上手《うま》くやってくれるだろう。

十津川は、安心して、ロビーへおりて行った。

他に、やらなければならないことがあったからだった。

亀井刑事が、近寄って来た。十津川は、彼に向って、

「死んだ長田史郎の遺書があったよ。全ての犯行を自供している」

「じゃあ、事件は解決ですね」

「いや」

「なぜです？」

「それがわからないんだよ。カメさん。長田が書いたに違いない遺書だが、何か、上手くできすぎている。そのくせ、肝心のことが書いてなかったりするんだ」

「例えば、どんなことです？」

「山本鵜匠《うしよう》のポケットに、妙子のブローチが入っていたことが書いてなかった。イヴとは、彼女が東京に出て来てから、喫茶店で偶然会ったのが最初だと書いてあるが、僕は、もっと前から知っていたんじゃないかという気がするんだ」

「しかし、肝心の長田史郎が死んでしまったとなると、調べるのが大変ですな」

「ああ、わかっている。だが、あの遺書をうのみにして、事件解決ということにしたら、後悔するに決まっている」

「どうしますか？」

「まず、長田が、何処に行こうとしていたかを知りたいね」

「東京じゃありませんね」

「そうだ。東京じゃない。朝倉弁護士が持って来たパスポートも破り捨ててしまっているところをみると、国外へ逃亡するつもりでもなかった筈《はず》だ」

「なぜ、折角、弁護士に持って来て貰《もら》ったパスポートを破り捨てたりしたんでしょうか？」

「急に気が変ったのかも知れないし、或いは、朝倉の方が、長田にパスポートを押しつけたのかも知れない。国外へ逃げてくれと頼んでだよ」

「なるほど」

「逆にいえば、長田には、国外へ逃げるより、もっと大切な場所へ行く用があったともいえる」

「それは、何処ですか？」

「一つだけ、考えられる場所がある。イヴが、時々、行っていた所だよ」

「というと、仙台？」

「そうだ。われわれも、仙台へ行ってみようじゃないか。カメさん。ひょっとすると、仙台に、今度の事件の謎を解く秘密がかくされているかも知れない」

9

十津川と亀井は、交代でハンドルを握り、翌朝には、仙台市内に入っていた。

午前八時を過ぎたところだった。国鉄仙台駅前は、通勤のサラリーマンで溢《あふ》れていた。

「まず、腹ごしらえをしていこうじゃないか」

十津川は、車を止め、駅構内に入り、開いている食堂のドアを押し開けた。

亀井は、煙草を取り出しながら、

「仙台のどこへ行けばいいとお考えですか？」

と、十津川を見た。

「それを、ずうっと考えていたんだよ。イヴは、いったい、仙台の何処へ、何をしに、たびたび来ていたんだろうとね」

「彼女が死んでしまった今となっては、知る方法もありませんな。それがわからないとなると、人口約六十万の仙台の町を、やみくもに歩き廻《まわ》るわけにもいきませんし――」

「いや。見当はつくと思うよ」

「どうやってですか？」

「彼女の立場になって考えてみるんだ」

十津川は、運ばれてきたトーストとミルクに手を伸ばした。

亀井も、トーストを口に運びながら、じっと、十津川の言葉を待っている。

「ハム・エッグが遅いな」

と、十津川は、文句をいった。

「ところで、首尾木明子だが、仙台の景色が気に入ったので、たびたび、ここに来ていたとは考えられない。仙台は杜《もり》の都と呼ばれて景色のいい所だが、景色を見に来ていたのなら、内緒にする筈はない」

「人に会いに来ていたということですか？」

「そうだ。誰かに会いに、仙台へ来ていたんだ」

「しかし、いったい誰に？」

「彼女は、ここへ来るのを、ひたかくしにしていた。それが手掛りになると思う。会って恥ずかしくない相手なら、内緒にはしなかったろうからね」

「彼女の恋人でしょうか？」

「恋人は、長田史郎がいるよ」

「すると、彼女に隠し子がいて、それを仙台に預けてあって、たびたび会いに来ていたというのはどうでしょう？」

「僕も、それは考えたよ。だが違うね。自分の子供なら、もっと近い所に置きたい筈だ。それに、彼女は、岐阜で子供を生んではいない。それなのに、東京に出て来てすぐ、仙台を訪ねている」

「他人に隠して会わなければならない相手というと、他にどんな人間が考えられるでしょうか？」

「君だったら、どう考えるね？」

「どうしても会わなければならないというのは、身内の人間で――」

「うん」

「犯罪を犯した身内というのは、私が刑事からかも知れませんが」

「いやその線が強いと僕も思う。だがね、彼女の身内の人間が、殺人犯で、仙台に潜伏しているとしよう。その人間に会いに、イヴは、人にかくれて、たびたび仙台に来ている。同じ仙台にだよ。少しばかり、不自然じゃないかな」

「そうですね。私が犯人なら、一ヵ所に長くはいませんな。捕まる可能性が強いですからね」

「僕が犯人だとしても、日本中を転々と逃げ廻ると思うね」

「すると、どういうことになるんです？　身内の犯罪者という線は消えますか？」

「いや、彼女が、あれだけ仙台行を秘密にしていたのは、身内の犯罪者だったからだと思うよ。問題は、相手が仙台から動かない理由だがね」

「病気で入院しているということも考えられますね」

「僕も第一にそれを考えたよ。だが、もう一つの場合も考えられるんじゃないかね？」

「どんな場合ですか？」

「相手の犯罪者が、病気ではなく、他の理由で、仙台から動けないという場合もあり得るだろう。例えば、拘束されていれば、動けない筈だ」

「刑務所《むしょ》に入っている人間というわけですね」

と、亀井は眼を輝かせて、

「この仙台には、宮城刑務所がありましたね」

「これから、そこを訪ねてみようじゃないか。首尾木明子が、囚人の誰かに会いに来ていたかどうかを訊《き》きにだ」

10

宮城刑務所は、駅から車で七、八分の近さだった。

昔は、市外だったところだが、仙台市が膨張するにつれて、刑務所のある古城二丁目は、仙台市内になってしまった。それも、現在の仙台市では、市の中心に近い。

東北本線の踏切りを越えると、右側に、灰色の高い塀が見えてくる。刑務所の塀というやつは、どこも同じ色をしている。

しかし、宮城刑務所の正門は、モダーンであっさりしていて、刑務所らしくなかった。太い二本の門柱の片方に「宮城刑務所」、もう片方には、「宮城拘置所」と書かれている。鉄柵の内側に、制服姿の警備員が三人いた。

車からおりた十津川は、その一人に警察手帳を見せ、緊急の用件で、所長に会いたいと告げた。

所内電話で連絡がとられ、そのあと、二人は、三階にある所長室に案内された。

瘦身《そうしん》で眼鏡をかけた所長は、厳しい刑務所長というより、本庁の能吏の感じだった。

所長は、にこやかに、十津川と亀井に椅子をすすめてから、

「東京警視庁の方が、何の用で、仙台まで来られたんですか」

と、訛《なま》りのない声できいた。

「私たちは、今、殺人事件の捜査をしています。浅草寺境内の池で、全裸で殺されていた若い女の事件です」

「あの事件のことなら、新聞で読みましたよ。他にも犠牲者が出たんでしたね」

「そうです」

「しかし、あの事件は、真犯人が、遺書を残して事故死したんじゃなかったですか？」

「形はそうなっています」

「というと、真犯人は、別にいるということですか?」

「かも知れないと考えて、捜査を続けているのです」

「まさか、この刑務所内に、真犯人がいるなんておっしゃるんじゃありますまいな?」

所長は、十津川の顔を、のぞき込むように見た。

「そうは思いません」

「それでは、何をしにいらっしゃったのですか?」

所長は、机の上から煙草を取って火をつけた。

「ここに収容されている囚人の一人に会いに来ました。どうしても、会わせて頂きたいのです」

「それは、便宜を図ってもいいですが、誰に会われたいんです?」

「名前はわかりません。年齢も、何をしてここに入っているのかもです」

「え?」

所長は、一瞬、ぽかんとした顔になったが、すぐ、笑い出して、

「それは、何かのジョークですか?」

「いや。事実を申しあげているのです。私たちは、名前も、年齢も、顔もわからない囚人に会いたくて、東京からやって来たのです」

「しかし、それでは、協力のしようがありませんね。まさか、全部の囚人を、一人一人、ここに呼んで、あなた方に引き合せるわけにはいきませんからね」

「囚人の名前も顔もわかりませんが、面会に来た人間のことは、いろいろとわかっています。月に一回ぐらいの割合で来たと思われます」

「なるほど」

「面会に来た人間の名前は、書きとめてあるでしょう?」

「もちろん。名簿があって、それに書きとめてありますが」

「面会の時は、身分証明書のようなものを提出させるわけでしょう?」

「本人であることを証明するものを提出させます」

「それなら、本名で面会に来ていると思いますね。名前は、首尾木明子。年齢は二十代で、美しい女性です」

「係の者に、面会者の名簿を持って来させましょう」

所長は、インターホーンで、係官を呼んだ。
二、三分して、名簿を抱えた刑務官が入って来た。四十歳ぐらいの誠実な感じの刑務官は、
「首尾木明子ですか――」

と、十津川にいい、名簿を繰っていたが、

「そういう名前の面会者はおりませんね」

と、首を横に振った。

11

十津川の顔色が変った。

「そんな筈《はず》はないんだが――」

「しかし、去年の一月から今日までの名簿に、首尾木明子という名前はありません。お疑いでしたら、ご覧になって下さい」

刑務官は、名簿を、十津川に渡してよこした。

十津川は、亀井と二人で、名簿を繰ってみた。が、確かに、首尾木明子の名前は見つからなかった。もう一度、最初の頁から見直したが同じだった。

十津川は、亀井と顔を見合せた。明子が、仙台に来ていたのは、宮城刑務所で誰かに会うためと考えたのだが、間違っていたのだろうか？

（いや。そんな筈はない）

と、思う。彼女が、仙台に来ていた理由は、他に考えられなかった。それに、他の場所へ来ていたのなら、広い仙台で探しようがない。

「囚人には、知り合いなら誰でも面会できるわけではないでしょう？」

十津川は、所長にきいた。

「一応、肉親に限ることになっています」

「夫婦でも、面会を許可するということです」

「一応というのは？」

「なるほど」

と、肯《うなず》いてから、十津川は、亀井に向って、

「長田明子か、高田明子の名前で、もう一度調べるんだ」

「高田明子なら、何回か出て来ますね。ほぼ一ヵ月に一回の割合で、面会に来ています。これが、首尾木明子なんですか？」

「多分そうだ」

「何故、姓が変っているんでしょう？」

「結婚すれば、女は姓が変る」

「首尾木明子は、結婚していたんですか？」

「そう考えるより仕方がないね。彼女は、戸籍の上だけだろうが、長田史郎と結婚していたんだ。そして、長田史郎はペンネームで、本名は、高田史郎だ」

「では、三年前に死んだ女流詩人の高田礼子は、長田史郎の母親ということになりますか？」

「そう考えた方が、辻褄《つじつま》が合ってくる。この高田明子というのは、身長一六〇センチぐらい、細面で、彫りが深く眼の大きい美人じゃありませんか？」

と、十津川は、刑務官にきいた。

「そうです。大変な美人なんで、みんなの噂になっていたくらいです」

「面会の相手は、高田信次郎となっていますね」

「彼女の義父ですよ」

「息子は、面会に来ないんですか？」

「去年は来ていませんが、二年前は、よく面会に来ましたよ」

「名前は、高田史郎ですか？」

「確か、そんな名前でした」

「この高田信次郎のことを詳しく教えてくれませんか」

と、十津川は、所長に頼んだ。

所長は、キャビネットを開け、高田信次郎と書かれたファイルを取り出した。

「年齢五十九歳。三年前に、妻を殺し、十二年の刑を宣告されて、ここに送られて来ていますね」

「殺人ですか」

「そうです」

「殺した奥さんの名前もわかりますか？」

「高田礼子です」

「やはりね」

と、十津川は、肯いた。

「殺した時の状況は、どんなものだったんでしょうか?」

「ここには、こう書いてありますね、車に乗せて絞殺したあと、遺体を助手席に乗せたまま、自殺の場所を捜して日本海側を走り、死に切れず、金沢で自首。動機は、嫉妬《しっと》だったらしい。六十歳近くなっても、嫉妬で細君を殺す男もいるということですね」

「この高田信次郎に会わせて頂きたいのですが」

「浅草で起きた殺人事件と、彼が関係があるのですか?」

「浅草で殺された女が、よく面会に来ていた高田明子です」

「ほう」

所長は、眼鏡の奥の眼を大きくした。

「ですから、高田信次郎から、いろいろと聞きたいことがあるのです」

「しかし、ずっと刑務所に入っている男が、一ヵ月前の殺人事件に関係があるとは思えませんがねえ」

「かも知れません。しかし、われわれは、三年前に起きた妻殺しが、今度の事件の引金になっているのではないかと、疑っているのです」

「なるほど。では、ここへ、高田信次郎を連れて来させましょう」

所長は、看守に連絡し、高田信次郎を所長室へ連れて来るようにいった。

12

頑丈な身体つきの看守に腕を取られて入って来たのは、小柄な老人だった。

三年間の刑務所生活が、彼の顔を、妙に蒼白《あおじろ》くさせている。坊主刈りにした頭には、白髪が多かった。

「煙草をどうです？」

と、十津川は、相手にセブンスターをすすめ、ライターで火をつけてやった。

高田信次郎は、黙って、煙草を吸っている。

「新聞は、読んでいますか？」

「いや」

と、高田は、首を振ってから、ちょっと咳込《せきこ》んだ。

「じゃあ、明子さんが死んだことも知りませんね？」

「明子が死んだ？」

高田は、信じられないというように、眼をしばたたいた。

十津川が、その顔を、黙って見返すと、

「本当に死んだのか？」

と、高田が声をふるわせた。

「そうです。死にました」

「あの子が死んだなんて、信じられない」

「ただ死んだんじゃありません。殺されて、浅草寺境内の池の中に浮んでいたんです。全裸にされてね」

「誰がそんなむごいことを？」

「われわれも、それを知りたいと思っています。それで、あなたに会いに東京からやって来たのです」

「私は、何も知らん。三年間も、この中にいたんだからな」

「三年前の事件の話を聞きたいんですよ」

「三年前の私の事件をかね？」

「そうです」

「私は、思い出したくない。忘れたいんだ。だから、あんたたちに話したくもない」

「しかし、明子さんが殺された原因は、三年前の事件ではないかと、われわれは、思っているのですよ」

「そんな筈はない」

「何故、そんな筈はないといえるんですか？」

「三年前に、全てのケリがついているからだよ」

「全てのケリ？　それはどういうことです？」

十津川がきくと、高田の蒼白い顔に、狼狽《ろうばい》の色が浮んだ。

「私は知らん！」

「高田さん。あなたの息子の史郎さんも死んだんですよ」

「あいつも死んだ――？」

高田の指から、まだ火がついたままの煙草が、床に落ちた。

亀井刑事が、それを拾って、灰皿でもみ消した。

「史郎さんは、事故死です。ただ、死ぬ前に遺書を書いていましてね。今度の事件では、明子さんの他に、二人の人間が殺されているんですが、全て、自分がやったと書いているんですよ」

「馬鹿な！」

高田が、叫んだ。気持がたかぶってきたのだろう。机の上に置いた両の拳《こぶし》が、ぶるぶるふるえている。

「史郎が、人殺しなんかする筈《はず》がない！」

最終章　イヴが死んだ夜

1

十津川は、激昂《げっこう》する高田の顔を、じっと見つめた。ただ単に、息子が死んだための落胆や、犯人扱いされたことへの怒りではないように見えた。もっと根深い怒りに見えた。三年前から積みあげられてきた怒りのようにである。

「三年前に、何があったか教えて下さい」

十津川がいうと、高田は、また、身構える表情を作った。

「警察の調書を見れば、何があったか書いてあるよ。金沢の警察に問い合せたらいいだろう」

「それは、表向きのことじゃないんですか？」

「表向きも裏もない」

「しかし、ただ単に、三年前、あなたが奥さんを殺し、服役したのなら、今になって、悲劇的な事件が、続けて起きる筈がないでしょう。僕が結婚する筈だった女性も、太股《ふともも》にバラの刺青《いれずみ》をされたうえ、殺されました。僕は、全ての原因が、三年前にあると考えている。

教えて下さい。それが解明されないと、息子さんは、永久に殺人犯になってしまいますよ」

「史郎は、殺人犯の筈がないんだ」

「それは、われわれが証明しますよ。彼が本当に無実ならばね。そのためには、あなたの協力が、どうしても必要です。奥さんの礼子さんを愛していらっしゃったんでしょう？」

「彼女はね、まるで子供だった」

高田は、急に穏やかな表情になり、遠くを見るような眼をした。

「子供のようなですか――？」

「そうだよ。何にでも興味を持ち、おしゃれの色彩感覚が秀《すぐ》れ、純粋で、すぐ人を信じる女だった」

「刺青にも興味を持っていたんじゃありませんか？」

「ああ、刺青は、日本の素晴らしい文化の一つだといっていた。あれだけは、私は苦手だったが」

「奥さんは、自分の太股に、バラの刺青をしたんじゃありませんか？」

「若い時にやったことだ。私と知り合ってしばらくしてからだ」

「奥さんは、精神病院に入られたことがありましたね？」

「君は、私の思い出をぶちこわしに、わざわざやって来たのかね？」

「いや、事実を確かめに来ただけです。史郎さんは、絶えず死を考えていたように思えるのです。詩集にも、死という文字が、やたらに書きつけてありました。生活自体も、破滅的だったように見えます。それを、僕は、こう考えたのです。精神病者だった母親の血を受けている。自分も、いつ発狂するかも知れない。その恐怖が、彼に、絶えず死を考えさせ、破滅的な人生を送らせたのだと、僕は考えているのです。また、彼は、自分の女が妊娠すると、中絶させました。そのために、彼の愛情に疑いを持ち、デパートの屋上から飛び降り自殺した女もいるくらいです。最初は、子供が嫌いなのかと思いましたが、違いました。彼は、車を走らせている時、子供を助けようとして、わざと自分の車をぶつけて死んでしまったからです。つまり、彼は、自分の体内に精神病者の血が流れている。その血を、生れてくる子が受けついでは可哀そうだと感じて、彼は、女に中絶を命じていたんだと、僕は思いますね」

「史郎は、母親を嫌ってはいなかった。愛していたよ」

「わかっています。史郎さんが、母親を、女としても、詩人としても、愛し、尊敬していたことは知っています。それにも拘《かかわ》らず、血にこだわり、血を恐れていたのは、よほど強烈な印象を受けたことがあったに違いない。それが、三年前の事件ではなかったのか。それも、あなたが、愛妻を殺してしまったというような単純な事件ではなかった筈です。違いますか？」

2

「私が殺したんだ」

高田は、眼を閉じていった。十津川は、その瞬間、三年前の殺人事件が、どんなものだったのか、わかったような気がした。

「高田さん」

と、横から、亀井がいった。

「あなたは、首尾木大造さんの弟さんですね？」

「ああ、そうだ」

意外にあっさりと、高田は肯《うなず》いた。

「すると、高田礼子さんの婿になられたわけですね？」

「そんなことは、どうでもいいだろう」

高田は、面倒くさそうに、首を振って、

「もう昔の話だ」

「そうはいえないんじゃありませんか」

と、十津川がいった。

高田は、黙って、十津川を見つめている。

十津川は、構わずに、言葉を続けた。

「高田さん。僕がいうことが間違っていたら、そういって下さい。三十何年か前、あなたは、若くて美しい高田礼子さんに惚《ほ》れた。結婚を考えた。だが、首尾木の人々は、大反対だった。その反対の理由の中に、多分、礼子さんの家系の中に、何人か、精神異常者がいることがあったんじゃないかと思う。旧家ほど、血統というのを重視しますからね。だが、あなたは、首尾木の名を捨てて、礼子さんと一緒になった」

「…………」

「二人の間に、史郎さんが生れた。あなたと首尾木の間は、多分、赤の他人のような関係になっていたんじゃなかろうか。礼子さんは、不幸にも、時々、精神錯乱を示し、病院に入ることもあった。首尾木家では、ますます、あなた方に対して、門を閉ざすようになった。こんな首尾木家の中で、心優しい明子さんだけが、あなた方に理解を示した。あなたは、奥さんのために、最大限のことをしてあげたに違いない。詩を書きたいという礼子さんに、アパートを借りてやり、一種の別居をしたのも、その一つだったと思いますね。成人した史郎さんは、岐阜を捨てて上京した。そして、三年前に、悲劇が起きた――」

「私が、礼子を殺したんだ」

「違いますね。あなたじゃない。あなたなら、三年たった今、事件は起きなかったと僕は思う。罪を犯して服役する。それで帳尻《ちょうじり》が合うからですよ。三年前、帳尻の合わないことが行われたから、今度の事件が起きた。僕はそう思っている。では、三年前に、誰が礼子さんを殺したのか？　全くの他人が犯人なら、あなたが罪をかぶって服役する筈《はず》がない。では、首尾木大造さんだろうか？　違う。首尾木家の名誉を第一に考えている大造さんが、あなたや、礼子さんに会いに来る筈がないからですよ。山本鵜匠《うしょう》や、首尾木美也子さんにも同じことがいえる。とすると、残るのは、明子さんということになりますね。心優しい彼女は、父親に内緒で、時々、あなたや礼子さんに会いに来ていたと思う。そして、三年前に事件が起きたのだ。もちろん、明子さんが、やみくもに、礼子さんを殺す筈がない。とすれば、考えられるのは、彼女が礼子さんと会っている時、礼子さんが、突然、激しい精神錯乱を起こしたのではないかということです。狂気の虜《とりこ》になった礼子さんが、明子さんにつかみかかる。もみ合っているうち、気がつくと、礼子さんは死んでいた。違いますか？」

「…………」

「明子さんが、叔母《おば》殺しで逮捕されれば、何代も続いた首尾木家に傷がつく。礼子さんの死を内密にしたまま、急遽《きゅうきょ》、親族会議が開かれたのではないだろうか。そして、あなたが、罪をかぶることになった。わざわざ、車に遺体をのせて金沢まで運び、そこで自首することで、岐阜の人々には知られないようにした。あなたは、高田姓になっているし、金沢の新聞にのっても、岐阜ではニュースにはならない。礼子さんが住んでいたアパートには、病死したと知らせた。あなたにしてみれば、礼子さんが死んでしまった今、生きていく張り合いがなくなったこともあったろうし、明子さんが、奥さんを誤って殺したのは自分の責任だという気があったろう。だから、あなたは、黙って服役した。違いますか？」

「………」

「あなたは、自分を犠牲にして、それで全てが済んだと思っていた。だが、後遺症が残っていた。明子さんが、岐阜にいるのが辛《つら》くなり、故郷を捨てて東京に出てしまった。さまざまな感情が、明子さんにはあったと思いますね。家の名誉だけ考える父親に対する反撥《はんぱつ》、あなたに罪を着せてしまったことへの後めたさ、そんなものが交錯していたと僕は考えます。東京に出てから、明子さんは、あなたの息子の史郎さんに会った。それからの明子さんは、トルコで働き、コールガールになり、史郎さんに貢ぐ生活が続いた。彼の求めるままに、太股《ふともも》に、バラの刺青《いれずみ》もさせたし、妊娠中絶もした。僕は、最初、明子さんの史郎さんに対する愛情だと考えました。愛にしては、多少、異常だとは思いながら、他に解釈のしようがなかったものですからね。しかし、今は、単なる愛ではない、あれは、彼女の償いなのだとわかりました」

「私は知らなかった。私は、ただ、彼女が息子と結婚したと聞いていたんだ」

「もちろん、あなたに全てを話すわけはありませんよ。二人の生活は、まるで、お互を傷つけ合うようなものだったに違いない。明子さんにとって、償いの生活だったとしても、あんな生活が楽しい筈がない。石垣島からの手紙に、『死を考えます』と書いたりしているのは、そうした気持の表われだと思いますね。史郎さん自身も同じだったろうと思う。僕にもわかるが、彼は明子さんを傷つけることで、彼自身も傷つけていたんです。明子さんは、次第に苦しくなっていった。全てを警察に打ち明けようと考えた。そうしなければ、トルコで働こうが、コールガールになろうが、本当の償いにならないと考えたんだろうと思いますね。しかし、彼女にそんなことをされたら、首尾木の名誉が傷ついてしまう。だから、明子さんは殺されたのです」

「可哀そうにな」

「山本鵜匠も殺されました。多分、彼は、真犯人を知っていて、自首をすすめたために、消されたんだと思いますね」

「そして、その犯人が、史郎だというのか？」

「史郎さんの遺書には、そう書いてありましたよ。われわれは、彼が犯人とは考えていませんが、今のままでは、どうしようもないのです。真犯人を見つけ出すには、あなたの協力が必要です」

「史郎は、犯人でもないのに、何故、そんな遺書を書いたんだ？」

「恐らく、二つの理由からでしょう。一つは自分も、母親のように狂気の虜になるのだという強迫観念。もう一つは、明子さんを死なせたのは自分の責任だという後悔。そんなことから、全ての責任を引っかぶって死のうと思ったんじゃないでしょうか」

「馬鹿な。犠牲になるのは、私一人で沢山だ。私一人が、黙って刑務所に入れば、他の者は、みんな幸福になると思ったのに――」

「われわれを助けて下さい。三年前の事件は、僕がいった通りだったんじゃありませんか？」

「そんなことは、もう、どうでもいいことだよ」

「息子さんが、殺人犯のままでいいんですか？」

「あいつは、もう死んだんだろう？　それなら、今更、じたばたしても、仕方がないじゃないか」

高田の表情が、急に硬くなった。

十津川が何をきいても、高田は、返事をしなくなってしまった。

3

十津川と亀井は、所長に礼をいい、宮城刑務所を出た。

「何故、高田は、急に黙ってしまったんでしょう？」

車のところに戻りながら、亀井がきいた。

「われわれの話が、突然のことで、どう考えていいかわからなくなったからじゃないかな。今夜ゆっくり考えれば、われわれに協力する気になってくれるかも知れない。だから、明日、もう一度、高田に会う積りだ」

「じゃあ、今夜は、仙台泊りですね」

二人は、駅前のホテルに泊ることにした。

ツインルームを借り、夕食をとった。ここの名物の「かき料理」だった。

九時には、ベッドに横になった。

だが、なかなか眠れない。枕元の灰皿が、たちまち吸殻の山になった。

「真犯人は、いったい誰なんでしょうね？」

亀井が、天井を見つめてきいた。

十津川は、それには、直接答えず、

「高田は、奥さんのことを、純粋で、子供のような女だったといった」

「そうでしたね」

「ひょっとすると、細君の礼子は、高田にとって、イヴだったのかも知れないな」

十津川がいったとき、突然、身体が大きく揺れた。

いや、揺れているのは、部屋全体だった。

電気が消えた。

何か、物が落ち、割れる音がした。

「地震だ！」

と、十津川が叫んだ。

ベッドから飛びおりたが、床が波のようにうねって、立っていられない。

仕方なしに、床に腹這《ば》いになった。

静まった、と思うと、また、強い揺れがきた。

（大きいな）

「大丈夫ですか？」

と、暗闇の中で、亀井の声が聞こえた。

「大丈夫だ」

十津川は、のろのろと身体を起こした。やっと、揺れが止まったらしい。

手さぐりで、壁に取りつけてある非常用の懐中電灯をつかんだ。

黄色い光が、部屋を照らした。机の上の電気スタンドが床に落ち、毛布や枕も、ベッドからずり落ちてしまっていた。

まだ、身体がゆれているような気がする。

「相当大きかったですね」

亀井が、ほっとしたように、溜息《ためいき》をついた。

「そうだね」

「私は、地震と雷が苦手でして」

「僕だって、好きじゃないさ」

十津川は、窓の外に眼をやった。仙台市全体が停電してしまったらしく、どのビルも真っ暗である。その暗闇を引き裂くように、けたたましい救急車のサイレンが聞こえた。

また余震がきた。

二、三十分して、ボーイが、ろうそくを持ってきた。

このホテルの近くでも、ブロック塀と、電柱が倒れて、何人か怪我人が出たらしいという。

夜明け近くなって、十津川は少し眠った。

眼覚めた時、隣りのベッドが、からになっていた。

（トイレにでも入っているのか）

と、思っているところへ、ドアが開いて、亀井が飛び込んで来た。その顔色が、蒼《あお》ざめていた。

「どうしたんだい？　カメさん」

十津川が声をかけると、亀井は、息をはずませながら、

「今、フロントで、昨夜の地震のことを訊《き》いてみたんですが、宮城刑務所の塀が、二〇〇メートルにわたって倒壊したそうです」

「あの塀がか」

十津川は、分厚いコンクリート塀を思い出した。厚さ数十センチ、高さ四メートルに近いあの壁が、簡単に倒壊するものだろうか。

「それで、囚人は？」

「それが、囚人が一人、脱走したという噂です。名前はわかりませんが、もし、高田だとすると――」

「行ってみよう」

十津川は、ベッドから飛びおりた。

市内の道路は、混乱していた。停電のために、交通信号が消えてしまったからである。

道路には、亀裂が走っている。

やっと、宮城刑務所に辿《たど》りついて、十津川は、改めて、地震の怖さを知らされた。道路沿いに威容を誇っていたコンクリート塀が、物の見事に、外側に向って倒れているのだ。

作業員が、応急処置として、有刺鉄線を張っていたが、これでは、囚人の脱走は、とうてい防げまいから、当分、囚人の運動や、面会は禁止ということになるだろう。

四、五メートルおきに、警棒を持った所員が、有刺鉄線の向う側で警戒に当っている。

十津川は、車からおりると、その一人に、警察手帳を示した。

「昨夜脱走した囚人のことですが、名前を知りたいんです」

「何か関係がおありですか？」

「その囚人の名前は、高田信次郎というんじゃありませんか？」

「何故、知っているんです？　名前は、まだ発表していない筈《はず》ですが」

「やはり」

十津川は、亀井と顔を見合せた。これでまた、新しい事件が起きそうな気がした。

4

高田信次郎が、何処へ行く積りかは、考えるまでもなく明らかだった。

岐阜。そこ以外にはあり得ない。

仙台から岐阜へ通ずる幹線道路の全てに、検問所が設けられた。

十津川は、一刻も早く岐阜に行く必要を感じた。車では遅すぎる。時刻表を見て、一八時四〇分に、仙台から名古屋行の東亜国内航空が出ているのを知り、それを利用することにした。

亀井だけ、車で岐阜に向わせ、十津川は、仙台空港に足を運んだ。

空港内の黄色電話に、百円玉を三枚投げ込んで、岐阜県警の野崎警部に、高田信次郎脱走のことを知らせてから、飛行機に乗った。

夜の八時五分に、名古屋空港に到着。

空港には、野崎が迎えに来てくれていた。

パトカーに乗る。

「くわしく話してくれませんか」

と、野崎がいった。

十津川は、宮城刑務所で、高田信次郎に会ったことや、三年前の事件に対する自分の考えを、野崎に話した。

「三年前に、高田礼子を殺したのは首尾木明子だったと、僕は確信していますよ」

「つまり、三年前にも一人のイヴが殺されていたということですね」

「その通りです。誤って彼女を殺してしまった首尾木明子の心も、或いは、その時に死んでしまっていたのかも知れません」

「高田信次郎は、兄の首尾木大造に会いに来ると思いますか？」

「来るでしょうね」

「彼は、首尾木明子や、山本鵜匠《うしょう》、それに岩井妙子さんを殺した真犯人を知っているんでしょうか？」

「それはわかりませんが、犯人が、息子の史郎でないことだけは確信しているに違いありません」

「十津川さんは、長田史郎は犯人でないとお考えですか？」

「今では、彼はシロだと思っています。あの男は、自分が、いつ、母親のような狂気に襲われるか、いつ狂い死にするかと、その恐怖にさいなまれながら生きてきた人間です。絶えず死を意識したり、女から女へ走ったり、女の太股《ふともも》にバラの刺青《いれずみ》をしたりといった狂態は、全てそのためだったと、僕は思っています。自分が犯人だという手紙を書き、自殺同様の形で死んでいったのも、そのためでしょう」

「狂い死にする前に、死にたいという願望があったということですか？」

「母でもあり、尊敬する詩人でもあった高田礼子の死が、それほど凄《すさ》まじいものだったのでしょうね。誰かれの見境がつかなくなって暴れたのかも知れません。夫や、史郎や、首尾木明子が悪魔に見え、飛びかかっていったのかも知れない。僕は、狂気に襲われた大学生が、母親を斧《おの》で斬殺《ざんさつ》した現場を見たことがあります。あの瞬間、大学生にとって、母親は、悪魔に見えたのかも知れません。そうでなければ、八回も九回も斧で斬《き》りつけることは出来ないでしょうからね。首尾木明子も、彼女が、高田礼子を殺していなければ、狂気の虜《とりこ》になった礼子から殺されていたんだと思います。その恐ろしい現場を、史郎は、目撃していたのかも知れない」

「彼が犯人でないとすると、真犯人は誰だと思われますか？」

「それを一刻も早く見つけ出したいと思っているのです。さもないと、高田信次郎が、誰を殺すかわかりませんからね」

十津川たちを乗せた車は、夜の岐阜市内に入り、そして、首尾木家のある玉井町に向った。

見覚えのある門構えの前で車が止まる。十津川は、暗闇の中に、私服の刑事が二人、ひっそりと身をひそませているのに、ちらりと眼をやってから、邸《やしき》の中に入った。

美也子が、相変らず、硬い表情で十津川を迎えたが、さすがに、不安と戸惑いの色が、眼に浮んでいた。

「お父さんに会いたいんだが」

と、十津川は、美也子にいった。

「父は、今、弁護士の朝倉さんと話をしています」

「あの弁護士も来ているんですか」

「いけませんか？」

相変らず、美也子は、すぐ挑戦的な眼つきになる。美しい顔立ちに、そんな鎧《よろい》は似合わないのだが。

「あなたでもいい。話がしたい」

「何の話ですの」

「とにかく、僕の話を聞きなさい」

十津川は、強い声でいい、彼女の腕をつかんで、中庭に連れて行った。

「信次郎さんが、宮城刑務所を脱走したことは知っていますね？」

と、十津川は、切り出した。

5

小さい虫が、かすかな羽音を残して飛び去った。美也子は、それを、じっと見送っていたが、

「叔父《おじ》さんは、どうして、いつも迷惑ばかりかけるのかしら」

と、小さく溜息《ためいき》をついた。

「いつもというのは、三年前の事件のことをいっているんですか？」

「ええ。あの時は、危うく、首尾木家の名誉に傷がつくところでしたわ。叔父は、絶対に

迷惑をかけないからと、首尾木の姓を捨てて、礼子さんと一緒になったのに」

「三年前の事件の時、全てを処理したのは誰です？　お父さんですか？」

「いいえ。父は、そういうことは不得手ですから」

「では、朝倉弁護士ですか？」

「ええ」

「彼は、何故、長田史郎の弁護までしていたんだろう？」

「叔父さんが、父に、史郎さんのことを頼んでいったからですわ」

「首尾木家としては、表だって長田史郎を助けられないので、朝倉弁護士に委《まか》せたということですかね？」

「ええ。父が、朝倉さんに頼んだんだと思います」

「彼は独身でしたね？」

「え？」

急に、美也子の顔が、赧《あか》く染った。

十津川は、暗闇の中で微笑した。鎧を着ていた美也子の素顔を、一瞬だが、のぞいたような気がしたからである。

「三年前、あなたは、いくつだったのかな？」

「高校三年生でした」

「じゃあ、真相がわからなくても不思議はない」

「何の真相を？」

「三年前、高田礼子さんが死に、信次郎さんが犯人として自首し、刑務所に入った。しかし、これは事実じゃない」

「まさか――」

「真犯人は、明子さんですよ。まあ、聞きなさい。明子さんは、誤って殺したんだ。しかし、警察に逮捕され、新聞に出れば、首尾木家が傷つくことは避けられない。だから、信次郎さんが罪を背負って、刑務所に入ったのですよ」

「信じられません。そんなこと」

「だが、事実ですよ。明子さんが犯人だからこそ、史郎さんに対して、あんな、異常な献身を示したんですよ。あれは、愛ではなく、罪の償いだったんです。それでも、明子さんは、良心が痛み、三年後に、全てを警察に話そうとした。しかし、そんなことをしたら、首尾木家の名誉に傷がつく。そう考えた誰かが、彼女を殺し、身元のわからないように裸にして、浅草寺の池に投げ捨てたのです。山本鵜匠は、恐らく、気が弱く、真相を喋《しゃべ》りそうになったので、犯人に殺されたんでしょう」

「全て、史郎さんがやったんでしょう？　そう遺書に書いて亡くなりましたもの」

「違いますね。少なくとも、信次郎さんは、違うと信じて脱獄したんです。そして、真犯人を殺すために、ここへやって来るに違いありません」

「真犯人は、史郎さんです」

「三年前の事件の犯人が違うように、今度の連続殺人も、彼が犯人じゃありませんね」

「じゃあ、誰が？」

「それを確かめたい。あなたのお父さんに会って、話を聞きたくて来たんです。信次郎さんが現われる前に、真犯人を見つけ出したいと思ってですよ」

「父を疑っていらっしゃるの？」

「動機はある。首尾木家の名誉を守るという立派な動機がね」

「その動機なら、あたしにだってあるじゃありませんか。あたしだって、首尾木家の名誉は守りたいわ」

「そう。あなたにも動機がある。あなたのお母さんにも、朝倉弁護士にもね。全員が、共謀して、首尾木明子、山本鵜匠《うしょう》、そして、岩井妙子の三人を殺したのかも知れない。或いは、誰か一人がやったのかも知れない。そのいずれにしろ、あなたのお父さんは、全てを知っているんじゃないかと思っていますよ」

「わからないわ。あたしには――」

「このままでいれば、信次郎さんは、ここにやって来て、首尾木家の人間を皆殺しにするに違いありません。首尾木家の人間が、家の名誉を守るために、明子さんたちを殺し、史郎さんに罪をかぶせて事故死させたと思っているからですよ。彼は、息子の仇《かたき》を討つために脱獄したんです」

「首尾木家の人間を皆殺しにするって、本当なんですか？」

美也子の声が、ふるえて聞こえた。

「本当です。警察は、それを防がなければならない」

「どうやって？」

「真犯人を見つけ出し、事件が解決したことを、信次郎さんに知らせるんです。ラジオ、テレビ、新聞で発表すれば、それを見て、信次郎さんは、納得して、自首してくれるかも知れませんからね」

「十津川さん！」

と、野崎が呼んだ。

十津川が、駆け寄ると、

「今、報告が入りました。定期便の運転手が、高田信次郎らしい男を、浜松近くで乗せたということです」

「それで、おろしたのは？」

「名古屋近くで、急におりたといっています。多分、検問を見て、おりたんでしょう」

6

十津川は、名古屋周辺の地図を、頭の中に思い浮べた。

名古屋近くで、定期便トラックからおりた高田信次郎が、次に何を利用する気なのか。

また、トラックに乗るか、鉄道貨車に乗り込む気でいるのかわからないが、夜が明けるまでに、ここにやって来ると、覚悟しておいた方がいいだろう。

途中で、検問に引っかかる可能性もある。だが、そうなったとしても、真犯人は見つけ出す必要があるのだ。

十津川は、野崎と一緒に、家の奥へ入って行った。

奥の座敷で、首尾木大造と、弁護士の朝倉が話し込んでいた。十津川たちに気がついて、話を止めて、こちらを見た。

「信次郎さんは、名古屋近くまで来ていますよ」

と、十津川は、大造に向っていった。

「わかっているのなら、早く逮捕したらどうなのかね？」

大造は、硬い表情で、いい返した。

「もちろん、警察は、逮捕するために、全力をつくします」

と、野崎がいった。いってから、すぐ、「しかし」と、彼は、言葉を続けた。

「信次郎さんは、逮捕されたら、全てを話すんじゃありませんか？　三年前の殺人事件の真相も」

「三年前の真相なんて、別にありはしない」

と、大造が、怖い顔でいった。その言葉を引き取るように、朝倉弁護士が、

「信次郎さんが逮捕されたら、すぐ私に会わせて貰《もら》いたいのですよ」

「何のためにです?」

「信次郎さんは、何か誤解されているように思えるからです。それで、じっくりと話し合いたいと思っているのです」

「僕は、彼が何かを誤解しているとは思いませんね」

と、十津川がいった。

「しかし、脱獄するなどというのは異常ですよ。精神状態がどうかなっているとしか思えない」

「彼は、今度の連続殺人事件の真犯人を見つけに来るんですよ。彼は、息子の長田史郎が犯人だとは思っていませんからね」

「信次郎さんの気持はわかりますが、事実は動かせんでしょう。史郎さんの遺書を見せて、彼を納得させたいですね。そうしないと、みんなが不幸になる」

「実は、われわれも、長田史郎が犯人とは思っていないのですよ。だから、信次郎さんがここに姿を現わす前に、真犯人を見つけ出しておきたい」

十津川は、朝倉の顔を、まっすぐに見つめた。朝倉は、困惑した顔で、ちらりと、大造に眼を走らせてから、

「あの遺書を無視するんですか」

「ええ」

「何故です? あれは、彼の筆跡ですよ」

「そうです。しかし、彼は、自分が母親のように狂死するのではないかという不安に、毎日怯《おび》えていたのです。最近では、頭痛薬を愛用していたといわれています。精神状態が正常だったとは思えないのです。そんな人間の遺書を、われわれは、認めるわけにはいかないのですよ」

「じゃあ、誰が犯人だというのかね？」

大造が、明らかに、怒りの籠《こも》った声を出した。

十津川は、そんな大造の顔を、冷静に見返した。いつの間にか、美也子が、心配そうに顔をのぞかせている。

「今度の事件の動機は、明らかに、首尾木という旧《ふる》い家の名誉を守るということでした」

と、十津川は、ゆっくりした口調でいった。

「まず、首尾木明子さんの死から考えてみましょう。彼女が殺されたのは、明らかに、三年前の事件が原因です。彼女が、三年前の真相を話すのではないか、そうなれば、首尾木家の恥になる。それに、トルコで働き、コールガールにまでなった彼女の存在自体が、あなた方にとって、危険だった。だから、その口を封じるために殺したのだ。山本鵜匠は、明子さんの遺体を、本人と認めまいとするあなた方に反対した。警察に対して、最初に、明子さんだと認めてくれたのは、山本さんでしたからね。だが、こういう山本さんの態度は、首尾木家にとって不安のタネになった。山本さんが、K町の空家に何時間か監禁され、すぐには殺されなかったのは、説得したんだと思う。だが、山本さんは聞き入れなかった。

それで、山本さんも殺してしまった。三人目は、岩井妙子です。彼女は、首尾木家とは直接関係はなかったのですが、長田史郎のことを調べたために、殺されたのです」

「待ちたまえ」

と、大造が、大声で、十津川の言葉を制止した。

「君は、いったい誰が犯人だというのかね？　確信もなしに、われわれを犯人扱いするのは不当じゃないかね？」

「犯人はわかっています」

と、十津川は、はっきりした口調でいった。

「実際に、三人を殺したのは、朝倉弁護士です」

「証拠があるんですか？」

朝倉が、じっと、十津川を睨《にら》んだ。

「明子さんと山本さんの場合は、あなた方の誰が犯人かわからない。誰にも動機があり、殺すチャンスがあると思うからです。しかし、岩井妙子の場合は違います。彼女は、長田史郎に会いに出かけ、そこで犯人につかまってしまったのです。ということは、長田史郎の家に犯人がいたということです。首尾木大造さんや、美也子さんが、そこにいたとは思えない。何故なら、お二人にとって長田史郎は煙たい存在であり、遠ざけておきたい存在だったに違いないからです。その点、朝倉弁護士なら、長田史郎の家にいてもおかしくはない。彼の弁護士ですからね。それに、岩井妙子が、信用して、岐阜までついて行ったとしても、相手が、れっきとした弁護士なら不思議はないと思う」

「…………」

「しかし、直接手を下したのが、朝倉弁護士でも、責任は、あなた方全部にある。彼も、首尾木家のために三人も殺したのですからね。いい方を変えれば、首尾木家の一員になるため、美也子さんへの愛のために、殺人を犯したからですよ」

十津川がいったとき、ふいに、邸の外が騒がしくなった。

7

続いて、激しい銃声が聞こえた。

部屋にいた全員が、ぎょッとした表情になって、玄関の方を見た。

十津川と野崎は、部屋を飛び出した。玄関まで来ると、拳銃《けんじゅう》を手にした若い刑事が、蒼《あお》白《じろ》い顔で、

「今、高田信次郎と思われる男が、通りの向うから、こちらの様子をうかがっていたので、声をかけたところ逃げ出しました。それで――」

「射ったのか？」

「威嚇射撃をして、止まれと命令したのですが、長良川方向へ逃げました。今、二人の警官が、追っています」

「本当に高田信次郎だったのか？」

と、野崎がきいた。

「と、思いますが、何ぶんにも、暗かったものですから」

刑事は、自信のないいい方をした。

だが、それは、高田信次郎に違いないと、十津川は確信した。他に、こんな時間に、首尾木家の様子をうかがう者がいるとは思えなかった。

野崎に、あとを委せて、十津川は、もう一度、奥の座敷に引き返した。

「何があったんだ？」

首尾木大造が、大声できいた。

「あなたの弟さんが姿を現わしたらしい」

「射たれたのか？」

「威嚇射撃をしただけです。逃げたので、警官が追っています。次には、実際に射たれるかも知れませんよ。逃げ廻《まわ》っていればね」

「馬鹿なことをする奴だ！」

大造が、舌打ちした。

「いうことは、それだけですか？」

十津川は、怒りの籠った眼で、大造を見つめた。

「他に、何かいうことがあるかね？　納得して刑務所に入ったのに、何故、今頃になって、あいつは脱獄なんて馬鹿なことをしたんだ」

「やはり、三年前に高田礼子さんを殺したのは、信次郎さんじゃなかったんですね？」

「もう過ぎたことだ。それに、あいつは、礼子を死なせたのは自分の責任だといって、すすんで自首していったのだ」

「その嘘が、三年後の今になって、悲劇をもたらしたんですよ。首尾木家の名誉などという愚にもつかぬものを守ろうとして、あなたは、真実を蔽《おお》いかくそうとした。その無理が、明子さんを殺させ、山本鵜匠を殺させ、長田史郎を死なせたんだ。僕のフィアンセだった岩井妙子もだ。それなのに、まだ、首尾木家の名誉にこだわって、悲劇を大きなものにしようというんですか？」

「十津川君」

と、朝倉が、口をはさんだ。

「何の権利があって、首尾木家のプライバシーに介入するのかね？」

「僕は、首尾木家のプライバシーに介入してるんじゃない。殺人事件を捜査しているんだ。そして、君が犯人だ」

「私が犯人だという証拠でもあるのかね？　さっき君がいったことは、状況証拠だけだ。あんなものは、裁判では何の力にもならんよ」

「君を徹底的に調べあげれば、三つの殺人事件について、アリバイのないことがわかる筈《はず》だ。それに、君は、若い美也子さんとの婚約が決まってから、急に健康に気を遣うようになって、体力維持のために、ひまを見つけては縄飛びをするようになったと聞いた。ポケットにいつも、縄飛び用のロープを入れておいてね。明子さんののどに巻きついていたのは、それだ。君は、弁護士として殺人事件の弁護もしたろうが、実際に人を殺したのは、明子さんが初めてだった。だから、ロープが、肉に食い込んで、簡単に取れなくなってしまい、そのままにして、池に投げ込んだ。それとも、ロープを取ると、彼女が生き返るような気がしたのかな」

「明子さんの身体には、B型の人間の精液が入っていた筈だ。私は、B型じゃなくて、A型だよ」

「何もセックスしなくても、精液を膣《ちつ》内に入れることは可能だよ。それに、今は、金さえ出せば、B型の人間の精液を買うことだって、簡単に出来る。君は、それを、注射器を使って、彼女の身体に注入しておいたんだ。いかにも、コールガールだった彼女が、客に殺されたように見せかけるためにね」

「警部さん」

と、美也子が、初めて、十津川に呼びかけた。

「叔父《おじ》さんは、どうなるんですか？」

「このままでは、射殺されるでしょうね。彼は、息子の仇《かたき》を討ちに来たのだから、警察官にも抵抗するでしょうからね。彼が死ねば、いやでも、首尾木家のことが話題になる。三年前のことも、今度の殺人事件もです。僕が、絶対に、ぶちまけてやる。そのつもりですよ」

8

十津川の強い口調に、大造の顔が引きつるのがわかった。

「首尾木家は、三百年続いた由緒ある家柄だ」

と、老人は、呟《つぶや》いた。そんな老人の顔を、十津川は、むしろ、憐《あわれ》むような眼で見つめた。

「私の代で、この首尾木家を亡ぼしてしまっては、ご先祖に対して申しわけない」

大造は、相変らず、小声で呟いている。

「あなたが刑務所に入ったところで、首尾木家が亡びるわけじゃないでしょう？　それとも、今度の殺人事件には、首尾木家の全員が参加しているんですか？　もしそうなら、あなたのいう通り、首尾木家は消えてしまうかも知れないが」

「そんなことはない！」

「やはり、あなたと、朝倉弁護士の二人でやったことですか？」

「信次郎の息子が犯人だ。遺書もある。それでいいんじゃないのかね？　それとも、君は、首尾木家に恨みでもあるのかね？」

「もし、事実に眼をつむれば、われわれは、自分の刑事としての職務を放棄したことになる。そんなことは、僕には出来ない。たとえ、僕が眼をつぶっても、岐阜県警の野崎警部が許さない。警察を甘く見て貰《もら》いたくありませんね」

「しばらく考える時間をくれんかな?」

「時間はありませんよ。信次郎さんが射殺されてからでは遅いんです」

「では、二、三分でいい」

大造は、襖《ふすま》を開けて、奥に消えた。十津川は、黙って見送ったが、急に不安になって、襖を開けてみた。

そこに、大造の姿はなかった。

「首尾木さん!」

と、十津川が大声で呼んだ。

返事がない。その代りに、十津川の背後で、美也子が、

「猟銃が——」

「何ですって?」

「壁にかかっている猟銃がないんです」

十津川の顔色が変った。

裏口に通じる戸口が開いている。十津川は、裸足《はだし》のまま、裏口から外へ飛び出した。

暗い闇が、そこに広がっていた。川の音が聞こえた。近くに、長良川が流れているのだ。

続いて、美也子と朝倉弁護士が出て来た。

「父はどうしたんです?」

美也子が、きいた。

「どうやら、猟銃を持って、信次郎さんに会いに行ったらしい」

「何故、猟銃を持って？」

朝倉がきく。十津川は、彼の顔を睨《にら》むように見た。

「決まってる。信次郎さんが、三年前の真相を警察にしゃべる前に、射殺する積りだ。そうすれば、首尾木家の名誉が守れると思っているに違いない。そんなことをすれば、かえって面倒《めんどう》なことになるのにな」

「どうすればいいんです？」

美也子が、十津川を見、朝倉を見た。

「すぐ追いかけて、止めれば――」

と、朝倉がいった。

十津川が、「駄目だな」と、突き放すようにいった。

「このまま、追いかけたところで、事態は変りはしない。君は、美也子さんまで、事件に引きずり込む気なのか？　このままでは、嫌でも、彼女も、巻き込むことになる。そうなれば、首尾木家なんてものは、完全に潰《つぶ》れてしまうぞ」

「…………」

朝倉が何かいったが、聞き取れなかった。

野崎と、二人の刑事が、玄関の方から駆けつけて来た。

「どうしたんです？」

「首尾木大造が、猟銃を持って飛び出したんです。彼は、弟を射殺する気です」

十津川が、いったとき、朝倉が、かすれた声で、

「首尾木さんを止めて下さい。確かに、犯人は私だ」

9

十津川と野崎は、長良川に向って駆けた。

土手の上を、けたたましいサイレンをひびかせて、パトカーが走り廻っている。信次郎も、大造も、まだ見つからないらしい。

雲の裂け目から、満月に近い蒼白《あおじろ》い月が顔を出し、その光を受けて、長良川の川面《かわも》がキラキラ光っている。

川岸に並ぶホテルや旅館の明りが、またたいているように見える。

「土手をおりてみましょう」

野崎がいい、十津川が応じたとき、河原に並んでいる鵜飼《うか》い見物用の舟の方で、突然、銃声が聞こえた。

二人は、一瞬、顔を見合せてから、土手を駆けおりた。石ころだらけの河原を、銃声のした方向へ走った。

二つの人影が見えた。片方が、銃を持っている。

「止めろ」

と、走りながら、十津川が怒鳴った。

大造が、猟銃を持ったまま、ちらりと、十津川の方を見た。

「銃を捨てなさい！」

十津川が、叫んだ。

だが、大造は、銃を投げ捨てる代りに、銃口を十津川に向けた。眼がすわっている。

（射たれるかな）

十津川の顔色が変った。伏せても間に合うまいと思ったとき、彼の背後で、銃声がとどろいた。閃光《せんこう》が夜を引き裂く。

十津川の背後で、野崎が射ったのだ。

十津川の眼の前で、大造の身体が、ゆらゆらと崩れ折れていった。

立ちすくんでいた十津川は、はじかれたように、倒れた大造めがけて走り寄った。

胸から、激しい勢いで血が流れている。もう顔色が、真っ蒼だった。

「肩を狙ったんですが――」

野崎が、沈痛な声でいった。

「しっかりして下さい」

と、十津川が、大造の身体を抱き起こした。返事がない。

「救急車を呼んで来ます」

野崎がいい残して、土手を駆け上って行った。

舟のかげから、高田信次郎が、這《は》い出して来た。

「死んだのか？」

と、信次郎は、大造の顔をのぞき込んだ。

十津川は、ハンカチで傷口を押さえていた。が、それでも、出血は止まらなかった。

「兄は、私を射った」

と信次郎が声をふるわせた。

「私を殺して、私の口を塞《ふさ》ごうとしたんだ」

「そうすることで、首尾木家が守れると思ったんでしょう」

十津川がいったとき、救急車のサイレンが聞こえた。そのサイレンの音が、急速に近づいてくる。

「私はどうしたらいい？」

信次郎が、地面に膝《ひざ》をついて、十津川にきいた。

「ここを動かないで下さい」

と、十津川はいった。

大造の胸からは、まだ、血があふれ続けていた。いくら十津川が強く押さえつけても、血は止まらなかった。

10

夜明け近くなって、亀井刑事が、ようやく到着した。

十津川は、彼を、長良川の土手に誘った。

夜明けの川面を吹き渡ってくる風は、まだ冷たかった。

二人は、土手の斜面に腰を下した。十津川は、亀井に煙草をすすめてから、

「終ったよ」

と、疲れた声でいった。

「終ったって、全てが終ったんですか？」

亀井がきいた。

「何故だい？」

「全てが終ったにしては、警部が浮ない顔をしているからですよ。首尾木大造は、病院に運ばれる途中で死んだそうですね？」

「ああ」

「最後まで、犯行を認めずですか？」

「そうだ。何もいわずに死んだよ。朝倉弁護士が、全て、自分の考えでやったことだと自供した」

「しかし、首尾木大造が、何も知らなかったというのはおかしいですよ。全ての殺人が、いってみれば、首尾木家という旧家を守るためだったんですから。首尾木大造が、朝倉に命令してやらせたのではないかと、私は思っていたくらいです」

「多分、そうだろう。だが、当の本人が死んでしまっていては、どうにもならない。それに、県警も、朝倉個人の犯行ということで終らせたい意向だ。何といっても、首尾木家は、この街の名家だからね」

「朝倉は、全部吐いたんですか？」

「ああ。全部ね。だいたい、われわれが推理した通りだったが、はじめてわかったこともある」

「どんなことですか？」

「妙子のブローチが、鵜匠の死体のポケットに入っていた理由だ」

「あれは、犯人が、妙子さんに疑惑の眼を向けさせようとして入れておいたんじゃなかったんですか？」

「朝倉は知らないといっていた。彼にしてみれば、事故死に見せたかったのだから、他殺の疑いのかかるようなことをしないというのは肯《うなず》けるんだ」

「とすると——？」

「多分、山本鵜匠が自分でポケットに入れたんだ。妙子と同じ場所に連れて行かれていたからね。自分が殺されたあと、警察が、女物のブローチを見つけて、調査してくれると思ったのかも知れない」

「なるほど。そういう考えも出来たわけですね。ところで、高田信次郎は、どうなりました？」

「夜が明けたら、宮城刑務所へ護送されるよ」

「三年前の事件については？」

「何もいわないんだ。また、黙んまりを決め込んでいる。あの調子では、二度と、喋《しゃべ》らないだろうね。大造が死んでしまった今となっては、信次郎も、首尾木家のスキャンダルには、口をつぐむ気になってしまったらしい。彼も、結局は、首尾木家の人間なんだ」

「その首尾木家は、誰が継ぐんですか？」

「大造の奥さんか、美也子が継ぐ以外にないだろう」

「気の強い美也子も、今度のことでは参っているでしょうな。父親が死に、結婚する筈《はず》だった朝倉が殺人罪で逮捕されたんですから」

「父親の葬式をすませたら、下呂《げろ》へ行ってくるつもりだといっていたよ」

「下呂へ何しに行くんですか？」

「高田礼子の墓があるといっていた。当然、長田史郎も、姉の明子も、そこに葬られるわけだしね」

　十津川は、ゆっくりと立ち上った。

　夜が明けてきた。

「君は、先に東京へ帰って、課長に報告しておいてくれ。僕は、一日おくれて帰る」

「何処へ行かれるんですか？」

「どうしても、先に、妙子の墓参りに行きたくてね。僕は、刑事という仕事を優先させて、彼女を殺してしまった。後悔しているわけじゃない。刑事である以上、仕方がないことだと思っている。ただ、事件が終った今は、何よりも先に、彼女の墓に報告してやりたいんだ」

本作品は、昭和五十三年に発表されたものです。現在の用語表現といたしましては、ふさわしくないと思われる部分がありますが、当時の時代背景を知るうえでも作品の雰囲気やリズムを損なわないよう、発表時の表現のまま掲載いたしました。

（編集部）

本書は昭和五十七年に集英社文庫として刊行されたものです。

イヴが死《し》んだ夜《よる》

西村京太郎《にしむらきようたろう》

平成20年 5月25日　初版発行
令和7年 3月20日　4版発行

発行者●山下直久

発行●株式会社KADOKAWA
〒102-8177　東京都千代田区富士見2-13-3
電話　0570-002-301（ナビダイヤル）

角川文庫 15145

印刷所●株式会社KADOKAWA
製本所●株式会社KADOKAWA

表紙画●和田三造

●お問い合わせ
https://www.kadokawa.co.jp/（「お問い合わせ」へお進みください）
※内容によっては、お答えできない場合があります。
※サポートは日本国内のみとさせていただきます。
※Japanese text only

ISBN978-4-04-152778-8　C0193

角川文庫発刊に際して

角川源義

第二次世界大戦の敗北は、軍事力の敗北であった以上に、私たちの若い文化力の敗退であった。私たちの文化が戦争に対して如何に無力であり、単なるあだ花に過ぎなかったかを、私たちは身を以て体験し痛感した。西洋近代文化の摂取にとって、明治以後八十年の歳月は決して短かすぎたとは言えない。にもかかわらず、近代文化の伝統を確立し、自由な批判と柔軟な良識に富む文化層として自らを形成することに私たちは失敗して来た。そしてこれは、各層への文化の普及滲透を任務とする出版人の責任でもあった。

一九四五年以来、私たちは再び振出しに戻り、第一歩から踏み出すことを余儀なくされた。これは大きな不幸ではあるが、反面、これまでの混沌・未熟・歪曲の中にあった我が国の文化に秩序と確たる基礎を齎らすためには絶好の機会でもある。角川書店は、このような祖国の文化的危機にあたり、微力をも顧みず再建の礎石たるべき抱負と決意とをもって出発したが、ここに創立以来の念願を果すべく角川文庫を発刊する。これまで刊行されたあらゆる全集叢書文庫類の長所と短所とを検討し、古今東西の不朽の典籍を、良心的編集のもとに、廉価に、そして書架にふさわしい美本として、多くのひとびとに提供しようとする。しかし私たちは徒らに百科全書的な知識のジレッタントを作ることを目的とせず、あくまで祖国の文化に秩序と再建への道を示し、この文庫を角川書店の栄ある事業として、今後永久に継続発展せしめ、学芸と教養との殿堂として大成せんことを期したい。多くの読書子の愛情ある忠言と支持とによって、この希望と抱負とを完遂せしめられんことを願う。

一九四九年五月三日